Veröffentlicht in Deutschland:

Von: Michelle L.

© Copyright 2021

ISBN: 978-1-64808-907-7

ALLE RECHTE VORBEHALTEN. Kein Teil dieser Publikation darf ohne der ausdrücklichen schriftlichen, datierten und unterzeichneten Genehmigung des Autors in irgendeiner Form, elektronisch oder mechanisch, einschließlich Fotokopien, Aufzeichnungen oder durch Informationsspeicherungen oder Wiederherstellungssysteme reproduziert oder übertragen werden. storage or retrieval system without express written, dated and signed permission from the author

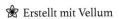 Erstellt mit Vellum

KLAPPENTEXT

Mit einer Frage in einem BDSM-Forum entzündete Jade Thomas etwas in mir, das noch nie zuvor entflammt worden war.
Unsere Online-Diskussion über meine Welt weckte Dinge in mir, von denen ich keine Ahnung hatte, dass sie in mir schlummerten. Meine dominante Seite drängte mich, sie zu nehmen und zu dem zu machen, von dem ich wusste, dass sie es sein könnte. Aber sie war jung und ängstlich und hatte eine Zerbrechlichkeit an sich, die erschreckend war.
In kürzester Zeit hatte ich sie so weit, dass sie sich meinen Händen überlassen wollte. Ich wollte sie zu meiner Sub formen und sie mir mit Sex und Schmerz zu eigen machen.
Was dann passierte, traf mich unvermittelt und veränderte mich für immer .

1
JADE

Romantik liegt mir im Blut, seit ich ein sechzehnjähriges Mädchen war. Als begeisterte Leserin des Romantik-Genres interessiert mich besonders die dunklere Seite des romantischen Spektrums – die Seite, wo Schmerz und Lust in einem fließenden Strom ruhiger und wilder Nuancen aufeinandertreffen an einem Ort, wo die Sünde und das Böse mit dem Guten und der Unschuld zusammenkommen und ihre Spuren hinterlassen.

Meine Neugier ist an die Oberfläche getreten und wird es mir nicht erlauben, sie noch länger wegzuschieben. Ich sitze an meinem Computer und durchsuche das riesige Internet nach jemandem, der mir helfen wird. Ich brauche Hilfe, um zu verstehen, wie BDSM, das mir nicht aus dem Kopf geht, in der Realität ist.

Die Bücher, die ich gelesen habe, sind großartig und unterhaltsam. Aber ich denke, sie sind rein fiktiv und haben wenig mit der Realität dieses Lebensstils zu tun. Und ich will mehr darüber wissen. Warum machen die Leute das? Wo finden sie Gleichgesinnte? Wie gehen sie mit den verächtlichen Seitenblicken der Gesellschaft um und der Tatsache, dass alle zu wissen glauben, was sie tun, und die meisten der Meinung sind, dass es ekelhaft ist?

Was als unmoralisches Verhalten betrachtet wird, ändert sich mit der Zeit. Einst trugen Frauen Nachthemden, die sie vom Hals bis zu den Füßen bedeckten, und Männer waren ebenfalls bedeckt. Auf der Vorderseite der Nachthemden befanden sich kleine Schlitze für sexuelle Aktivität, eine Tätigkeit, die nicht dem Vergnügen, sondern allein der Fortpflanzung diente.

Masturbation war mehr als nur verpönt. Man wurde dafür bestraft, und zwar hart. Heutzutage wird es als unmoralisch betrachtet, auf eigenen Wunsch hin bestraft zu werden. Es ist ein verbreiteter Glaube, dass jemand, der BDSM oder irgendeine Variation davon praktiziert, eine schlechte Kindheit gehabt oder etwas Schreckliches durchgemacht hat. Die meisten Leute denken, dass es etwas mit sexuellem Missbrauch zu tun hat.

Ich muss zugeben, dass ich selbst zu dieser Mentalität neigte. Seit kurzem denke ich aus Gründen, die ich nicht erklären kann, anders über die Leute, die diesen Lebensstil praktizieren. Ich kann mir einfach nicht vorstellen, warum jemand bestrafen oder – als Erwachsener – selbst bestraft werden will. Aber tief in meinem Herzen sehne ich mich danach, es zu verstehen. Ich glaube fest daran, dass nicht alle, die diese Art von Aufmerksamkeit suchen, auf die eine oder andere Weise gebrochen worden sind.

Erotik-Autorin zu sein ist mein Traum und meine Leidenschaft. Ich liebe es einfach, in Gedanken Welten zu erforschen, wo alles möglich ist. Welten, wo eine gewöhnliche Frau mit einem ungewöhnlich attraktiven, viralen und natürlich muskulösen Mann zusammenkommen kann. Er ist unglaublich reich und tabulos im Schlafzimmer. Und in jedem anderen Zimmer natürlich auch.

In Gedanken verliere ich mich oft in der Welt erotischer Romantik. Hilflose Frauen in Not sind nicht länger akzeptable Heldinnen. Nein, die heutigen Heldinnen sind schlau, gerissen, stark in jeder Hinsicht und lassen sich nichts gefallen. Die Mehrheit dieser fiktiven Frauen sucht nicht nach Liebe. Sie scheinen eher zufällig darüber zu stolpern. Und dieses kleine Stolpern befördert sie direkt in die Arme eines Mannes.

In den aktuellen erotischen Romanen findet man keinen gewöhnlichen Mann. Er muss durch und durch ein Alpha sein. In vielen dieser Romane liebt es unser Held aus irgendeinem Grund, Frauen zu schlagen. Und sie lieben es, von ihm geschlagen zu werden. Und das stürzt mich als Schriftstellerin in ein Dilemma.

Ich kann mir vorstellen, mich in einen großen, starken, attraktiven Mann zu verlieben. Wer nicht?

Aber mich in einen Mann verlieben, der mich fesseln und mir den Hintern versohlen will, während ich sein Abendessen koche und seine Kleider bügle? Eher nicht. BDSM ergibt keinen Sinn für mich, aber ich bin bestrebt, es zu verstehen. Für meine Karriere!

Ich war Schriftstellerin, bevor ich irgendetwas anderes war. Ich erzählte Geschichten, bevor ich lesen konnte. Ich sah mir Szenen an und dachte mir Gründe aus, warum die Dinge so waren. Mir Geschichten auszudenken war schon immer meine zweite Natur.

Ich bin nur ein Jahr von meinem Master-Abschluss im Kreativen Schreiben an der Bangor University in North Wales, Großbritannien, entfernt und somit gefährlich nahe an dem Teil des Lebens, wo ich auf eigenen Füßen stehen muss. Bald werde ich nicht länger von meinem Vater finanziell unterstützt werden, was bedeutet, dass ich mich konzentrieren und an das, worüber ich schreibe, glauben muss – oder ich werde niemals meine Träume verwirklichen können.

Meine Träume sind nicht riesig. Ich möchte meinen Namen auf dem Cover von Büchern sehen. Oh! Und natürlich auch auf den Bestsellerlisten. Ich möchte keine mittelmäßige Schriftstellerin sein. Ich möchte eine jener Autorinnen sein, die tief in ihre Geschichte einsteigen, so wie eine Reporterin es tun würde, aber ich will kreativ mit meinen Wahrheiten sein. Ich will meine Charaktere und ihre Welt realistisch erscheinen lassen, während sie fantastische Leben führen.

In der Realität passiert es selten bis nie, dass normale Frauen Männer mit unersättlichem sexuellen Appetit und einer Vorliebe dafür, sie zu schlagen, finden. Also suche ich jetzt hier im Internet in der Hoffnung, dass niemand jemals den Verlauf meines Browsers sieht und denkt, dass ich eine verdorbene Frau bin. Ich bin weit davon entfernt.

Im reifen Alter von 23 Jahren habe ich Mr. Right noch nicht gefunden. Und damit meine ich, dass ich noch Jungfrau bin. Ich bin nicht prüde, obwohl man das denken könnte. Ich bin nur sehr introvertiert. Das ist bei Schriftstellern oft so, erzählen mir meine Professoren. Mir wurde gesagt, dass ich normal bin, jedenfalls für eine Schriftstellerin.

Sozial gesehen habe ich wohl leichte Defizite. Sicher, ich rede mit Leichtigkeit mit anderen, was vermutlich Teil meines Reporterinstinkts ist. Aber ich gebe wenig von mir selbst preis und ziehe es vor, Menschen in Richtungen zu lenken, die mir erlauben, mehr über sie zu erfahren, anstatt über mich zu reden.

Bei einem Klick auf meine Maus füllt ein unangenehmes Bild meinen Computerbildschirm. Eine Frau nimmt einen enormen Penis in den Mund!

Während ich mich beeile, das Bild von meinem Bildschirm zu bekommen, bemerke ich, was am unteren Rand der Webseite steht. Es geht um eine Auktion, die bald startet. Erst nachdem ich das gesehen habe, wird mir bewusst, dass der Link, der mich hierhergebracht hat, zu einem BDSM-Club in Portland, Oregon, in den USA gehört.

Mehrere Klicks später finde ich heraus, dass dieser Club ein Paradies für diese Art von Menschen ist, und es viele weitere ähnliche Clubs in dieser Stadt gibt. Sie ist die Nummer eins in Amerika, wenn es darum geht, Dinge dieser Art zu finden. Und sie scheint mir der perfekte Ort zu sein, um meine Suche nach Menschen zu beginnen, die ehrlich sind und mir einen tieferen Einblick in diese dunkle Welt, die voller Geheimnisse zu sein scheint, gewähren.

Ein weiterer Klick bringt mich zu dem Bild einer verrucht aussehenden jungen Frau, die Lederkleidung trägt und ihre Hand überrascht an ihren Mund hält. Ich nehme an, dass sie den Mann, der hinter ihr steht, nicht kommen gehört hat. Kaum zu glauben, da er eine Peitsche in der Hand hält, die auf ihren runden, festen Hintern gerichtet ist. Irgendwie hat er sie überrascht mit dem, was er vorhat.

Es liegt keine Angst in ihren Augen. Keine Tränen des Schmerzes. Nur ein überraschter Ausdruck auf ihrem hübschen Gesicht. Der Mann sieht streng aus mit seinem schroffen, aber attraktiven Äußeren. Ich kann ihn praktisch hören, wie er sagt: „Gertie, du hast es nicht anders verdient. Du hast das Salz in meiner Suppe schon wieder vergessen."

Ich kichere vor mich hin, denn das war tatsächlich Teil der Handlung in einem der Romane, die ich vor kurzem gelesen habe. Ich finde es immer noch lächerlich dumm. Wenn ein Mann mir sagen würde, dass ich gleich wegen etwas ausgepeitscht werden soll, das innerhalb von Sekunden mit einem Salzstreuer in Ordnung gebracht werden kann, würde ich höchstwahrscheinlich lachen und weggehen. Er wäre offensichtlich ein Idiot, der weder meine Aufmerksamkeit noch meine Zeit verdient hätte.

Mein Verstand und meine Willenskraft sind zu stark, als dass ich jemals an so etwas beteiligt sein könnte. Aber es ist eine Fantasie vieler Frauen, die ich recherchieren will. Mein erster Roman im Erotik-Genre soll mehr als ein Körnchen Wahrheit enthalten. Ich möchte die Realität mit der märchenhaften Geschichte vermischen, die ich erschaffen werde.

Ich frage mich, ob ich einen echten Dom oder Meister finden kann, dem ich meine Fragen stellen kann. Ich frage mich, ob einer von ihnen sich die Zeit nehmen würde, mit einer kleinen Vanilla-Jungfrau über Dinge zu sprechen, von denen sie wenig bis gar nichts weiß.

Zweifel steigen in mir auf, als ich mich zurücklehne und auf das nächste Bild blicke, das auf meinem Bildschirm aufgetaucht ist. Zwei Frauen, die in nichts als schwarze Höschen gekleidet sind, stehen mit dem Rücken zu einem peitschenschwingenden Mann, der eine schwarze Maske trägt und aussieht, als würde er sie gleich bestrafen.

„Lauft schon, ihr Idiotinnen", sage ich laut, als ich eine offene Tür zu ihrer Rechten bemerke.

Ist es möglich, stillzustehen und den Schmerz einer Peitsche zu ertragen, wenn man nur wenige Schritte von der Freiheit entfernt ist?

Ist es möglich, dass bei manchen Menschen die Notwendigkeit, Schmerzen zu empfinden, überwältigend ist? So wie bei einem Drogenabhängigen, der die Nachwirkungen einer bestimmten Droge hasst, aber nicht aufhören kann, sie zu nehmen?

Die leuchtenden Augen der Frauen, die sich über die Schultern schauen, während sie sich an den Händen halten und darauf warten, dass die Peitsche einen ihrer Körper trifft, verfolgen mich. Wie können sie Schmerzen so begierig entgegenblicken?

Wenn ich eine heiße Herdplatte sehe, berühre ich sie nicht. Wenn ich sehen würde, wie ein Mann mit seinem Gürtel in der Hand wild die Straße hinunterrennt und auf Passanten einschlägt, würde ich mich verstecken. Warum sucht man bewusst Schmerz und Gefahr?

Und wie stehen meine Chancen, auch nur eine Person zu finden, die BDSM praktiziert und bereit ist, mir dabei zu helfen, sie zu verstehen? Und warum sollte sie das überhaupt wollen?

Ich biete keine Entschädigung für ihre Zeit. Ich biete nichts an. Ich will nur meine eigene Neugier befriedigen, sonst nichts. Ich möchte die Informationen, die mir gegeben werden, nutzen, um damit Geld zu verdienen.

Nein, es ist zweifelhaft, dass ich in der BDSM-Szene jemanden finden kann, der meine Fragen beantwortet. Vielleicht sollte ich diese Dummheit beenden. Vielleicht sollte ich diese Idee aufgeben und mich auf das Schreiben einer romantischen Komödie konzentrieren. Das wäre viel einfacher, nicht wahr?

2
PIERCE

Ihr Hintern wiegt verführerisch hin und her, als sie das Zimmer verlässt. Stränge aus Leder bedecken ihn und rote Markierungen überziehen die Stellen, die die Riemen freilassen. Nach einer Stunde fühlt sich Tasha, meine Sub für den Abend, sicher genug, um meine Gesellschaft in dem privaten Zimmer zu verlassen, das ich im *Dungeon of Decorum* gemietet habe. Sie wollte keinen Sex, nur Bestrafung. Und ich gab ihr, worum sie mich bat, so wie jeder gute Dom es tun würde.

Während ich mich auf dem schmalen Bett ausruhe, das dazu dient, das Fleisch von Subs zu quälen, kann ich nicht umhin, mich daran zu erinnern, wie ich das erste Mal hierherkam. Es war vor drei Jahren, aber es fühlt sich wie ein Jahrhundert an.

Meine Arbeit war so stressig, dass ich kurz vor dem Burnout stand. Als neuer CEO von *Waterson Mutual*, einem Business-Finanzunternehmen in Portland, Oregon, versuchte ich, dem Vorstand meinen Wert zu beweisen, und engagierte mich weit mehr, als ich es eigentlich musste. Und es forderte seinen Tribut.

Grant Jamison wurde mein Freund und schließlich mein Held. Er war fünf Jahre älter als ich und nahm mich unter seine Fittiche, um mir beizubringen, dass Arbeit großartig ist, aber man sich immer auch Zeit für das Vergnügen nehmen sollte.

Grants Vorstellung von Vergnügen war ganz anders als meine. Ich dachte, er würde vorschlagen, mit ihm und den Freunden, von denen er gesprochen hatte, Racquetball zu spielen. Worin er mich einführte, war viel ernster als ein Ballspiel.

Innerhalb eines Monats wurde ich in die Bruderschaft der *Dominants* aufgenommen, und zwar in einem lokalen BDSM-Club, der treffend *Dungeon of Decorum* genannt wird und den ich jetzt oft besuche.

Dom zu sein ist meine zweite Natur, so als ob ich geboren wurde, um zu führen, zu lehren und Frauen zu beherrschen. Mit meinen 35 Jahren wurde mir schon öfter gesagt, ich solle eine Frau finden, um zu heiraten und eine Familie zu gründen. Mir wurde gesagt, ich könne mein dunkles Hobby geheimhalten und ansonsten ein normales Leben führen, aber das klingt langweilig.

Als Teil des Clubs, dem ich angehöre, kann ich keine Informationen über mich oder andere Mitglieder veröffentlichen. Wir sind eine ausgewählte Gruppe von Männern, die alle reich sind. Somit müssen wir alle unser geheimes Doppelleben verbergen. Wer möchte schon einen Bürgermeister, einen Bankier oder einen Staatsmann, der in so dunkle Dinge verwickelt ist?

Ich war erstaunt über die Gesichter, die ich bei meinem ersten Besuch des Clubs sah. Männer aus ganz Amerika kommen hierher. Bei Auktionen ist besonders viel los, da nicht nur Männer von überallher kommen, sondern auch Frauen, die versteigert werden.

Ich selbst habe noch nie eine Frau gekauft. Ich hatte noch nie eine längere Beziehung mit irgendeiner Sub. Ich bevorzuge einmalige Szenen. Ich bleibe mit den Frauen, mit denen ich mich vergnügt habe, etwa eine Woche in Kontakt, dann wende ich mich anderen Dingen zu. Dinge wie andere Frauen mit anderen Bedürfnissen, Fetischen und Wünschen.

Das ausführliche Studium von Techniken hat mir den Ruf eingebracht, einer der besten Doms zu sein, wenn man nach einer ausgezeichneten Bondage-Erfahrung sucht. Meine Vorlieben sind

Bondage, Suspendierung, Schröpfen, Schlagspiel und Machtaustausch, und ich bin besonders gut in allen.

Mehr als einmal bin ich als besessen beschrieben worden – im Beruf, im Bett und bei meinen persönlichen Vorlieben. Wenn mich etwas interessiert, tauche ich ganz darin ein und komme erst wieder zurück, wenn ich meinen Wissensdurst gestillt habe.

Ich hatte drei ernsthafte Beziehungen in meinem Leben. Zwei davon endeten wegen meiner unaufhörlichen Besessenheit. Janet, meine Freundin im College, sagte, ich sei mehr an meinem Studium interessiert als an ihr. Also verließ sie mich.

Leah, mein zweites Mädchen, wohnte mit mir zusammen, als ich zum ersten Mal in der Finanzwelt arbeitete. Ich musste die meiste Zeit meiner Arbeit widmen. Ich wollte schnell nach oben kommen. Nach einem Jahr machte sie ebenfalls Schluss und warf mir vor, nicht genug Zeit mit ihr zu verbringen.

Tracy war nur auf mein Geld aus und versuchte, mich in eine Falle zu locken. Es geschah im ersten Jahr, in dem ich die Milliarden-Dollar-Grenze bei meinem jährlichen Einkommen durchbrach. Tracy war die Tochter eines Supermarkt-Hausmeisters und wollte mehr vom Leben. Ich bat sie, mit mir in mein neues Haus zu ziehen. Ich überschüttete sie mit Geschenken und versuchte mein Bestes, Zeit für sie zu finden.

Tracy war eine schöne Frau. Lange blonde Haare mit goldenen Strähnen hingen bis zu ihrer winzigen Taille hinab. Hellblaue Augen sprachen zu meinem Herzen und sagten mir, ich hätte einen Engel gefunden. Aber sie erwies sich als Dämon.

Ich wollte damals keine Familie, also verwendete ich stets Kondome. Eines Tages kam sie mit einem positiven Schwangerschaftstest zu mir. Sie sagte, es sei mein Kind!

Ich bin kein Idiot. Ich weiß, dass Kondome nicht zu 100 Prozent sicher sind, aber sie hatte mir gesagt, dass sie die Pille nahm. Man kann sich wohl vorstellen, wie ich mich fühlte – schockiert und ungläubig.

Tracy war wütend, als ich sie zu einem Arzt brachte und bei ihr blieb, während sie den Schwangerschaftstest in der Praxis wiederholte. Er war negativ, und ich wusste, dass die Frau versuchte, mich in eine Ehe zu zwingen. Ich hatte keine Wahl. Ich habe mich von ihr getrennt.

Und nach ihr verspürte ich keinen Wunsch mehr, eine längere Beziehung mit Frauen einzugehen. Ich bin einfach zu beschäftigt, um mit allem umzugehen, was zu einer Beziehung gehört.

Im Club kann ich Frauen finden, die das wollen, was ich gerade mache – alles, vom Herauslassen von Aggressionen bis zur Erfüllung ihres Nähebedürfnisses. Und nicht eine der Frauen, mit denen ich seit dem Beitritt zum Club zusammen war, hat mehr von mir verlangt, als ich bereit bin zu geben. Es ist eine echte Erleichterung.

Es werden keine Spielchen gespielt. In unserer Welt kommunizieren wir weit mehr als in der normalen Welt, in der Beziehungen voll sind von Andeutungen und Lügen und einem nichts als Ärger bringen.

Frauen sind von der Gesellschaft gelehrt worden, gegen ihre Natur zu gehen. Ich habe das erst erkannt, als ich die BDSM-Welt entdeckte. Man hat ihnen eingeredet, dass sie mit aller Kraft kämpfen müssen, um Männern überlegen zu sein, was verrückt ist.

Frauen und Männer sind verschieden. Wir sind hier, um verschiedenen Zwecken zu dienen. Niemand ist besser als der andere. Und niemand kann ohne den anderen existieren. Die Gesellschaft hat die natürliche Ordnung der Dinge gestört. Und ich bin es leid, mit Frauen umzugehen, die gegen die Natur ankämpfen.

Ein Gefühl der Ruhe erfasste mich bald nach dem Beginn dieses Lebensstils. Es gibt keinen Streit, keine Manipulationen, kein Flirten, um eine Frau ins Bett zu bekommen. Das alles ist Geschichte. Im Club kann ich zu einer Frau gehen, die ich gern hätte, solange sie nicht zu einem Mann gehört, der sie nicht teilen will, und ich kann offen zu ihr sein. Ich kann ihr sagen, was ich mit ihr tun möchte, und sie kann dem zustimmen oder ablehnen.

Wenn sie einverstanden ist, besprechen wir jedes Detail darüber, was wir miteinander austauschen wollen, und planen unsere Szene. Die Planung ist wie Vorspiel. Man wird heiß und erregt bei der Besprechung der Details. Seine Hände bei sich zu behalten kann hart sein, wenn man einander schildert, was man will. Aber ich ziehe es vor, jede physische Verbindung zu meiden, bis wir in unsere Szene kommen. Es baut Vorfreude auf und sorgt für eine bessere Session.

Ein Klopfen an der dunkel gebeizten Eichentür zu dem privaten Raum reißt mich aus meinen Gedanken. „Herein."

Grant macht die Tür auf. Er hat seinen Arm um eine große, schlanke Brünette mit jeder Menge Make-up geschlungen. „Hey, Pierce, diese Lady hier will, dass jemand uns zusieht. Bist du dabei?"

Ich rutsche vom Bett und ziehe meine schwarze Lounge-Hose an. „Sicher. Bin ich ein lauter Zuschauer oder ein stiller Spanner?"

„Laut", sagt sie zu mir, als ich zu ihnen gehe. Sie streichelt meine Wange, während sie mir in die Augen sieht. „Verdammt, du siehst gut aus. Und dieser Körper. Mmmm."

Ich nehme ihre Hand von meinem Gesicht, da ich keine Berührung zulasse, bis wir in der Szene sind, und sage: „Wenn dir gefällt, was du siehst, können wir irgendwann darüber reden, was du brauchst, Baby."

„Ich brauche dich", flüstert sie, und mein Körper spannt sich an.

„Wir werden sehen, wie gut du das erträgst, was mein Freund mit dir vorhat, bevor ich darüber rede, was du brauchst." Ich trete zur Seite und erlaube Grant, die Führung zu übernehmen.

Grant zwinkert mir zu. „Vielleicht könntest du mir deine Auspeitschungsmethode an ihr zeigen, wenn sie damit einverstanden ist. Ich habe gehört, du hast sie so weiterentwickelt, dass sie besser ist als die der meisten Doms."

Die Art, wie die Frau, die nur ein dünnes weißes Seidenkleid trägt, mich über die Schulter ansieht, sagt mir, dass ihr das gefallen würde.

„Sicher, ich kann es dir zeigen."

„Ich kann es kaum erwarten", schnurrt sie.

Ein Knurren füllt meine Kehle, als ich darüber nachdenke, wie sie sich bald

3

JADE

Die Nacht ist lang. Ich werfe mich hin und her, während ich von Peitschen, Ketten und Männern in dunklen Schatten träume, die mir zurufen, dass ich aufhören soll wegzulaufen.

Ich stehe vom Bett auf, reibe mir den Schlaf aus den Augen und mache mich auf den Weg zur Dusche. Meine Wohnung ist klein, und ich bin es leid, jeden Tag dieselben Wände anzustarren. Der Sommer ist fast da, und ich will irgendwann Urlaub machen, ein paar Monate mein Land verlassen und mehr von der Welt sehen.

Das Wasser ist heiß, und Dampf füllt das winzige Badezimmer. Ich steige in die Dusche, und mein Körper zuckt zusammen, als das heiße Wasser ihn trifft. „Au!" Ich versuche, die Wassertemperatur kompatibler mit meiner Haut zu machen.

Erinnerungen an die Träume, die mich plagten, gehen mir durch den Kopf. In ihnen war ich anders. Ich war furchtlos, aber ich erlaubte mir nicht, von den heiseren, tiefen Stimmen der Männer angezogen zu werden.

Das Pflaumen-Shampoo riecht wunderbar und hilft mir, wach zu werden. Nach einem Kaffee sollte ich startklar sein. An diesem

Wochenende habe ich nichts anderes zu tun, als für meine Prüfung zu lernen. Noch eine Woche an der Uni, dann bin ich frei.

Ich bin nicht eine der Studentinnen, die beim Gedanken an Prüfungen fast einen Nervenzusammenbruch bekommen. Ich bin gut vorbereitet, weil ich in der Vorlesung aufpasse und echtes Interesse an dem Thema habe. Das hilft immer.

Ich schalte das Wasser ab, steige aus der Dusche und trockne mich ab. Nachdem ich einen weichen rosafarbenen Bademantel übergeworfen habe, wickle ich ein Handtuch turbanartig um meine Haare und gehe zurück in mein Schlafzimmer. Ein Sweat-Anzug sollte für einen Tag Lernen und Entspannen ausreichend sein.

Nachdem ich mich angezogen habe, schlendere ich in die Küche, um mir einen Kaffee zu holen und einen Bagel in den Toaster zu werfen. Als ich den Frischkäse aus dem Kühlschrank nehme, bemerke ich, dass mein Laptop auf der Küchentheke steht, wo ich ihn letzte Nacht gelassen habe.

Bevor ich ins Bett gegangen bin, dachte ich, dass ich es vergessen kann, jemanden zu finden, der meine BDSM-Fragen beantwortet. Die Erkenntnis, dass niemand seine Zeit mit mir verschwenden würde, hat sich in meinem Kopf festgesetzt.

Die Träume haben meine unersättliche Neugier wieder angefacht, und ich werde zu dem silbernen Laptop hingezogen. Ich klappe ihn auf und schalte ihn ein. Summend erwacht er zum Leben.

Meine Aufmerksamkeit wird von dem Bildschirm abgelenkt, als mein Bagel aus dem Toaster kommt und ich mir eine Tasse Kaffee eingieße. Ich setze mich an den Tisch, nehme meinen ersten Bissen und schaue wieder zu meinem Laptop.

„Oh, zur Hölle damit." Ich stehe auf und greife danach, um ihn vor mir auf den Tisch zu stellen. Dann tippe ich den Namen der Suchmaschine ein, die ich gern bei meinen Recherchen verwende.

Ich gebe ‚BDSM-Gesellschaft' ein, lehne ich mich zurück und lasse die Suchmaschine etwas für mich zu lesen finden, während ich die Hälfte meines Bagels esse und den kräftigen schwarzen Kaffee trinke. Ein Verzeichnis von Webseiten erscheint auf dem Bildschirm, und ich klicke auf die erste. Eine Liste befindet sich oben auf der

Seite. Der Titel erklärt, dass es sich um Gegenstände handelt, die benutzt werden, um mit ihnen zu spielen. Der erste Gegenstand ist eine Spreizstange. Das Bild sieht ungefährlich aus. Aber die Beschreibung besagt, dass die Stange aus Metall oder Holz sein kann und verwendet wird, damit der Körper der Sub gespreizt bleibt. Sie kann entweder an den Handgelenken oder an den Knöcheln benutzt werden, und man kann sie sogar an der Decke anbringen.

„Meine Güte!"

Warum um alles in der Welt würde sich jemand bereitwillig in diese Position begeben?

Naja. Auf zum nächsten Thema: medizinische Fixierungen. Ein Set mit vier kleinen Ledergürteln wird benutzt, um eine Person auf dem Bett zu halten. Ich frage mich unwillkürlich, warum man jemanden aufs Bett fesseln muss, wenn es doch angeblich so großartig ist.

Als nächstes sehe ich etwas namens Monohandschuh. Die Arme einer jungen Frau stecken hinter ihrem Rücken in einem ledernen handschuhähnlichen Ding. Sie ist völlig hilflos und unbeweglich. Wieder muss ich mich fragen, warum jemand so etwas mit sich machen lässt.

Es sieht nicht nur beengend und unangenehm aus, es kommt mir albern vor. Muss der Dom die Hände seiner Sub von sich weghalten oder was?

Als ich weitergehe, finde ich einen Mundknebel, einen Penisknebel und einen Ringknebel. Sie sehen alle mehr als ein bisschen unangenehm aus. Ich frage mich, ob ich eigentlich ersticken würde, wenn der Penisknebel in meinem Mund festgeschnallt wäre. Ich glaube definitiv, dass es so wäre!

Das nächste Bild zeigt ein mittelalterlich aussehendes Ding. Es wird verwendet, um die Nase einer Person zurückzuziehen, so dass ihr Kopf nach hinten gezerrt wird und ihr Mund sich öffnet. Es nennt sich Nasenhaken, und ich habe wirklich keine Ahnung, warum es beim Sex benutzt werden sollte. Es sieht aus wie etwas, das man verwenden würde, um ein Kind dazu zu bekommen, Medikamente einzunehmen, wenn es sich weigert.

„Oh! Ich verstehe es jetzt!" Hitze färbt meine Wangen rot, als ich mir vorstelle, dazu gezwungen zu werden, meinen Mund zu öffnen, damit ein Mann seinen Schwanz hineinlegen kann.

Wenn ich ein Mann wäre, würde ich dem Objekt allerdings nicht trauen, meine Sub davon abzuhalten, mir in den Schwanz zu beißen. Und wenn sie dazu gezwungen werden muss, warum ist sie dann überhaupt hier?

Ich habe immer noch mehr Fragen!

Plastikfolie ist der nächste Punkt auf der Liste, und ich sehe, dass sie verwendet wird, um die Sub wie eine Mumie einzuwickeln. Wie seltsam, dass sich jemand das ausgedacht hat. Ich sehe förmlich vor mir, wie ein Paar sich darüber unterhält: „Schatz, kannst du die Plastikfolie aus der Küche holen? Ich glaube, ich werde dich heute Nacht darin einwickeln, damit ich alles mit dir machen kann, was ich will."

Und die dämliche Frau würde loslaufen, um sie zu holen, ohne auch nur eine Sekunde darüber nachzudenken, wie unsinnig das eigentlich ist. Nein, ich verstehe es überhaupt nicht!

Etwas namens Haltungskragen taucht als Nächstes in dieser verrückten Liste auf. Er sieht aus wie eine Nackenstütze, die man trägt, wenn man sich verletzt hat. Vielleicht dient er dem Schutz des Nackens, wenn man halbtot geschlagen wird. Die Frau, die ihn trägt, sieht genauso wenig begeistert darüber aus wie jeder andere, den ich je aus medizinischen Gründen damit herumlaufen gesehen habe.

Also bleibe ich mit noch mehr Fragen zurück, als ich zuvor hatte, und meine Neugier drängt mich dazu, mir die Antworten zu besorgen, die ich brauche. Aber ich klappe den Laptop zu und versuche, mich zu konzentrieren, was ich wirklich tun muss – für meine Prüfung lernen.

Der Stuhl, auf dem ich sitze, ist aus Holz und überhaupt nicht bequem mit seiner starren Rückenlehne. Ich vergesse das Lernen, als ich meine Augen schließe und mir vorstelle, mit ledernen medizinischen Fixierungen auf den Stuhl geschnallt zu werden. Eine breite Nackenstütze um meinen Hals zwingt mich, aufrecht zu sitzen. Eine Spreizstange hält meine Beine offen und ein Monohandschuh hält meine Arme hinter meinem Rücken. Selbst die Fantasie ist beengend und peinlich. Ich öffne meine Augen und lache, während ich darüber nachdenke, dass jemand so etwas mit mir macht.

Und diese Dinge sind nicht so schrecklich wie die Peitschen und Ketten. Meine Gedanken kehren zu den Themen zurück, mit denen sie seit Monaten beschäftigt sind: Bondage, Brutalität und die Frage, warum jemand sich das antun lassen würde. Und was für ein Monster würde jemandem das antun wollen?

In Liebesromanen verlieben sich Frauen leicht in ihre Peiniger. Warum?

Wenn ein Mann auch nur die Hälfte der Dinge mit mir machen würde, über die ich gelesen habe, würde ich ihn wohl im Schlaf umbringen und mich nicht einmal schuldig deswegen fühlen. Mich in eine so scheußliche Person zu verlieben ist etwas, das ich mir nicht vorstellen kann.

Beim ersten Schlag der Peitsche würde ich schwören, den Bastard zu töten. Ich bin sicher, dass ich es tun würde. Ein Dom müsste mich knebeln, weil ich sein Leben bedrohen würde, während er mich quält. Und wenn er mich befreien würde, was er irgendwann tun müsste, dann wäre er derjenige, der Angst hätte. Dessen bin ich mir sicher.

Vielleicht eigne ich mich besser zur Domina. Aber ich könnte mich niemals dazu überwinden, jemanden zu schlagen. Ich hasse es schon, die Gefühle anderer Menschen zu verletzen. Jemandem auch noch körperlich Schmerzen zuzufügen ist etwas, das ich niemals tun oder billigen könnte.

Wie soll ich also mit jemandem reden, die diese Dinge aktiv tut, ohne ihn zu verurteilen?

Wenn ich frage: „Wie fühlen Sie sich dabei, eine Frau zu schlagen?" und eine wahrheitsgemäße Antwort bekomme – was soll ich dann machen?

Wenn ein Mann mir sagen würde, dass es ihm Freude macht, Frauen zu schlagen, würde ich ihn verabscheuen. Ein Mann, der eine Frau fesselt, dann schlägt und sexuell benutzt, wäre jemand, den ich nicht ausstehen könnte.

Was zum Teufel mache ich hier also? Warum denke ich darüber

nach, mit jemandem zu reden, den ich für böse halte? Was zur Hölle ist los mit mir? Und was würde meine Familie von mir halten, wenn sie wüsste, dass ich solche Gedanken habe?

Ich lehne mich zurück und versuche, meine Gedanken zu rationalisieren. Wie eine Reporterin muss ich nicht mit etwas einverstanden sein, wenn ich versuche, Informationen darüber zu bekommen. Ich kann Fragen stellen, meine Antworten bekommen und von dem Monster weggehen.

Es ist nicht so, als würde ich einen Dom bitten, mich zu nehmen und mir zu zeigen, was in seiner dunklen Welt passiert. Das würde ich niemals machen!

Meine Hand wandert zum Laptop und klappt ihn auf. Wie fremdgesteuert gebe ich ‚BDSM-Clubs' in die Suchmaschine ein. Meine Finger zögern, als ich den ersten Link zu einem Club mit einer Webseite sehe. Er heißt *Dungeon of Decorum*, und ich klicke darauf.

Auf der Webseite finde ich ein Forum und gebe meine Frage ein: *Gibt es jemanden in diesem Club, der mir helfen möchte, mehr über die wirkliche Welt von BDSM zu erfahren?*

Mal sehen, ob jemand antworten will ...

4

PIERCE

Vögel zwitschern und wecken mich aus einem tiefen Schlaf. Ich blinzle, um meine Augen vor dem grellen Sonnenlicht zu schützen, das durch meine blassgrünen Vorhänge dringt, strecke mich und gähne. Das Wochenende hat gerade begonnen, und ich habe keine Pläne. Ich beschließe, mir ein gesundes Frühstück mit Haferflocken und Weizen-Toast zu machen und dann ins Fitnessstudio zu gehen. Danach werde ich sehen, was der Tag sonst noch bringt.

Im Badezimmer schalte ich die Dusche ein und lasse das dampfende Wasser die kalten Fliesen erhitzen. Mehrere Düsen schießen das Wasser auf nahezu die gesamte Oberfläche der gefliesten Wände. Ich gehe zum Waschbecken, putze mir die Zähne, benutze Zahnseide und spüle dann mit Mundwasser nach.

In der Dusche gieße ich ein teures Shampoo, das ich letzte Woche online entdeckt habe, in meine Handfläche. Es riecht wie Leder und Sandelholz, so dass ich mich außergewöhnlich maskulin fühle. In kürzester Zeit bin ich hellwach und bereit, mich anzuziehen. Jeans, ein T-Shirt und Sportschuhe genügen.

Als ich nach unten in die Küche gehe, finde ich den Kühlschrank voll vor. Edith, meine Haushälterin, hat dafür gesorgt, dass ich genug

Vorräte habe, damit ich am Wochenende selbst kochen kann, wie ich es immer mache. Ich gebe dem Personal jedes Wochenende frei, weil ich es vorziehe, allein in meinem Haus zu sein, wenn ich nicht arbeiten muss. Mein Personal kommt jeden Wochentag, nachdem ich zur Arbeit gegangen bin, und ist wieder verschwunden, bevor ich nach Hause komme.

Während der Woche nehme ich meine Mahlzeiten in der Stadt ein. Meistens komme ich um 20 Uhr nach Hause und gehe ziemlich früh zu Bett. Ich bin ein treuer Anhänger der Idee, dass frühes Zubettgehen einen Mann gesund, wohlhabend und weise macht. Bislang hat es Wunder gewirkt!

Nachdem ich mein Frühstück gemacht habe, setze ich mich an den Tisch und öffne meinen Laptop, um zu sehen, was an diesem Wochenende in Portland los ist. Wie immer überprüfe ich die Club-Webseite zuerst, um zu sehen, ob eine der Subs etwas gepostet hat, das mich interessieren könnte.

Der Name Jade Thomas ist das Erste, was ich sehe, während ich das Forum mit den Augen überfliege. Ich habe diesen Namen noch nie zuvor gesehen. Und sie hat eine Frage gestellt.

Gibt es jemanden in diesem Club, der mir helfen möchte, mehr über die wirkliche Welt von BDSM zu erfahren?

„Jade Thomas", sage ich laut „Was will diese junge Dame wohl wissen?"

Ohne zu zögern, tippe ich meine Frage ein: *Was willst du über unsere Welt wissen?*

Ich fange an, meine Haferflocken zu essen, während ich darauf warte, ob sie mir antworten wird. Es dauert nicht lange, bis ich ihre Antwort sehe. *Ich bin nur neugierig. Ist Dr. Power Ihr richtiger Name?*

Lachend antworte ich: *Nein, wir verwenden nicht unsere richtigen Namen auf dieser Seite. Aber ich wette, du hast es getan, Jade Thomas.*

Ich esse meinen Toast, betrachte den Bildschirm und bin gespannt auf ihre Antwort.

Es ist mein richtiger Name. Was ist Ihr richtiger Name? Ich bin auf der Suche nach jemandem, der ehrlich mit mir über die Abläufe in der BDSM-

Szene ist. Wenn Sie nicht ehrlich genug sein können, mir Ihren Namen zu sagen, dann sollte ich Ihre Zeit nicht länger verschwenden.

Während ich über die Tatsache, dass sie meine Zeit verschwenden könnte, nachdenke, frage ich: *Woher kommst du, Jade?*

Sie antwortet schnell: *Aus Großbritannien. Falls Sie befürchten, dass ich Sie öffentlich outen könnte oder so etwas, brauchen Sie sich keine Sorgen zu machen.*

„Eine Britin", murmle ich. Sie ist so weit weg, dass es mir wohl kaum schaden würde, ihr meinen richtigen Namen zu nennen. Ich gebe ein: *Pierce Langford.*

Danke, Pierce Langford. Zuerst möchte ich Ihnen sagen, dass ich Kreatives Schreiben an einer Universität in Nord-Wales studiere. Mein Ziel ist, Liebesromanautorin zu werden. Ich möchte mich auf das Erotikgenre spezialisieren. Aber ich brauche Informationen über bestimmte Themen. Zum Beispiel die BDSM-Szene. Ich verstehe sie nicht ganz. Oh, wem mache ich etwas vor – ich verstehe überhaupt nichts daran. Sind Sie zufällig ein Dom?

Ja. Warum? Suchst du einen?, tippe ich.

Nur um Fragen zu stellen, mehr nicht. Sind Sie bereit, mir ein paar Fragen zu beantworten, Sir?

Ihr Gebrauch der Anrede *Sir* lässt mich wissen, dass sie eine respektvolle Frau ist. Aber ich sollte herausfinden, wie alt sie ist, bevor ich ihr solche Informationen gebe. *Bevor ich dir Informationen verrate, die nicht für einen jugendlichen Geist geeignet sind, muss ich dein Alter und deine sexuelle Erfahrung kennen, Jade.*

Das ist rücksichtsvoll von Ihnen, Sir. Ich bin 23, und meine sexuelle Erfahrung ist auf Masturbation beschränkt. Ich bin noch Jungfrau.

„Verdammte Scheiße!"

Mein Mund wird trocken bei dem Gedanken, dass sie noch Jungfrau ist. Ich frage mich, wie sie aussieht!

Cool. Kein Problem. Solange du alt genug bist und eine Vorstellung davon hast, welche Art von Antworten du von mir bekommen wirst, kannst du mich alles fragen. Also, fang an.

Eine ganze Minute vergeht, bevor sie antwortet. *Gibt es einen privaten Bereich, wo wir das tun können, Sir?*

Ich denke einen Moment darüber nach, dann beschließe ich, persönlich mit ihr in Kontakt zu treten. *Hast du einen Skype-Account?*

Ja. Ich ziehe es aber vor, keine Videokonferenz zu machen, wenn Sie nichts dagegen haben.

„Hmm, sie muss ein hässliches Entlein sein. Das ist wahrscheinlich der Grund, warum sie noch Jungfrau ist."

Ich gebe ein: *Keine Sorge, ich werde nicht versuchen, mit dir per Video zu chatten. Meine Nummer ist 999-987-0099. Ich werde auf deine Nachricht warten, Jade.*

In kürzester Zeit kontaktiert sie mich. Ihr Profilbild, das auf meinem Computerbildschirm erscheint, ist nur eine rote Rose. Ich finde es amüsant, da mein Bild eine schwarze Rose mit Dornen zeigt.

Hallo, Pierce. Hast du etwas dagegen, wenn ich dich duze? Ich möchte keine Sub-Beziehung zu dir aufbauen, aber ich habe gerade bemerkt, dass ich dich ‚Sir' nenne.

Ich grinse, als ich schreibe: *Das kannst du gern tun. Also, wie lautet deine erste Frage?*

Viel zu schnell entgegnet sie: *Schlägst du gern Frauen?*

Nicht glücklich über die Frage schieße ich zurück: *Wenn du mich für das, was ich bin und genieße, beschimpfen willst, kannst du zur Hölle gehen!*

Eine weitere schnelle Antwort kommt von ihr: *Nein! Es tut mir leid. Bitte fasse meine Fragen nicht als Beleidigung auf. Keine meiner Fragen soll dich beleidigen. Sie sind nur dazu bestimmt, mehr über diesen Lebensstil zu erfahren. Sonst nichts. Ich möchte einfach wissen, ob du mit BDSM angefangen hast, weil du einen Fetisch hast, was das Schlagen von Menschen oder Frauen im Allgemeinen betrifft.*

Ich warte, bis mein Zorn nachlässt und beruhige mich. Sie ist nur neugierig. Ich muss mich daran erinnern, dass sie jung und naiv ist.

Das ist nichts, das ich angefangen habe, weil ich jemanden schlagen will. Ich hatte Schwierigkeiten bei der Arbeit. Ich brauchte eine Möglichkeit, mich zu entspannen. Ich wurde in diese Welt eingeführt, trat in diesen Club ein und stellte fest, dass Subs wollten, dass ich gewisse Dinge mit ihnen machte. Ich lernte, ihnen das zu geben, was sie verlangten. Und ich wurde gut darin. Manche Leute mögen Schmerzen, Jade. Manche Leute sehnen sich danach. Ich gebe ihnen, was sie brauchen. Ich mache es für sie. Nicht für mich.

Drei Minuten vergehen, bevor sie mir eine weitere Frage schickt. *Hast du eine exklusive Beziehung mit deiner Sub?*

Nein. Das habe ich nie.

Hast du Bindungsangst? Oder gibt es irgendetwas in deiner Vergangenheit, das dich dazu gebracht hat, diesen Lebensstil zu genießen?

Ich denke über die Fragen nach, damit ich sie wahrheitsgemäß beantworten kann. Vielleicht habe ich Bindungsschwierigkeiten. Ich würde es nicht als Angst bezeichnen. Und es gibt nichts in meiner Vergangenheit, das mir irgendwelche psychischen Schäden zugefügt hat, auch wenn viele Leute so über uns denken.

Wie alt bist du?, fragt sie.

35.

Wieder vergeht einige Zeit, bevor sie etwas schreibt. Dann erscheinen die Worte auf dem Bildschirm. *Ich würde gern wissen, mit welcher Art von Dom ich rede. Bist du heterosexuell, Pierce?*

Ja. Und du?

Ja. Ich frage nur, weil ich Liebesromane schreiben möchte. Mit einem Mann zu sprechen, der auf Männer steht, würde mir dabei nicht weiterhelfen. Sind es immer die Doms, die Strafen erteilen? Und wenn nicht, bist du schon einmal bestraft worden?

Man kann auf beiden Enden des Spektrums spielen, wenn man will. Es gibt keine Regeln, die besagen, dass eine Sub immer eine Sub und ein Dom immer ein Dom sein muss. Als ich in der Ausbildung war, wurde ich von meinem Trainer geschlagen. Auf diese Weise sollte ich erfahren, wie es sich anfühlt, mit den Gegenständen geschlagen zu werden, deren Verwendung mir beigebracht wurde. Aber keine Sub hat mich jemals geschlagen. Ich habe auch nicht vor, dass das jemals passiert. Ich herrsche.

Die Pause, die folgt, ist so lange, dass ich anfange, mich zu fragen, ob sie beschlossen hat, unser Interview zu beenden. Dann sehe ich ihre nächste Frage.

Bist du der Typ, der alles beherrschen will? Und falls ja, warum hast du keine exklusive Sub?

Ihre Frage bringt mich zum Nachzudenken. Will ich alles beherrschen? Ich habe keine Ahnung. Die beiden Freundinnen, die damals bei mir wohnten, brauchten sicherlich eine strengere Hand, als ich zu dieser Zeit hatte. Wenn ich eine Frau fände, die ich bei mir behalten will, würde ich wohl auch gern die Regeln bestimmen.

Ich schreibe: *Diese Frage habe ich mir noch nie gestellt. Ich denke, dass ich gern herrschen würde, wenn ich jemals eine Sub finden sollte, die ich für längere Zeit bei mir haben will. Ich habe bestimmte Präferenzen und würde eine Sub dazu trainieren, alles so zu machen, wie ich es möchte.*

Hast du das Gefühl, dass Frauen minderwertig sind?

Ihre Frage nimmt mir fast den Wind aus den Segeln.

Schnell antworte ich: *Überhaupt nicht. Die meisten Leute in der BDSM-Welt denken nicht so. Frauen und Männer haben ihre Rollen im Leben zu spielen. Mit dem Voranschreiten der Frauenbewegung haben Frauen mehr verloren, als sie gewonnen haben. Einst waren Frauen die geschätzten Hüterinnen der Familie, die sich um Kinder, Häuser und Ehemänner kümmerten. Sie sorgten dafür, dass zu Hause alles in Ordnung war, und waren stolz darauf. Männer gingen zur Arbeit und brachten Geld und Sicherheit, nicht nur in finanzieller Form, sondern auch als Beschützer. Sie machten die Regeln und setzten verschiedene Formen der Disziplin ein, um sie durchzusetzen.*

Ich warte kurz, damit meine Worte auf sie wirken können. So, wie sich die Dinge in den letzten 50 Jahren verändert haben, schrecken die meisten Frauen vor dieser Denkweise zurück und nennen sie alt und nutzlos. Ich warte darauf, wie Jade antworten wird.

So habe ich das noch nie betrachtet.

Ein Lächeln zieht über meine Lippen. „Braves Mädchen."

5
JADE

Nach nur ein paar Fragen ändert er schon meine Denkweise. Was er sagt, ist wahr. Wir Frauen hatten es viel einfacher, bevor wir uns entschieden haben, dass wir in jeder Hinsicht gleich sein wollen. Vor nicht allzu langer Zeit blieben Frauen mit den Kindern zu Hause. Sie mussten sich keine Sorgen um die Arbeit machen oder um das Bezahlen von Rechnungen. Das war der Job des Mannes.

Heutzutage gehen Mütter und Frauen zur Arbeit und einige müssen ihr Zuhause für mehrere Tage am Stück verlassen. Das hat zu einer Generation von Kindern geführt, die von Fremden aufgezogen werden. Die Menschen, die in den vielen Kindertagesstätten arbeiten, die in den Industrienationen entstanden sind, sind nun für die Betreuung und Pflege der meisten Babys und Kinder verantwortlich, die einst die Mütter selbst geleistet haben.

Frauen sind heutzutage davon abhängig, dass ihre Männer sich ebenfalls um die Kinder kümmern. Alle Aufgaben werden geteilt, und obwohl das fair zu sein scheint, habe ich schon viele erschöpfte Eltern gesehen. Beide bekommen zu wenig Schlaf. Beide tragen die Last, die Rechnungen bezahlen zu müssen, auf ihren Schultern. Und beide haben die Verantwortung, großartige Jobs zu finden und sie zu behalten, egal wie viel Druck damit einhergeht.

Auch die Einstellung der Männer wurde verändert. Früher ließen die meisten Männer ihre Frauen nicht arbeiten. Sie wären für Versager gehalten worden, wenn sie ihre Frauen zum Arbeiten außerhalb des Hauses geschickt hätten. Heutzutage wird es von ihnen erwartet. Und mit ein paar Worten hat Pierce mich davon überzeugt. Wie seltsam, dass ich noch nie daran gedacht habe.

Ich kann Pierce' Standpunkt verstehen, aber als wissbegierige Frau begreife ich nur zu gut, warum Frauen darum kämpften, aus dem Haus gelassen zu werden. Ich habe auch schon Mütter gesehen, die nach einigen Jahren zu Hause bei den Kindern Zombies ähneln und Schwierigkeiten haben, einen Satz zu bilden, geschweige denn in der Lage sind, Gespräche mit anderen Erwachsenen zu führen.

Es gibt Vor- und Nachteile, egal, für welches Lebensmodell man sich entscheidet. Das ist einfach so im Leben.

Meine nächste Frage ist ein bisschen schwierig, und ich hoffe, ich beleidige den Mann nicht wieder. *Ich verstehe jetzt, wie du über die Rollen der Geschlechter denkst. Was ich nicht verstehe, ist, wo die Dominierung ins Spiel kommt. Genauso wenig wie die körperlichen Strafen, die mit BDSM einhergehen. Kannst du mir das erklären?*

Die körperlichen Strafen werden von manchen Subs akzeptiert und von anderen abgelehnt. Sie sind es, die dabei helfen, die Vereinbarungen zu gestalten, die zwischen ihnen und ihrem Dom geschlossen werden. Dir scheint nicht bewusst zu sein, dass die Subs alle Karten in der Hand halten. Ein einfaches Wort – mehr braucht es nicht, um alles zu stoppen. Es ist keine gnadenlose Welt voller Qualen, auch wenn sie oft so dargestellt wird. Nichts passiert gegen den Willen einer Sub. Das wäre illegal, nicht wahr?

Ich nehme es an. Also sind diese Vereinbarungen die Verträge, die eine Sub an einen Dom binden?, frage ich.

Ja, antwortet er mir schnell. *Aber man muss bedenken, dass auch ein unterschriebener Vertrag, der zwischen den beiden Parteien sorgfältig ausgearbeitet wurde, dem Dom nicht das Recht gibt, Strafen oder andere Handlung vorzunehmen, wenn die Sub es nicht will. Egal, ob sie sich damit* einverstanden erklärt hat oder nicht. Und ein guter Dom will keine Schmerzen – oder auch Freuden – geben, die seine Sub nicht will.

Ich finde es schwer, dem Mann zu glauben. Ich meine, er könnte mir erzählen, was er will. Denn was für eine Frau will beherrscht und geschlagen werden? Also frage ich: *Pierce, welche Art von Frau will so behandelt werden?*

Es gibt Frauen aus verschiedenen Lebensbereichen, die diesen Lebensstil suchen, vielleicht nicht die ganze Zeit, aber gelegentlich. In dieser Welt ist alles erlaubt. Wenn man die ganze Zeit so leben möchte, kann man es tun. Wenn man es nur einmal ausprobieren will, kann man es tun. Es gibt keine festgelegten Regeln, außer denen, die unsere Gesellschaft uns auferlegt. Sicher, vernünftig, einvernehmlich – dieses Motto gibt es, um sicherzustellen, dass alle, die an dieser Art von Lebensstil beteiligt sind, ein gewisses Maß an Schutz haben. Clubs behalten ihre Mitglieder ebenfalls im Auge. Deshalb ist es immer eine gute Idee, einem beizutreten und sich nur mit Leuten abzugeben, die Teil von einem sind. Es gibt Vollstrecker, die sicherstellen, dass niemandem mehr angetan wird, als verlangt wurde. Wenn du daran interessiert bist, als Zuschauerin dabei zu sein, kannst du einem lokalen Club in deiner Nähe beitreten und die Betreiber wissen lassen, was du willst. Wir haben auch Voyeure. Aber ich muss dich warnen. Es ist nicht leicht, zuzusehen, wenn man keine Ahnung hat, was die Leute wirklich empfinden. Es sieht sehr brutal aus.

Das tut es, Pierce. Apropos ... du hast gesagt, du wurdest geschlagen, als du zum Dom ausgebildet wurdest. Können du mir erklären, warum jemand das wollen würde?

Obwohl ich nie in den Zustand der Euphorie gekommen bin, habe ich gehört, dass es sich wie Fliegen anfühlen soll. Es ist ein Hochgefühl, das man bekommt, wenn Endorphine das Gehirn überfluten. Wenn an diesem Punkt sexuelle Stimulation hinzukommt, soll es atemberaubend sein. Einige haben es als eine Erfahrung beschrieben, die sie auf neue Ebenen in ihren Köpfen und Seelen geführt hat. Es ist gut vorstellbar, dass jemand das genießt und es immer wieder sucht.

Trotzdem hast du das nie gemacht?, frage ich, da ich keine Ahnung habe, warum er nur Schmerzen zufügen sollte, ohne selbst davon zu profitieren.

Ich gebe mehr, als ich nehme. Immer schon
Bei dir klingt das, was du tust, edel, tippe ich.

In gewisser Weise ist es das auch. Kannst du dir vorstellen, dass es mitten auf deinem Rücken juckt und du alles versuchst, dich zu kratzen, aber du kannst die Stelle nicht erreichen, egal, was du auch tust. Dann kommt jemand, der das ganz einfach für dich tun könnte, aber dir keine Schmerzen zufügen will. Wenn man darüber nachdenkt, klingt es schmerzhaft, seine scharfen Fingernägel über das Fleisch einer anderen Person zu ziehen. Doch es lindert den Juckreiz und entlastet die Person von ihrem Problem.

„Wow!", flüstere ich. „Dieser Typ ist tiefsinnig. Das habe ich nicht erwartet."

Er fährt fort: *Ein Arzt verursacht seinem Patienten auch bei vielen Gelegenheiten Schmerzen, um eine Krankheit zu behandeln. Hält man ihn deshalb für unmoralisch?*

Ich habe immer mehr Fragen, aber ich fühle mich, als ob er mich langsam von seiner Denkweise überzeugt. Also frage ich: *Wenn du deine Sub schlägst, wirst du dann sexuell stimuliert? Ich frage, weil ein Arzt nicht erregt wird, wenn er seinen Patienten Schmerzen zufügt. Es wird auch niemand erregt, wenn er jemandem hilft, sich an einer Stelle zu kratzen, die er nicht erreichen kann.*

Die Zeit vergeht, und ich glaube, er versucht herauszufinden, wie er seine Antwort formulieren soll. Schließlich erscheint sie auf dem Bildschirm.

Jade, du hast so viele Fragen. Tatsache ist, dass ich von dem, was ich tue, erregt werde. Schreie und Stöhnen von Frauen machen meinen Schwanz hart. Aber wenn du die Wahrheit wissen möchtest, haben deine Fragen auch eine Erektion herbeigeführt. Die Libido ist eine merkwürdige Sache. Wenn man jung ist, kann eine leichte Brise einen hart machen. Wenn man älter wird, verursachen andere Dinge sexuelle Erregung. Ein sanftes Flüstern ins Ohr, die Berührung einer schönen Frau, ein anregendes Gespräch zwischen Fremden. Ich wette, du bist eine bemerkenswerte junge Frau.

Er scheint zu flirten, was mich aus irgendeinem Grund nervös macht. Es ist dumm. Der Mann ist Tausende von Meilen von mir entfernt. Er kann mir nichts tun, und hier bin ich, rutsche auf meinem Stuhl herum, meine Brustwarzen werden hart und Wärme füllt meinen Schritt.

Ich tippe: *Wie kannst du mich so schnell verführen?*
Bist du nass für mich, Jade?
Mein Herz pocht, als ich zurückschreibe: *Scheint so.*
Stecke deine Hand in dein Höschen, Jade.

Bei seinem einfachen Befehl bewegt sich meine Hand, ohne dass ich darüber nachdenke. Ich fühle die Hitze, die von meiner Vagina ausgeht. Dann tippe ich mit meiner rechten Hand: *Vielleicht könntest du deinen Schwanz in deine Hand nehmen, Pierce.*

Das habe ich schon, lässt er mich wissen. *Führe einen Finger in deinen jungfräulichen Kanal ein. Stoße ihn ein paar Mal hinein und sage dabei meinen Namen.*

Meine Wangen röten sich, als meine Pussy nass wird und ich tue, was er mir gesagt hat. Das bin nicht ich! Das ist nichts, was ich je gemacht habe!

Aber niemand kann mich sehen, und niemand wird jemals wissen, dass ich so etwas getan habe. Also schiebe ich meinen Finger in mich und sage laut seinen Namen. „Pierce, Pierce, Pierce!"

Sein Name rollt über meine Zunge, während meine Augen sich schließen, und ich mache weiter, bis ein Signalton eine neue Nachricht ankündigt. Ich öffne meine Augen, um zu lesen, was er geschrieben hat. *Jetzt nimm deine andere Hand und drücke damit deine Brustwarze so fest du kannst. Lasse sie nicht los, auch wenn es wehtut.*

Ich sehe seine Worte an und frage mich, warum ich so etwas tun sollte. Streicheln fühlt sich schön an, Kneifen sicher nicht. Aber aus irgendeinem merkwürdigen Grund ziehe ich mein Oberteil und meinen BH hoch. Dann kneife ich mit meiner rechten Hand in meine Brustwarze, während ich mit dem anderen Finger in mich stoße. Nicht vor Schmerzen, sondern vor etwas anderem. Es ist reine Glückseligkeit. Reine und unverfälschte Lust.

Mein Gott. Was hat er nur mit mir gemacht?

6

PIERCE

Hässliches Entlein oder nicht, diese junge Frau lässt meinen Schwanz vor Verlangen schmerzen. Und sie ist auch noch Jungfrau! Ich frage mich, ob ich sie irgendwie dazu bekommen könnte, mich ihr Gesicht sehen zu lassen. Oder mehr von ihr!

Ich schreibe: *Jade, es wäre schön, wenn wir einander sehen könnten, während wir das machen. Ich kontaktiere dich per Video-Anruf. Nimm ihn einfach an.*

Nein, tu das nicht. Es ist nicht so, dass ich dich nicht sehen will. Es ist nur so, dass die Kamera an meinem Laptop defekt ist. Wir sollten das sowieso nicht tun. Ich muss gehen. Ich schäme mich.

„Scheiße!"

Ich gebe ein: *Nein, geh nicht. Es gibt keinen Grund, dich zu schämen. Du hast selbst gesagt, dass du schon einmal masturbiert hast. Was ist schlimm daran, wenn du es tust, während ich es auch tue und du dabei an mich denkst? Es wäre sicher schön, ein Gesicht zu haben, über das ich fantasieren kann. Ich stelle mir vor, dass deine rubinroten Lippen sich um meinen Schwanz legen. Sind deine Lippen rubinrot, Jade?*

Ich streichle mich, als ich darauf warte, dass sie antwortet.

Sie sind im Moment rosa. Kein Lippenstift. Überhaupt kein Make-up. Pierce, bin ich seltsam, weil ich das tue?

Nein, lasse ich sie kurzangebunden wissen.

Menschen und ihr ständiges Bedürfnis, sich vor anderen zu rechtfertigen, verärgern mich. Ich bin mir sicher, dass das Mädchen allein ist und niemand eine Ahnung hat, was zum Teufel sie tut. Und was macht sie? Sie fragt sich, ob sie seltsam ist.

Seltsam wäre es, wenn sie es nicht tun würde, zumindest meiner Meinung nach!

Hast du einen Dildo?, frage ich sie, um sie aus ihren Gedanken und zurück zu dem, was wir tun, zu bringen.

Das ist eine sehr persönliche Frage!

Ja. So, wie wenn du mich fragst, ob es mich anmacht, wenn ich eine Frau so benutze, wie sie es von mir verlangt. Also, hast du einen oder nicht?

Vielleicht, schreibt sie.

Jade, ich bin kein Mann, der sich von anderen verarschen lässt. Beantworte die Frage aufrichtig. Oder ich kann diese Korrespondenz mit einem Klick beenden.

Ich habe einen. Was soll ich damit machen, Pierce?

„So ist es besser", sage ich mit einem Seufzen.

Hole ihn und platziere ihn dort, wo du meinen Schwanz haben möchtest, Liebes.

Kannst du bitte davon absehen, Worte wie ‚Liebe' zu sagen? Ich weiß, dass du mich nicht liebst. Ich möchte nicht, dass wir auf diese Ebene gehen. Niemals!

„Verdammt!", stöhne ich bei ihrer Antwort.

Ich tippe: *Wie ist es mit ‚Baby'?*

Ich denke, das ist in Ordnung. Ich bin gleich wieder da. Ich braue Gleitgel. Welche Farbe hat dein Haar?

„Suche dir eine aus, Baby," sage ich laut, bevor ich tippe: *Braun.*

Es dauert eine Weile, bis sie wiederkommt, und ich höre auf, meinen Schwanz zu reiben, während ich auf sie warte. Ich habe so etwas noch nie gemacht. Das ist neu für mich. Es ist ein wenig seltsam, und ich wünschte, ich könnte sie wirklich ficken. Ich frage mich, ob das jemals möglich sein wird.

Braun? Wie lang ist es?, schreibt sie zurück.

Meine Hand fängt an, sich wieder zu meinem Schwanz zu bewegen. *Kurz an den Seiten, lang oben. Lang genug, um deine Finger hindurchgleiten zu lassen. Was ist deine Haarfarbe?*

Schwarz. Schulterlang. Ich habe meine Haare gerade schneiden lassen.

Ich mag lange Haare, also tippe ich: *Lass sie wachsen. Ich will sie flechten, wenn du zu mir kommst. Jetzt sag mir, wonach du dich sehnst, Jade. Lange Spaziergänge am Strand oder heiße Nächte im Bett?* Ich grinse bei dem dämlichen Anmachspruch.

Wenn ich zu dir komme?, schreibt sie.

Es ist nur eine Fantasie, Baby. Mache einfach mit. Hast du den Dildo?

Ja, schreibt sie. *Und ich denke, ich würde gern herausfinden, wie es in deinem Bett ist, Pierce.*

Wirklich?

Es ist eine Fantasie, erinnerst du dich?, tippt sie.

Ich bin wütend auf mich, dass ich das so schnell geschrieben habe. Was für ein Amateur!

Ich wollte nur sehen, ob du aufmerksam bist. Okay, ich ficke gern hart. Schiebe diesen Schwanz in deine süße Pussy. Vibriert er?

Ja, antwortet sie. *Und du willst, dass ich es wirklich hart mache, nicht wahr?*

Wirklich hart. Stecke meinen Schwanz in deine heiße Pussy, Baby. Mache es immer wieder, bis du fast kommst, und höre dann auf.

Ich warte und streichle meinen Schwanz, als ich mir vorstelle, wie ich in ihren engen, jungfräulichen Körper eindringe. Verdammt, ich will sie!

Ich komme gleich. Was jetzt?, tippt sie.

Das Grinsen, das sich auf meinen Lippen bildet, sieht sicher sadistisch aus, als ich eingebe: *Lege diesen Schwanz in deinen Mund und schmecke dich, Baby.*

Vergiss es!

TU ES! Ich warte und warte.

Nach etwa drei Minuten antwortet sie: *Oh mein Gott! Ich habe es gemacht! Ich bin krank, nicht wahr? Oh, mach dir nicht die Mühe, das zu* beantworten. *Ich weiß, dass ich es bin. Ich muss gehen. Du bringst mich dazu, schreckliche Dinge zu tun. Bye.*

Du bist nicht krank, Jade. Verdammt, hör auf, so prüde zu sein, Baby!

Ich bin prüde, nicht wahr? Ihre Worte hallen in meinem Kopf wider. *Ich werde niemals eine Erotik- oder auch nur Comedy-Romanautorin sein. Ich werde höchstwahrscheinlich langweilige Artikel für die Zeitung schreiben und in einem Haus voller Katzen leben. Tut mir leid, dass ich dich belästigt habe.*

Ich setze mich auf und tippe schnell: *Geh nicht! Bitte nicht. Jade, ich würde gern noch länger mit dir reden. Wirklich. Ich bin ein Mann, der gerne zusieht, wie Träume Realität werden, ähnlich wie in den Szenen, die ich mit den Subs mache. Und verdammt nochmal, ich will etwas für dich erschaffen. Wie wäre es mit einer Szene, in der du schon eine berühmte Autorin erotischer Romane bist? Eine coole, verführerische Schönheit. Bei deiner ersten Preisverleihung begleite ich dich zum Podium, wo du deine Auszeichnung als beste Schriftstellerin des Universums entgegennimmst.*

Das ist albern, schreibt sie zurück, aber ich bin froh, dass sie noch da ist.

Nein, das ist es nicht. Hilf mir, diese Fantasie zu erschaffen. Was trägst du bei dieser Preisverleihung?

Ich mag mich in Schwarz. Die meisten meiner Kleider sind schwarz.

Welche Farbe haben deine Augen?, frage ich sie.

Braun, nun, eine Art Goldbraun.

Ich sehe dich in einem gelben, fließenden, fast durchsichtigen Kleid. Ich halte dich besitzergreifend an der Taille umschlungen. Die Welt denkt, du gehörst mir, und ich bin stolz darauf, an deiner Seite zu sein, während du auf der Bühne stehst. Deine milchigen Oberschenkel blitzen durch die langen Schlitze im Kleid, während du über den braunen Marmorboden gleitest. Dann überreicht dir eine große, elegante Frau in einem kurzen, engen roten Kleid eine Kristalltrophäe. Dein Name ist ins Kristall graviert: ‚Schriftstellerin des Jahres, Jade Thomas. Und dann schaust du in meine Augen.

Sie fragt: *Welche Farbe haben sie?*

Ich bin froh zu sehen, dass sie mitspielt und tippe: *Blaubraun. Man sagt oft, sie seien haselnussbraun. Wenn du in sie hineinschaust, kann ich deine Tiefe sehen. Du verfügst über Ehrlichkeit und Mut, und ich bin in deinem Blick verloren. Die Leute jubeln alle, und ich drehe dich in ihre Richtung und gebe dir einen Klaps auf den Hintern, der sie noch mehr jubeln lässt. Du errötest und senkst deinen wunderschönen Kopf. Ich hebe dein Kinn mit zwei meiner Finger an und sage dir, wie perfekt du bist.*

Küssen wir uns dann?, schreibt sie, und ich kann fast ihre atemlose Frage fühlen, obwohl es nur geschriebene Worte sind.

Unsere Münder bewegen sich langsam aufeinander zu. Unsere Lippen berühren sich, und Wärme baut sich in uns beiden auf. Dann drängt sich meine Zunge durch deine Lippen und nimmt deine Zunge gefangen. Ich bewege meine Zunge um deine herum in einem Tanz, der dich vor Lust zur Raserei bringt, während ich dich in meinen starken Armen halte.

Hm. Gibt es in dieser kleinen Fantasie irgendeine Bestrafung außer dem Klaps auf meinen Hintern?, fragt sie.

Ich glaube, sie ist zu sehr auf den Bestrafungsaspekt fixiert, und ermahne sie schnell: *Jade, ich habe dich nicht gebeten, mir Fragen zu stellen. Ich habe dir gesagt, du kannst der Fantasie hinzufügen, was du willst. Du musst aufhören, so zu tun, als ob es immer nur um Strafen geht. Wenn du willst, dass ich dir meinen Gürtel um den Hals lege und deinen süßen Arsch von der Bühne ziehe, um dich gegen die Wand zu werfen und dich gleich Backstage zu nehmen, dann sag das. Frage mich nicht, was ich mit dir machen werde! Das ist DEINE Fantasie. Sag mir, was du willst. Möchtest du, dass ich dein Kleid von deinen Brüsten wegziehe und sie mit der Peitsche bearbeite, während deine Fans zusehen? Oder möchtest du ein bisschen diskreter sein und mich von der Bühne begleiten, dann zu deinem Ankleidezimmer gehen, dich über den Stuhl dort beugen und dir von mir den Hintern versohlen lassen, bis du weinst und ich meinen Schwanz in deine nasse Pussy stoße?*

Verdammt!, lautet ihre Antwort.

Ich schreibe: *Ja, genau. Verdammt. Du bist engstirnig, was BDSM angeht. Du hast dir deine Meinungen anhand des Unsinns gebildet, den du in diesen dummen kleinen Romanen gelesen hast. Hier in meiner Welt herrscht nicht immer strahlender Sonnenschein, aber manchmal ist es durchaus hell. Nicht alles ist dunkel. Nicht alles ist unheimlich. Und nicht alles ist, wie irgendwelche Märchen es euch alle glauben lassen. Schmerz ist ein Teil des Lebens, und wenn man herausfindet, dass er in Vergnügen verwandelt werden kann, das man sonst niemals finden könnte, wird man süchtig danach. Richte nicht über andere, bis du es selbst erlebt hast, Jade Thomas!*

Du hast recht, Pierce. Das war ein Fehler. Bye.

NEIN!

Ich warte und warte, aber sie ist weg. Sie ist wirklich weg. Und ich fühle mich leerer als je zuvor ...

7
JADE

Zittern erfasst meinen Körper, während ich auf meinem Bett liege und mich frage, warum ich das gerade getan habe. Warum in Gottes Namen würde ich mir erlauben, so etwas mit einem Dom zu tun? Bin ich verrückt?

Ich betrachte den zugeklappten Laptop, der am Rande meines Bettes steht und überlege, ob Pierce verzweifelt darüber ist, den Kontakt mit mir verloren zu haben, oder ob es ihn nicht kümmert. Ich bin sicher, dass Letzteres der Fall ist.

Ich bin ein dummes, naives Mädchen, das sich auf etwas eingelassen hat, mit dem es nicht umgehen konnte. Der Mann hat mich so schnell erobert. Ich habe die Kontrolle über alles verloren – das Interview und meinen Körper. Mein Verstand war während dieser Zeit irgendwie verloren.

Ich rolle mich auf meinen Bauch und ziehe ein weiches Kissen in meine Arme. Ich habe keinen Orgasmus gehabt, und das hat mich frustriert zurückgelassen. Aber ich muss zugeben, dass ich nicht nur sexuell frustriert bin. Die Art, wie ich die Unterhaltung beendet habe, war abrupt, und ich brauche einen richtigen Abschluss.

Ich lasse das Kissen los, öffne den Computer wieder und sehe, dass er noch eine Nachricht hinterlassen hat, nachdem ich unsere

Diskussion beendet habe. *Jade, bitte kontaktiere mich, wann immer du willst. Ich glaube, du brauchst meine Hilfe. Ich bin für dich da. Jederzeit. Tut mir leid, dass ich dich überfordert und dir dein Interview verdorben habe.*

Ich schließe den Laptop, lehne mich zurück und versuche, mir den Mann vorzustellen. Er sagte, sein Haar sei braun, kurz an den Seiten und oben lang genug, um meine Finger hindurchbewegen zu können. Seine Augen sind haselnussbraun, und ich wette, sie sind gefühlvoll. Sein Kommunikationsstil war nicht das, was ich erwartet hatte. Er ist ein paar Mal dominant geworden. Es scheint seine Natur zu sein, keine Show.

Ich denke, dass es in der BDSM-Welt Leute gibt, die eine bestimmte Idee in ihrem Kopf haben und Dinge ausprobieren wollen, die andere erschrecken würden. Ich erinnere mich an die Zeit, als meine Eltern mich in einen Vergnügungspark in Frankreich mitgenommen haben. Es gab eine riesige Achterbahn, und ich hatte Angst davor. Man hörte die Besucher, die eine Fahrt wagten, im ganzen Park schreien. Aber ich wollte trotzdem damit fahren.

Als wir in der langen Schlange standen und warteten, hatte ich so viel Angst, dass ich fast weggelaufen wäre. Aber dann floss Adrenalin durch mich, und ich war voller Vorfreude, es zu tun. Letztendlich war die Fahrt furchterregend, aber ich habe sie genossen.

Also setze ich mich auf mein Bett, überkreuze meine Beine und nehme meinen Laptop, um zu sehen, ob Pierce wirklich meinte, was er sagte. Ich tippe: *Entschuldige mein unhöfliches Verhalten. Ich war außerhalb meiner Komfortzone. Hast du es ernst gemeint, als du sagtest, dass du mir immer noch helfen willst?*

Ja, kommt seine Antwort. *Und bitte nimm meine Entschuldigung an. Ich bin viel zu schnell gewesen. Also, frage mich alles, was du willst.*

Ich lächle, als ich auf den Bildschirm schaue und wünsche mir, ich könnte sein Gesicht sehen, aber ich wage es nicht, das von ihm zu verlangen. Nicht nach dem, was ich abgezogen habe. Also tippe ich in eine weitere Frage: *Werden tatsächlich Leute versteigert?*

Ja. Es gibt vier verschiedene Auktionen in unserem Club sowie Zeiten, zu denen sich verschiedene Gruppen dort versammeln. Ich gehöre zur hete-

rosexuellen Gruppe, in der Männer Doms und Frauen Subs sind. Die anderen drei Gruppen sind Dominas und männliche Subs, Lesben und dann noch schwule Männer. Es erleichtert das Ganze, uns alle getrennt zu halten. Und alle Gruppen haben Auktionen.

Wenn eine Person gekauft wird, muss sie bei ihrem Käufer bleiben? Und wie lange?, frage ich, bevor ich aufstehe, um mir eine Flasche Wasser zu holen.

Als ich zurückkomme, auf mein Bett klettere und den Laptop auf meinen Schoß ziehe, sehe ich, dass er geantwortet hat. *Die Auktionen werden mit den in den Verträgen festgelegten Zeitlimits durchgeführt. Es gibt nächtliche Auktionen, wöchentliche und monatliche. Ich habe sogar eine gesehen, die für ein Jahr war. Am häufigsten sind wöchentliche. Während dieser Zeit ist den jeweiligen Personen überlassen, ob sie zusammenbleiben, sich im Club in privaten Räumen treffen oder andere Arrangements treffen. Es ist alles ihre Entscheidung. Aber Geld wird beim Kauf gezahlt. Und die Person, die versteigert wird, bekommt einen Prozentsatz dieses Geldes.*

„Prostitution", flüstere ich. Dann schreibe ich: *Ist das nicht illegal?*

Die Clubs zahlen Steuern, also nein, es ist nicht illegal. Und die versteigerten Personen werden in den Verträgen als Entertainer bezeichnet. Die Verträge sind so formuliert, als würde ein Schauspieler engagiert werden.

Aber stehen in vielen Verträgen nicht sexuell explizite Dinge?, frage ich, denn die, die ich gelesen habe, waren sehr explizit.

Ja, aber solche Dinge können legal sein. Denke nur an die Porno-Industrie, in der die Schauspieler auch bezahlt werden. Und das ist alles legal, solange Steuern gezahlt werden. Der Regierung geht es nur um Geld.

Ich muss die finanzielle Seite abhaken und mich auf die anderen Fragen konzentrieren, die ich habe. *Hast du jemals dafür bezahlt?*

Meine Club-Beiträge sind alles, was ich je bezahlt habe. Die Frauen, die ich im Club kennengelernt habe, bekommen Geld für ihre Anwesenheit. Also habe ich sie wohl indirekt bezahlt. Habe ich gerade deinen Respekt verloren, Jade?

Nicht ganz, antworte ich ihm. *Aber ich bin von dem Geldfaktor fasziniert. Frauen werden dafür bezahlt, damit du sie schlagen kannst. Und jetzt* habe ich eine viel bessere Vorstellung davon, warum einige von ihnen so etwas machen.

Es geht wirklich nicht um das Geld. Ich glaube es jedenfalls nicht. Es gibt eine lange Pause, dann fügt er hinzu: Ich glaube, ich werde ein paar von den Frauen fragen, mit denen ich zusammen war, ob das eine große Rolle dabei spielt, dass sie das tun. Du bist wirklich eine ausgezeichnete Interviewerin. Du bringst mich zum Nachdenken. Ich mag das.

Ich bin froh darüber, dass er mich mag, und tippe: *Es ist seltsam, wie ich mich bei dir fühle. Ich freue mich darüber, dich glücklich zu machen.*

Das solltest du auch. Du bist so geboren, Jade. Menschen glücklich zu machen ist ein Grundinstinkt der Frauen. Wenn ein Baby schreit, löst es normalerweise einen Instinkt in der Frau aus, herauszufinden, warum es weint, und etwas zu tun, um es zu beruhigen. Sie will, dass das Baby glücklich und gesund ist. Es gibt ihr ein gutes Gefühl.

Ich verstehe, was du meinst, Pierce.

Also verstehst du auch, warum manche Frauen in der BDSM-Szene gern ihrem Dom dienen? Es lässt sie sich gut fühlen. Und als Doms wollen wir, dass unsere Subs sich gut fühlen. Das heißt, wenn wir für einen längeren Zeitraum eine Sub zu uns nehmen, kümmern wir uns um die Rechnungen und um die Aufstellung und Einhaltung der Regeln. Wir nehmen ihr das ab, damit sie tun kann, was sie will: Uns hervorragendes Essen kochen und stolz auf die Wäsche und das aufgeräumte Haus sein.

Ich lache und entgegne: *Für mich wäre das nichts. Ich und viele andere Frauen bekommen keine Glücksgefühle beim Wäschewaschen und Kochen. Ich bin eine ziemlich schreckliche Köchin. Meine kulinarischen Fähigkeiten beschränken sich aufs Sandwich-Machen. Und ich kann Tiefkühlgerichte in der Mikrowelle aufwärmen.*

Du bist Single, oder?

Ja. Ich lebe allein. Schon seit fünf Jahren, antworte ich ihm.

Also hast du niemanden, für den du kochen oder putzen kannst, Baby. Wenn ich jeden Abend nach Hause kommen würde, wette ich, dass du mir gern ein sauberes Zuhause bieten würdest, um mich nach einem harten Arbeitstag zu entspannen. Ich wette, du würdest gern lernen, wie du mir ein Essen zubereiten kannst. Hat deine Mutter für die Familie gekocht?

Ja, Mum hat gekocht.

Hattest du den Eindruck, dass sie es gehasst hat? Oder war sie stolz darauf, was sie euch allen gekocht hat?

Sie war stolz auf ihre Kochkünste. Ich schüttle meinen Kopf, als er wieder meine Sichtweise ändert. *Also sagst du, dass ich diese Dinge nicht ganz verstehe, weil ich allein lebe. Ich habe keinen Freund, dem ich etwas kochen könnte. Also kann ich das gar nicht verstehen.*

So in etwa. Du solltest dir einen Mann suchen, Jade.

Ehrlich gesagt, antworte ich, *gibt es keinen, der mich im Moment interessiert. Irgendeinen Kerl abzuschleppen würde mich diesen euphorischen Zustand des Hausfrauendaseins sicher nicht erleben lassen, Pierce. Und ich will meinen Körper nicht einem beliebigen Mann hingeben.*

Sag mir, was du körperlich bei einem Mann suchst, Jade.

Du wirst lachen, aber okay... Ich mag Muskeln, jede Menge davon. Ich bin durchschnittlich groß mit meinen 1,68 Metern, aber ich möchte, dass der Mann mich überragt. Er sollte über 1,80 Meter groß sein. Und er sollte außerordentlich attraktiv sein. Ich bin ziemlich anspruchsvoll, weißt du. Ich lache, als ich darauf warte, dass er mir sagt, wie verwöhnt ich bin oder etwas in der Art.

Es gibt solche Männer, Jade. Halte die Augen offen. Du verlangst nicht zu viel. Was tust du eigentlich selbst dafür, um dich für deinen Traummann attraktiv zu machen, wenn du ihm jemals begegnen solltest?

Ich sehe in den Spiegel über der Kommode und betrachte meine ausgeleierte Sweat-Hose und das bequeme Oberteil. Kein Make-up kaschiert meine blasse Haut. Ich muss unbedingt öfter in die Sonne gehen. Mein Haar hängt in schlaffen Strähnen herunter und macht mich nicht gerade hübscher.

Er schreibt weiter: *Was ist mit deinem Intimbereich? Hältst du ihn gepflegt und ordentlich oder ist es ein buschiger Alptraum? Du solltest darüber nachdenken, wie zugänglich er ist, wenn du Mr. Right begegnest.*

Ich ziehe das elastische Band meiner Sweat-Hose zurück, werfe einen Blick hinab und erschaudere. *Ich denke, ich muss mich mehr anstrengen,* schreibe ich.

Das solltest du vielleicht wirklich. Du solltest dich genauso gut pflegen, wie du es bei einem Mann attraktiv findest. Wenn du nicht in Form bist, mache etwas dagegen. Essen richtig, trainiere und sei so fit, wie du es dir bei einem Mann wünschst. Also, wie schlimm ist es, Jade?

Ich habe ein gutes Gewicht für meine Größe. Ich könnte allerdings ein bisschen mehr Muskeln brauchen. Ich habe ein Problem mit Kleidung. Ich kann niemals gute Sachen finden. Meine Wochenenden verbringe ich meistens in Sweat-Anzügen, und meine Alltagskleidung sind Jeans und Pullover. Ein altes Paar Turnschuhe rundet meine Ensembles ab.

Ich sage dir etwas. Gib mir deine Maße und deine Adresse, und ich schicke dir ein paar Sachen. Ich brauche auch deine Schuhgröße. Und ich habe zufällig ein ausgezeichnetes Rasur-Regime, das deine Haut schont und eingewachsene Haare verhindert.

Ich schüttle den Kopf, weil ich diesen Mann einfach nicht verstehe, und tippe: *Warum machst du das alles? Es ist nicht so, als würden wir uns jemals treffen. Und wenn wir es tun würden, wäre ich sowieso nicht die Richtige für dich.*

Lass mich dir helfen, Jade. Ich möchte es. Es wäre sehr hilfreich, wenn du mir ein Foto schicken würdest. Nicht nackt. Einfach ein Ganzkörper-Bild. Damit ich eine Vorstellung von deinem Körper-Typ bekomme und Kleider auswählen kann, die gut an dir aussehen.

Bist du ein professioneller Stylist, Pierce?, frage ich ihn, als ich lache und auf meinem Handy nachsehe, ob ich irgendwelche Fotos von mir habe.

Nein, aber ich weiß, was mir gefällt, und ich denke, ich kann dir helfen. Also, wirst du mir ein Foto schicken?

Ich finde eines, das nicht allzu schrecklich ist. Es wurde gemacht, bevor ich mir die Haare schneiden ließ. *Wenn du mir deine Telefonnummer gibst, kann ich dir ein Foto schicken.*

756-666-0097.

Okay, ich schicke es jetzt. Und wie wäre es mit einem von dir? Ich will dein Gesicht sehen.

Ich versende das Foto von mir und bekommen bald danach eines von ihm. Mir stockt der Atem, als ich mir den heißen Mann ansehe. Er sieht groß aus, als er neben einer Bar steht. Er trägt einen schwarzen Smoking, der ihm perfekt passt. Er ist ein großer Kerl und bestimmt sehr muskulös unter seinen Kleidern. Und seine Augen sehen so gefühlvoll aus, wie ich dachte. Obwohl er nicht heiter oder süß wirkt, vermittelt er den Eindruck, dass er weiß, wer er ist.

Dann fällt mir ein, dass ich ihm gesagt habe, was ich an einem Mann attraktiv finde. Er muss dieses Bild aus dem Internet heruntergeladen haben und es mir als ein Foto von sich selbst geschickt haben. Was für ein Idiot!

Ist das Foto wirklich von dir, Pierce? Du kannst ehrlich zu mir sein. Wir werden uns sowieso niemals begegnen. Wenn du klein und dick bist, ist das okay.

Das Bild ist von mir. Das war letzte Woche bei einer Spendengala. Und darf ich dir sagen, dass deine Knochenstruktur atemberaubend ist? Du brauchst mehr Sonne und musst lernen, wie du deine kurvenreiche Figur besser kleidest, aber du hast das Potenzial, eine Schönheit zu werden, Jade.

Obwohl er mich nicht sehen kann, erröte ich bei seinen Worten. Er denkt, dass ich schön sein könnte!

8
PIERCE

Ich starre auf das Foto, das sie mir geschickt hat. Jades langes schwarzes Haar glänzt im Sonnenlicht, als sie vor einem Teich steht und denjenigen, der das Foto von ihr gemacht hat, anlächelt. Ein langer schwarzer Rock, der bis zum Boden reicht, und eine bis zum Hals zugeknöpfte weiße Bluse bedecken ihre Kurven. Großartige Kurven, die förmlich darum betteln, betont zu werden.

„Oh, du hast tatsächlich Potenzial, meine kleine Schönheit", murmle ich, während ich sie ansehe.

Obwohl ihr Gesicht blass ist, ist es wunderschön. Ein kleines bisschen Bräune und sie würde perfekt sein. Ich kann es nicht erwarten, ihr etwas zum Anziehen zu kaufen. Ein Kleid, denke ich. Vielleicht in einem Lavendelfarbton, um die natürlichen Blauschattierungen in ihrem schwarzen Haar hervorzuheben. Ihre Augen glänzen vor glücklicher Unschuld, und ihre Lippen sind voll. Reif für einen Kuss!

Ich tippe: *Du und ich sollten uns treffen.*

Eine lange Zeit vergeht. Zu verdammt lange. Aber ich warte auf ihre Antwort.

Pierce, ich war im Badezimmer. Tut mir leid, dass es so lange gedauert hat. Ich muss dich wissen lassen, dass ich nicht eine deiner Subs werde. Ich habe überhaupt keine Lust dazu. Ich liebe es aber, mit dir zu reden. Wir könnten eine Online-Beziehung haben. Ich könnte meine Kamera auf meinem Laptop reparieren lassen, wenn du weißt, was ich meine?

Mein Körper spannt sich an, als ich mir vorstelle, sie nur durch ein Kamera-Objektiv zu haben. Ich fürchte, das wird niemals reichen. Ich nutze Taktiken, um sie eifersüchtig zu machen. *Ich muss meine körperlichen Bedürfnisse wohl von jemandem hier befriedigen lassen.*

Ich dachte, das würdest du ohnehin tun, antwortet sie.

Das ist überhaupt nicht das, was ich wollte.

Ich könnte dich von meinem Jet zu mir fliegen lassen, Jade. Ich warte und kaue auf einem Bleistift herum. Ich bin sonst nie so angespannt!

Ich kann jede Frau haben, die ich will. Und meine Wünsche sind in den letzten Jahren alle in einem Bereich gewesen. Und das sind sie immer noch. Aber ich möchte dieses kleine, junge Ding in meine Welt bringen und einen Platz für sie darin schaffen. Ich denke, ihre Neugier auf BDSM ist etwas, das ich formen und in eine Realität verwandeln kann.

Wenn sie über solche Dinge schreiben will, wäre es nicht besser, sie gelebt zu haben?

Nein, danke, Pierce. Ich weiß deine Einladung aber zu schätzen, schreibt sie schließlich.

„Verdammt!"

Ich tippe aufgebracht: *Ich könnte zu dir kommen.*

Ihre Antwort ist schnell und auf dem Punkt: *Meine Wohnung ist winzig, und ich habe Nachbarn auf allen Seiten. Wenn wir es hier tun würden, hätten wir die Polizei vor der Tür stehen, noch bevor du mit mir fertig bist.*

Ich muss lachen und schüttle meinen Kopf. Sie ist clever. Das muss ich ihr lassen. Aber ich habe eine andere Idee: *Ich würde uns ein Hotelzimmer buchen. Ein sehr schönes. Ich würde dich zum Essen ausführen, bevor ich dir zeige, was du verpasst hast.*

Du bist ein fantastischer Lügner, Pierce!

Ich schlage meine Faust auf meinen Schreibtisch und brülle: „Fuck!"

Sie hat keine Ahnung, wer ich bin oder wie viel Geld ich habe. Ich könnte in wenigen Stunden mit ihr zusammen sein, sie festhalten, ihre blasse Haut streicheln und ihr zeigen, was es bedeutet, meine Peitsche zu spüren.

Mein Schwanz pulsiert, als ich darüber nachdenke, wie sie nackt von Seilen hängt, die an der Decke befestigt sind. Ich könnte sie an einen Ort führen, an dem sie noch nie war, einen Ort, den sie nicht einmal kennt.

Kann ich ein Video von einer Sub und mir machen, um dir zu zeigen, wie es in Wirklichkeit ist, Jade?

Das wäre fantastisch. Würdest du das wirklich für mich tun?

Ich lache und murmle: „Ich glaube, ich würde alles für dich tun, Jade." Aber ich tippe: *Das würde ich für dich tun, wenn du in Betracht ziehst, mich in naher Zukunft zu treffen.*

Pierce, ich stehe nicht auf Schmerzen. Wenn du möchtest, dass wir uns treffen, etwas trinken und sehen, wohin das führt, wäre ich vielleicht dabei. Aber deine Welt ist nichts für mich.

Ich trommle mit meinen Fingern auf den Tisch und denke über eine Antwort nach, bevor ich schreibe: *Ich will, dass du deine Fantasie ausarbeitest und für mich aufschreibst. Dann werde ich eine Frau finden, die sie nachspielen will. Wir werden deine Szene nachspielen, Jade. Du wirst sehen, wie erotisch es ist, eine ganze Szene zu machen. Und ich ermutige dich, Seile, Peitschen, Paddel und vielleicht auch heißes Wachs zu benutzen, wenn du deine Szene schreibst.*

Ich habe keine Ahnung, wie ich damit anfangen soll, Pierce.

Ich seufze. *Dann werde ich die Szene mit dir zusammen schreiben. Wir können die Nacht durcharbeiten, wenn es sein muss. Was denkst du?*

Es gibt nur eine kurze Pause, bevor sie antwortet: *Lass mich etwas zum Mittagessen holen. Dann komme ich wieder, und wir können das machen. Okay?*

Okay, ich werde warten.

Hast du keinen Hunger?, fragt sie.

Nicht auf Essen. Ich lache und lecke meine Lippen, als ich ihr Bild wieder anschaue, dann sage ich vor mich hin: „Aber auf dich, Jade Thomas!"

Kannst du mir, bevor ich gehe, eine Vorstellung davon geben, wie wir das schreiben werden?

Ich lehne mich auf meinem Stuhl zurück und tippe: *Jade kniet vor meiner Spielzimmertür und wartet darauf, zum ersten Mal dominiert zu werden. Ihr Körper ist nur von dünnen Riemen aus schwarzem Leder bedeckt. Ein Riemen bedeckt die Knospen ihrer festen Brüste. Ein Riemen verläuft zwischen ihren Beinen. Und ein weiterer Riemen verbindet sie miteinander. Ihr Körper ist gerötet vor Aufregung und nervöser Energie. Eine Energie, die sie mir, ihrem Dom, geben wird. Ich nehme diese Energie und verwandle sie in Vergnügen, das sie noch nie in ihrem Leben gekannt hat. Wie klingt das, Jade?*

Verdammt, Pierce! Du bist gut.

Das habe ich schon öfter gehört. Geh zum Mittagessen, ziehe dich danach aus und klettere in dein Bett, damit wir mit diesem Projekt anfangen können. Du wirst wahrscheinlich deinen Vibrator mitnehmen wollen. Die Besprechung von Szenen kann sehr erregend sein. Ich würde es hassen, wenn diese Konversation dich sexuell frustriert zurücklässt.

Ich auch. Das ist so verrückt! Aber ich werde es schaffen, Pierce! Gott! Ich bin bald zurück, nackt und bereit, bei diesem kranken Zeug mitzumachen.

Ihre Worte stellen mich nicht zufrieden. Ich möchte nicht, dass sie das, was wir tun, für krank oder pervers hält. Ich möchte, dass sie sich öffnet und es als das sieht, was es ist: Etwas Schönes, das den Horizont erweitert. Ihr Leben wird sich am Ende unserer Szene verändert haben. Sie kennt den Samen nicht, den ich in ihrem Kopf gepflanzt habe. Der Samen wird wachsen und wachsen, bis sie mich anbetteln wird, sie zu treffen. Ich habe keinen Zweifel daran. Überhaupt keinen!

9
JADE

Die Vorhänge sind zugezogen, die Lampen sind gedimmt, der Vibrator liegt auf dem Nachttisch neben einer Flasche Gleitgel, und ich glaube, ich bin bereit, zurück zu Pierce zu gehen. Falls er noch auf mich wartet. Ich kann nicht umhin zu glauben, dass das zu gut ist, um wahr zu sein.

Ich bin online gegangen, um nach Antworten zu suchen, und habe dabei einen echten Dom getroffen. Jetzt sind wir dabei, eine Szene zu schreiben, wie es in der BDSM-Welt heißt. Wow!

Als ich mein Notebook aufklappe, sehe ich, dass er mir keine Nachrichten geschickt hat, was mir ein wenig Sorgen macht. Und dann kommt mein Verstand zurück in die Realität. Ich habe mich von ihm in eine Fantasie-Welt ziehen lassen!

Während ich auf meinen Computerbildschirm starre, sehe ich unsere Chat-Unterhaltung und muss mich fragen, wie all das passieren konnte. Plötzlich sehe ich, dass Pierce etwas geschrieben hat.

Du bist zurück.

Wahrscheinlich wurde bei ihm angezeigt, dass ich wieder online bin. Ich könnte den Computer einfach ausmachen. Ich könnte weggehen und diesen ganzen Wahnsinn beenden. Aber tief in meinem Inneren möchte ich wissen, worum es bei dieser Szene geht. Also tippe ich: *Ja. Willst du das immer noch mit einer ahnungslosen Vanilla-Jungfrau machen? Ich bin sicher, dass ich dich enttäuschen werde.*

Ich bezweifle sehr, dass du das tun wirst. Ich werde dein Führer in dieser neuen Welt sein. Wenn du mich enttäuschst, ist es meine eigene Schuld, weil ich dich nicht richtig unterrichtet habe. Ich bin bereit, deine Ideen aufzuschreiben. Hast du darüber nachgedacht, was ich mit dir machen soll?

Ich habe in der letzten Stunde über nichts anderes nachgedacht, während ich mir ein Schinkensandwich gemacht und es gegessen habe. Seilen, Peitschen, Paddel und anderen Dingen, die ich für wild halte, sind mir durch den Kopf gegangen. Er schreibt weiter: *Ist da jemand?*

Ich bin da. Ich bin nur nervös und habe keine Ahnung, was ich tun soll.

Du hast gesagt, du möchtest Erotik-Autorin werden, Jade. Das hier ist nichts anderes als Schreiben.

Verdammt. Er hat recht!

Ich antworte: *Okay, dann lass uns anfangen. Ich denke, ich würde gern hören, was du einer Anfängerin, die noch Jungfrau ist, vorschlagen würdest.*

Lass uns jetzt so tun, als wärst du keine Jungfrau, okay?, schreibt er. *Wenn ich dich jemals zu einem realen Treffen überreden kann, plane ich, dieses kleine Problem sofort zu beseitigen.*

Ich zucke auf dem Bett zusammen, bevor ich bei dem Gedanken grinsen muss. Auch wenn ich nicht glaube, dass der Mann auf dem Bild, das er mir geschickt hat, er ist, gefällt mir der Gedanke, dass ein Kerl wie er mein erster Liebhaber wird. Es ist einfach zu verrückt!

Okay, Romeo, also bin ich in dieser Szene eine reife Lady mit jeder Menge sexueller Erfahrung. Eine echte Nymphomanin. Und ich suche etwas Hartes. Ich halte inne und lache über die idiotischen Worte, die ich geschrieben habe.

Im Ernst, Jade. Das hier wird so viel besser sein, wenn du so tust, als ob es dir wirklich passiert. Bist du bereit, ernsthaft mitzumachen?

Verdammt, er ist streng!

Ich tippe: *Okay, ernsthaft, Pierce. Also, wie geht es weiter?*

Ich habe dich kniend an der Spielzimmertür zurückgelassen. Du trägst schwarze Lederriemen, und ich trage eine locker sitzende schwarze Hose und sonst nichts.

Hast du durchtrainierte Bauchmuskeln?, frage ich, während ich mein Gesicht näher an den Bildschirm bewege, als ob ich ihn sehen könnte.

Einen harten Waschbrettbauch und perfekte Brustmuskeln, die ich täglich trainiere. Mein Bizeps wurde schon monströs genannt. Und ich bin dabei, meinen mächtigen Körper zu benutzen, um dich in einen Zustand vollständiger Unterwerfung zu bringen.

Okay, schreibe ich und ringe um Atem. Der Gedanke an ihn – egal, ob seine Selbstbeschreibung wahr ist oder nicht – macht mich heiß.

Ich gehe an dir vorbei zu zwei langen Seilen, die an Haken von der Decke hängen. Ich werde deinen Körper mit den Seilen fesseln und dich über dem Boden waagerecht in genau der richtigen Höhe aufhängen, damit ich dich ficken kann, sobald ich deine Endorphine zum Sprudeln gebracht habe.

Oh, schreibe ich mit klopfendem Herzen. *Und was kann ich für dich tun?*

Du kannst meine Herrschaft über deinen Körper anerkennen. Du kannst mir erlauben, mit ihm zu spielen und Dinge mit ihm zu machen, von denen du nie auch nur geträumt hast. Ich wüsste es auch zu schätzen, wenn du wimmern oder stöhnen könntest.

Dann tu so, als würdest du das hören. Im wirklichen Leben würde ich ihm höchstwahrscheinlich eine runterhauen, wenn er mich tatsächlich schlagen sollte.

Gut. Sobald ich an den Seilen bin, werde ich dich zu mir rufen. Du wirst mit gesenktem Kopf zu mir kommen. Und weißt du, warum du dich verbeugst? Du tust es, weil du es willst. Nicht, weil ich es dir gesagt habe. Du wirst darauf vorbereit, deine Energie auf mich zu übertragen, indem du dich zu einem ordentlichen kleinen Paket zusammenschnüren lässt, bis ich dich befreie. Verstanden?

Ähm, ich stehe still und schweige, weil ich mir meine Energie für das, was passieren wird, sparen will. Ist das so richtig?

Ja, und ich muss dich dafür loben, das von ganz allein begriffen zu haben. Du bist ein sehr braves Mädchen, Jade.

Danke, sage ich und fühle mich ein bisschen stolz. Ich weiß nicht, warum ich das tue. Der Mann hat gerade mit mir gesprochen, als ob ich sieben Jahre alt wäre!

Okay, sobald du zu mir gekommen bist, werde ich dich anweisen, deine Arme auszustrecken, was du ohne Zögern tun wirst, weil du ein braves Mädchen bist und weißt, dass du mir mit deinem Körper und deinem Verstand vertrauen kannst. Ich wickle eines der Seile um deinen Arm und sorge dafür, dass das Gewicht so verteilt wird, dass du dich schwerelos fühlst. Die Seile werden dich praktisch umarmen. Glaubst du mir, wenn ich dir sage, dass du dich so fühlen wirst, wie ich es beschreibe, wenn du innerlich alles loslässt?

Ja. Ich warte gespannt darauf, was als Nächstes kommt.

Gut. Ich fessle dich, bis ich dich vollständig fixiert habe, wie ich es vorher beschrieben habe. Ist das alles in Ordnung für dich, Jade?

Das ist es, antworte ich.

Wenn irgendetwas nicht in Ordnung ist, musst du es mich wissen lassen. Das soll deine Fantasie sein, aber du bist so unerfahren in diesen Dingen, dass ich dir helfe. Du wirst bald in der Lage sein, eigene Ideen zu entwickeln. Du wirst sehen. Und dann machen du und ich Szenen zusammen. Du wirst sehen.

Sicher. Bitte mach weiter.

Sobald ich dich ganz gefesselt und meiner Gnade ausgeliefert habe, werde ich dich reizen. Du wirst in einem entspannten Zustand sein, in dem die Seile dich halten, und ich werde ihn beenden, indem ich die Seile so bewege, dass dein Körper schwingt und du aus dieser Leichtigkeit herausgerissen wirst.

Warum?, muss ich fragen. *Warum darf ich mich nicht wohl und sicher in den Seilen fühlen?*

Weil das keinen Spaß macht. Du würdest bald einschlafen, und wo ist der Spaß dabei?

Oh, du hast wahrscheinlich recht. Also weiter.

Ich lasse dich schwingen, und du wirst anfangen, dich verletzlich zu fühlen. Dein Verstand warnt dich, dass du fallen könntest. Das wirst du aber nicht. Ich werde dich so fesseln, dass du stundenlang kämpfen könntest und immer noch nicht fallen würdest.

Oder mich befreien, füge ich hinzu, als mir der Gedanke kommt. Ich werde deiner Gnade ausgeliefert sein, wie du selbst gesagt hast.

Das wirst du, Jade. Zurück zu unserer Fantasie. Ich werde dich schwingen lassen und noch etwas quälen. Gelegentlich wird eine Peitsche neben dir auf den Boden krachen, aber sie wird dein Fleisch zu diesem Zeitpunkt nicht berühren. Du wirst vor Erregung zittern bei dem Gedanken, wie es sich anfühlen würde, wenn ich dich versehentlich treffen würde. Aber das werde ich nicht. Dein Verstand wird dir nicht erlauben, zu diesem Zeitpunkt so viel Vertrauen in mich zu haben. Du wirst Angst haben. Du wirst mir vielleicht sogar Obszönitäten entgegenschreien, die ich ignoriere und einfach weitermache.

Und du willst mich nicht dafür bestrafen, dass ich dich anschreie?

Nein. Es ist nicht so, als könntest du diese Handlung kontrollieren. Nicht, wenn du so unerfahren bist. Ich freue mich sehr, eine so starke Reaktion von dir zu bekommen. Aber mein Gesicht wird es nicht zeigen. Wenn du mich ansiehst, werde ich vielleicht eine Maske tragen. Das ist etwas, das du nicht kontrollierst. Dein Dom kann eine Maske tragen, wenn er es wünscht. Aber was möchtest du, Jade? Mit Maske oder ohne?

Ähm, wie wäre es, wenn du keine trägst? Weil das Foto von dir heiß ist, und ich gern dieses schöne Gesicht sehen würde. Ich sehe mir auf meinem Handy das Foto, das er mir geschickt hat, wieder an.

Dann keine Maske. Dieses Mal lasse ich dich entscheiden. Aber nur, weil du es bist, Jade. Jetzt werde ich weiterhin die Peitsche knallen lassen, bis du aufhörst zu schwingen. Du wirst in den Seilen zucken bei dem vergeblichen Versuch, mir zu entkommen.

Du klingst sehr überzeugt davon, Pierce.

Natürlich. Du wirst mich anschreien, dich herunterzulassen, und ich werde es nicht tun.

Außer ich sage das Safeword. Wie lautet es?

Rot. Aber das wirst du an diesem Punkt nicht machen. Du würdest den besten Teil verpassen.

Und der wäre?

Meinen Schwanz in deiner engen Pussy zu spüren, Jade.

Ich schlucke, dann tippe ich: *Oh! Mach weiter*. Ich keuche fast bei seinen Worten, und mir ist so heiß, dass ich die Decken von mir werfe.

Ich nehme an, das wäre ein guter Zeitpunkt, dir die Worte beizubringen, die bei mir funktionieren. Rot bedeutet kompletter Stopp. Damit kommt alles zum Stillstand. Gelb bedeutet weniger Intensität. Und Grün bedeutet, dass du schreist, als ob du aufgeben willst, aber das nicht wirklich der Fall ist. Ich werde dich während der ganzen Szene nach der Farbe fragen, die du fühlst. Du wirst dementsprechend antworten. Verstanden?

Ja. Also, ich zucke und versuche, mich zu befreien, während ich dich als Arschloch beschimpfe. Nur damit du's weißt. Ich kichere und frage mich, ob er auch lacht.

So vulgär, Jade. Freches Mädchen. Jetzt werde ich zwei weitere Seile benutzen. Sie werden dich wie eine Hängematte sichern, ohne dass viel Bewegung stattfindet, damit ich deinen Körper schlagen kann, ohne dass du herumwirbelst und das Paddel auf einen Teil von dir fällt, an dem es dich wirklich verletzen würde.

Paddel, hm?

Was würdest du bevorzugen?

Es gibt da diese kurze Peitsche mit vielen weich aussehenden Strähnen. Ich denke, das wäre okay.

Also einen Flogger. Das kann ich benutzen. Wenn ein Schlag deinen Körper trifft, spürst du ein leichtes Stechen. Je länger ich zuschlage, desto mehr wird dein Hintern fühlen. Oder möchtest du, dass ich deine Brüste treffe? Oder deinen Hintern und deine Brüste?

Mach, was du willst. Benutze das Ding auf beiden, tippe ich lachend. *Es ist schließlich nicht so, dass es jemals passieren wird.*

Ich denke, es wird passieren. Und zunächst wird eine andere Frau dieser Szene unterworfen. Vergiss das nicht, Jade.

Oh ja! Ähm, okay, nur auf den Hintern, bitte.

Nur auf den Hintern. Und ich werde es auf zehn Schläge beschränken, da du noch Anfängerin bist. Sobald ich diese Runde beendet habe, wirst du keuchen und vielleicht sogar ein bisschen weinen. Das ist normal. Also lasse ich deinen Hintern in Ruhe und wende mich deinen Brüsten zu. Kleine Klemmen werden ins Spiel kommen. Ich lecke deine Brustwarzen, bis sie steinhart sind, dann befestige ich die Klemmen. Das Gefühl wird deinen Körper mit Endorphinen überschwemmen. Wenn Frauen stillen, werden ihre Brustwarzen hochempfindlich. Der erste Zug von den kleinen Lippen eines Babys tut verdammt weh. Deshalb hat die Natur Frauen eine natürliche Reaktion auf diese Art von Unannehmlichkeiten gegeben.

Oh, das ist clever, Pierce!

Ja, nicht wahr? Also zum nächsten Schritt. Du wirst an diesem Punkt ziemlich erschöpft sein. Dein Körper wird etwas taub, und dir wird schwindelig werden. Dann werde ich dir meinen riesigen Schwanz vorstellen. Alle 25 Zentimeter werden deine Pussy durchdringen. Du wirst tief Luft holen und versuchen, dich zu bewegen, vielleicht, um mich zu berühren oder um mich zu schlagen. Man kann sich an diesem Punkt niemals sicher sein."

Aber du wirst mich gefesselt lassen, und ich werde nur zusehen können, wie du mich fickst, nicht wahr?

Ja. Du wirst sehen, wie ich deinen Körper für mein Vergnügen benutze. Ich werde gemeine Dinge zu dir sagen und versuchen, dich wütend auf mich zu machen.

Was zum Beispiel?, frage ich, während ich nach meinem Vibrator greife. Ich schmiere ihn mit Gleitgel ein und schalte ihn an. Die Vorstellung, von Pierce genommen zu werden, erregt mich.

Zum Beispiel: Du bist meine Hure. Ich besitze dich. Deine Pussy gehört mir. Solche Dinge. Und ich werde damit weitermachen, bis du zustimmst, dass du mir gehörst. Dann lasse ich dich wissen, was für eine heiße, tolle Pussy du hast und wie sie für meinen Schwanz gemacht wurde. Und dann gleite ich aus dir heraus, und du wirst mich um mehr anbetteln, aber ich werde es dir nicht geben. Ich werde meinen Schwanz an deine Lippen legen und dir sagen, dass du ihn küssen sollst.

„Scheiße!" Ich stöhne, als ich den Dildo in meine pulsierende Pussy drücke. „Dieser Kerl setzt mich in Flammen!"

Du tust es, während du mir in die Augen schaust. Du nimmst ihn in deinen Mund, um ihn liebevoll zu lecken und daran zu saugen. Übrigens solltest du dir ein paar Videos darüber ansehen, wie man einen Blowjob gibt, Jade. Ich kann es kaum erwarten, deinen Mund um meinen Schwanz zu spüren.

Oh, ok. Gibt es einen Test?, frage ich und lache bei meinem Witz.

Ja. Wenn du meinen Schwanz in deinem Mund hast, ist das der Test. Also, ich fange an, deinen Mund zu ficken, und du stöhnst. Dann ziehe ich meinen Schwanz aus dir, gehe weg und lasse dich hängen.

Warum tust du das?, frage ich, als ich aufhöre, den Dildo in mich zu schieben.

Um dich ein bisschen abkühlen zu lassen. Du wirst sonst zu heiß und kommst zu früh zum Orgasmus. Ich möchte, dass es eine Weile dauert. Du nicht?

Doch, sicher.

Ich ziehe den Dildo heraus und frage mich, was er als Nächstes tun wird.

Dieser Typ ist wie ein Sex-Guru oder so. Ich frage mich, ob alle Doms wie er sind oder ob er einfach außergewöhnlich gut ist.

10
PIERCE

Als unsere Szene nach einer langen Nacht der Bearbeitung zur Perfektion gereift ist, bin ich jetzt bei *Dungeon of Decorum*, um eine Sub zu finden, die das mit mir machen möchte. Wenn ich jemanden finden kann, bezahle ich für ein Video in einem der privaten Räume und schicke es Jade. Ich hoffe, dass sie sieht, was tatsächlich passiert, und meine Einladung annimmt, mich zu besuchen.

Bevor wir das Gespräch der vergangenen Nacht beendet haben, sagte sie mir, dass sie die nächsten zwei Monate keine Kurse hat. Sie könnte zu mir kommen, wenn sie sich dafür entscheidet. Ich schlug vor, eine Hütte als Ferienhaus für den Sommer zu mieten, und sagte, dass ich auch Urlaub machen würde. Wir könnten die ganze Zeit zusammen verbringen und ihre Grenzen ausloten.

Sie ist immer noch nervös, so wie die meisten Leute, die mit BDSM anfangen. Ich habe ihr erzählt, wie viel besser sie als Schriftstellerin sein würde, wenn sie das macht. Ihr Geist würde sich weit öffnen, und sie würde persönliches Wissen haben, das sie benutzen könnte, um bessere Geschichten zu erzählen.

Grant sieht mich und winkt, als ich in den Pokerraum komme. „Hier drüben, Pierce."

Ich mache mich auf den Weg zu ihm und nehme Cocktails vom Tablett eines vorbeigehenden Kellners. Ich stelle einen davon vor Grant und setze mich neben ihn, während er darauf wartet, in eines der Pokerspiele einzusteigen. „Hey, Grant. Wie ist dein Wochenende?"

„Ziemlich gut. Ich kann nicht klagen. Vorhin hatte ich einen Dreier mit zwei Mädchen, die im Begriff sind, das alles hinter sich zu lassen und in Las Vegas als Showgirls zu arbeiten." Er zieht das Glas an seine Lippen und trinkt einen Schluck.

„Cool. Ich habe etwas Interessantes gefunden. Eine junge Studentin, die Schriftstellerin werden will. Wir sind uns begegnet, als sie eine Frage im Forum unserer Club-Webseite stellte."

Grant lächelt mich an und klopft mir mit der Hand auf die Schulter. „Woher kommt sie? Und wann wird sie hier sein?"

„Aus Großbritannien., und ich weiß nicht, ob sie jemals hier sein wird. Sie ist nicht in dieser Szene. Sie ist noch Jungfrau." Ich beobachte, wie sein Gesicht aufleuchtet.

„Wow! Also, ich weiß, dass du planst, sie herzulocken. Wie wirst du es tun, Pierce?"

Ich bemerke, dass eine Frau mich anstarrt, als sie ins Zimmer kommt. Ich habe ihre Aufmerksamkeit erregt und lächle sie an. „Sie und ich haben letzte Nacht eine Szene gemacht. Ich möchte eine Frau finden, um sie mit mir nachzuspielen und es filmen lassen. Ich werde das Video meinem Mädchen schicken und sehen, ob es sie fasziniert."

„Du hast sie schon dazu gebracht, eine Szene mit dir zu machen? Das ist ziemlich schnell für eine Frau, die nicht in der BDSM-Welt ist. Aber ich vermute, sie hat versucht, hineinzukommen. Sonst hätte sie keine Frage im Forum eines BDSM-Clubs gestellt."

„Nein, sie hat das nicht versucht. Sie wollte Fragen über den Lebensstil stellen. Sie ist ahnungslos. Aber sie hat jetzt mehr Ahnung. Und ich will ihr noch viel mehr beibringen." Ich beobachte die Frau, während sie sich einen Drink nimmt und langsam auf mich zukommt.

„Du weißt, dass das bedeutet, mehr als einmal mit ihr zusammen zu sein, Pierce, oder? Du hast noch nie zwei Szenen mit irgendjemandem gemacht." Grant schaut über seine Schulter, als sich die Frau mir nähert.

Mit einem Nicken sage ich: „Nein, das habe ich noch nie getan, aber ich habe ihr schon zwei Monate meiner Zeit angeboten. Ab Ende nächster Woche. Ich bin mir nicht sicher, was mit mir los ist."

„Zwei Monate?", fragt er, als er den Kopf schüttelt. „Bei dir Zuhause?"

„Nein, in einer abgelegenen Hütte, wo sie sich frei von Zuschauern fühlen kann. Ich habe bemerkt, dass sie sich Sorgen macht, was die Leute denken." Die Frau streckt ihre Hand aus, und ich nehme sie und küsse die Fingerspitzen. „Dr. Power, Madam."

„Ich bin Mystic", stellt sie sich vor.

„Wenn du so freundlich bist, mich zu entschuldigen", sage ich Grant. „Ich muss mit dieser schönen Frau über meine Idee reden."

„Viel Glück, Dr. Power", sagt Grant und hebt sein Glas.

Ich nehme die Hand der schwarzhaarigen Schönheit und führe sie an einen ruhigen Ort, um ihr meine Szene zu schildern und herauszufinden, ob es für sie in Ordnung ist, wenn ich sie Jade nenne und eine Spitzenmaske tragen lasse, um Jade zu helfen, sich selbst in ihrer Rolle zu sehen.

11
JADE

Die E-Mail, die Pierce mir geschickt hat, hat ein Video im Anhang. Es ist Sonntagabend, und er scheint schon eine Frau dazu bekommen zu haben, unsere Szene mit ihm zu machen. Er ist schnell, aber das sollte mich überhaupt nicht überraschen.

Er schickt mir eine Nachricht über Skype und fragt mich, ob ich seine E-Mail bekommen habe. Ich antworte, dass ich mir das Video anschauen und mich dann wieder bei ihm melden werde. Er entgegnet, dass er geduldig auf mich warten wird und dass ich wissen sollte, dass er nur an mich gedacht hat, als er die Szene gemacht hat.

„Ja, sicher!", murmle ich und verdrehe die Augen, als ich das Video anklicke.

Ich habe mit einer älteren Frau zu Mittag gegessen, die ans College zurückgekehrt ist, nachdem ihre Kinder erwachsen waren. Sara ist eine Frau, die nicht um den heißen Brei herumredet, und sie hat mir gesagt, dass ich höchstwahrscheinlich einem Catfish begegnet bin. Sie sagte, das ist jemand, der vorgibt, mehr zu sein, als er tatsächlich ist. Und sie hat mich gewarnt, dass BDSM wirklich schlecht ist.

Sara kannte eine Dame, deren Cousine zweiten Grades mit einem

Mann verheiratet war, der einen Kerl kannte, der auf solche Dinge stand. Er verprügelte ständig ahnungslose Frauen. Er war ein echtes Arschloch, so wie die meisten Männer auf der Welt. Ich habe so getan, als ob ich mir ihre Worte zu Herzen nahm, aber ich konnte ihr einfach nicht glauben.

Ihre Meinung beruht auf einigen ziemlich weit zurückliegenden Informationen. Sie konnte sich nicht einmal mehr an den Namen des Mannes erinnern. Also habe ich mich noch nicht entschieden, Pierce abzuweisen.

Das Video startet, und ich mache mich bereit, ein paar verwackelte Aufnahmen von einem Kerl zu sehen, der höchstwahrscheinlich nicht Pierce ist, wenn das überhaupt sein richtiger Name ist. Als es anfängt, bemerke ich, wie dunkel es ist.

Ich stoße den Atem aus, als Flammen aufflackern und ein Titel erscheint. *Dungeon of Decorum präsentiert Pierce und Jade in: Die Geschichte einer neuen Sub.*

Die Produktion ist von hoher Qualität, das muss ich zugeben. Aber es ist nur die Eröffnung. Ich bin sicher, dass es von hier an bergab gehen wird. Eine Frau kniet neben einer dunklen Tür. Ihr Haar ist schwarz, fast wie meines. Ihr Kopf ist gebeugt, aber ich kann sehen, dass ein Stück Spitze ihre Augen bedeckt.

Die Kamera schwenkt zu zwei nackten Männerfüßen. Eine schwarze Hose fließt lose um die Knöchel. Dann schwenkt sie langsam seinen Körper hinauf, und ich kann kaum atmen.

Es ist der Mann von dem Foto, aber noch besser aussehend. Er bewegt sich mit einer Anmut, die ich noch nie bei einem Mann gesehen habe. Seine Augen schauen in die Kamera, und dann sagt er: „Nur für dich, Jade." Seine Stimme ist tief, etwas rau und höllisch sexy.

„Verdammt!" Ich stöhne. „Kann er echt sein?"

Ich bin fasziniert, als er an der Frau vorbeigeht, genau wie er es geschrieben hat. Dann dreht er sich um, als er zu den zwei langen Seilen kommt, die von der Decke des dunklen Raumes hängen. Die Lampen sind gedimmt. „Komm", sagt er, und die Frau steht auf und geht mit gesenktem Kopf zu ihm.

Er fängt an, sie zu fesseln, und macht es so, dass es verführerisch aussieht. Sie scheint über dem Boden zu schweben.

Mein Herz rast, während ich ihn und nur ihn beobachte. Wenn das Pierce ist, wäre ich eine verdammte Närrin, nicht zu ihm zu gehen. Er ist großartig!

Die Seile beginnen, sich zu bewegen, während er an ihnen zerrt. Die Frau wird herumgestoßen, aber sie beklagt sich nicht, so wie ich es wohl tun würde. Stattdessen nimmt sie alles gefasst hin, wahrscheinlich weil sie weiß, wie es weitergeht.

Ich empfinde Mitleid mit ihr, da ich sicher bin, dass diese Szene lahm ist im Vergleich zu dem, was sie gewöhnt ist. Die Peitsche beginnt zu knallen, und ich sehe, wie Pierce' Bauchmuskeln sich dabei anspannen. Jetzt fängt der Körper der Frau an zu schwitzen, und ich sehe, wie er im Licht glänzt. Also macht der Klang der Peitsche sogar jemanden, der sich mit BDSM auskennt, nervös.

Pierce bewegt sich um sie herum und sichert sie mit den beiden anderen Seilen, um die Hängematte zu erstellen, von der er mir erzählt hat. Aber sie zuckt nicht zusammen und sagt auch nicht, dass sie befreit werden will.

Stattdessen scheint sie geduldig zu warten. Pierce zieht das, was er Flogger genannt hat, von der Wand und geht zu ihr. Er bewegt die Peitsche in einer achtförmigen Bewegung und sorgt dafür, dass sie ihre Pobacken zehnmal trifft.

Ich beobachte, wie sie bei jedem Schlag zittert, also weiß ich, dass es etwas wehtut. Aber sie schreit nicht. Er hört auf, und ich erstarre, als er den elastischen Bund seiner Hose nach unten drückt und einen riesigen Schwanz enthüllt, der aufgerichtet und bereit ist. Er sieht wieder in die Kamera.

„Das bist du, Jade."

„Oh, scheiße!", sage ich, als ich mein Gesicht näher an den Bildschirm bewege.

Ihre Pussy ist unbehaart. Ich kann es sehen, als sich die Kamera für Nahaufnahmen bewegt. Und dann sehe ich seinen Schwanz in sie hineinstoßen, und ich werde nass.

Jetzt stöhnt sie, als er sagt: „Du bist meine Hure. Dein Körper gehört mir. Hörst du mich, Schlampe?"

Die Frau stöhnt, aber antwortet ihm nicht. Er nimmt sie härter und wütender. „Ich werde dich ficken, bis du nicht mehr gehen kannst. Dein Arsch wird wund von meiner Peitsche sein und deine Fotze wund von meinem Schwanz."

Ich stimme in ihr Stöhnen ein, als ich beobachte, wie er ihren Körper benutzt und sie überhaupt nichts dagegen hat. Sie seufzt: „Ja, ich bin deine Hure."

Dann gibt er ihrem Hintern einen harten Klaps und sagt: „Du bist meine Hure. Meine süße kleine Hure, die tun wird, was ich sage. Weil sie diesen Schwanz mehr als alles andere in ihrer Pussy spüren will."

„Ja", stöhne ich, während ich auf dem Sofa beobachte, wie er sie sich nimmt. Das könnte ich sein!

Er zieht sich aus ihr heraus und schiebt das Leder von ihren Brüsten, um sie zu streicheln, und ich bin schockiert darüber, dass meine Brüste schmerzen. Ich bewege meine Hände über sie und versuche, so zu tun, als ob es seine Hände wären. Dann fängt er an, sie zu lecken, und die Kamera zoomt heran.

Ich stöhne zusammen mit der Frau, während er ihre Brustwarze leckt und daran saugt, und ich fühle die Nässe, die mein Höschen durchdringt. Mit einer langsamen, verlockenden Bewegung seines Fingers um ihre straffe Brustwarze herum setzt er eine Klemme darauf, und selbst ich schreie, als er es tut.

Die Frau wird in den Seilen schlaff. Ich glaube, sie ist vielleicht ohnmächtig geworden. Er berührt mit seinen Händen ihren ganzen Körper und streichelt ihn sanft. Dann bewegt er seinen Mund zu ihrer Pussy.

Ich zittere, als ich ihn dabei beobachte. Sie stöhnt, als er mit seiner Zunge hin und her leckt. Ich zittere vor Verlangen, aber als sie beginnt, heftiger zu atmen, hört er auf.

Ich glaube, sie wollte einen Orgasmus haben und er hat sie gestoppt. Er wischt sich den Mund mit dem Handrücken ab und küsst ihren Bauch, während sie stöhnt: „Nein, bitte. Bitte lass mich kommen."

Er schlägt ihr auf den Hintern, dann geht er an ihre andere Brustwarze, küsst, saugt und leckt, bis sie aufgerichtet ist, bringt die Klemme an und bringt sie wieder zum Schreien. Er sieht mit einem finsteren Lächeln in die Kamera. „Komm zu mir, Jade."

Ich muss aufstehen und ein bisschen herumlaufen. Das ist unwirklich. Wie kann so etwas tatsächlich passieren?

Als ein lautes Schreien aus dem Computer dringt, schaue ich zurück und sehe, dass er wieder zwischen ihren Beinen ist und sie dort leckt, bis sie schreit: „Scheiße! Lass mich endlich kommen!"

Er gibt ihr einen weiteren Klaps auf den Hintern und dringt dann wieder mit harten Stößen in sie ein. Er fickt sie, bis ihr Körper bebt, zieht sich aus ihr heraus, geht zu ihrem Gesicht und positioniert seinen Schwanz an ihren Lippen. „Schmecke dich auf mir, Jade."

Sie öffnet begierig den Mund, und er schiebt seine Erektion hinein. Ich keuchte, als sie daran saugt, und er umfasst ihren Kopf und bewegt sie langsam hin und her. Sie blicken einander in die Augen, während sie das tun.

Plötzlich bemerke ich, dass ich überhaupt nicht atme, während ich das beobachte, und hole tief Luft, um meine Lunge mit Sauerstoff zu füllen.

Pierce stöhnt und zieht seinen Schwanz aus ihrem Mund. Er hat vor seinem Orgasmus aufgehört, und ich finde das unglaublich selbstlos.

„Es ist Zeit für das Finale, Jade." Er bewegt sich zurück zu ihrer Pussy, die nass glänzt. Er legte seinen Mund wieder auf sie, und sie stöhnt in süßer Qual. Es ist eine Qual, die ich selbst erleben kann, wenn ich tatsächlich zu ihm gehe.

Ich setze mich zurück, während ich zusehe, wie er sie leckt, bis sie wild zuckend zum Orgasmus kommt. Es ist nicht zu leugnen, dass sie in irgendeiner Art von bewusstseinsverändertem Zustand ist, da ihr Orgasmus nicht aufzuhören scheint.

„Ja! Gott! Ja!", schreit sie, und Pierce stößt seinen Schwanz in sie, bis er herrlich laut stöhnt. Dann gehen die Lichter aus, die Szene ist vorbei, und alles, was ich hören kann, ist Pierce, der sagt: „Jade, bitte komm zu mir. Ich brauche dich, und du brauchst mich."

Schon allein das Zusehen hat mich erschöpft. Es ist einfach zu viel!

Ich habe noch nicht einmal meine erste zaghafte sexuelle Erfahrung gemacht. Ich denke, das könnte mich umbringen!

Ich falle keuchend auf das Sofa zurück, als wäre die Frau in dem Video ich gewesen. Mein Herz rast. Mein Körper brennt. Und er will, dass ich das wirklich mit ihm mache?

Auf keinen Fall!

Ich kann nicht. Ich kann nicht zu ihm gehen. Er scheint eine Art Sex-Dämon zu sein. Wie zum Teufel kann er mir von so weit weg solche Empfindungen geben? Ich habe ihn noch nie getroffen, und bin bereits dabei, dem Mann zu verfallen.

Nichts davon ergibt Sinn. Ich muss damit aufhören. Ich muss. Um nicht den Verstand zu verlieren, muss ich ihm sagen, dass ich nicht mehr mit ihm reden will. Also beuge ich mich vor, lege meine Ellbogen auf meine zittrigen Beine und öffne Skype, um zu tippen:

Pierce, das war viel zu intensiv. Das ist nicht, worauf ich stehe. Es würde mich umbringen, denke ich. Allein vom Anschauen schlägt mein Herz wilder als je zuvor. Tut mir leid, dass ich deine Zeit verschwendet habe.

Ich klappe meinen Laptop zu, weil ich das Gefühl habe, jetzt keine Konversation mit ihm führen zu können. In meinem Zustand würde er mich dazu bringen, meine Entscheidung, ihn in Ruhe zu lassen, wieder umzuwerfen.

Ich kann trotzdem meine Bücher schreiben. Sicher, sie werden nicht die Tiefe haben, die sie haben könnten, wenn ich aus erster Hand BDSM-Kenntnisse hätte, aber das ist okay. Verdammt, die Autorin jener Bücher, die verfilmt wurden, hatte auch keine Kenntnisse aus erster Hand und sie war unheimlich erfolgreich.

Nein, es ist okay so. Es ist besser für mich, Pierce Langford nicht persönlich kennenzulernen. Ich bin mir dessen sicher!

12

PIERCE

Ich traue meinen Augen kaum, als ich lese, was Jade mir geschickt hat, nachdem sie das Video von unserer Szene gesehen hat. Es hatte die entgegengesetzte Wirkung auf sie!

Ich kann sehen, dass sie offline ist, und es ärgert mich einen Moment, bis ich merke, dass ich ihre Telefonnummer habe. Ich nehme mein Handy und rufe sie an. Es klingelt und klingelt, dann höre ich ihre Stimme.

„Pierce?"

„Jade", sage ich und seufze, weil ich erleichtert bin, dass sie rangegangen ist. „Baby, es ist so gut, deine Stimme zu hören. Sie ist genauso süß, wie ich es mir erträumt habe."

„Pierce, ich kann nicht ..."

Ich unterbreche sie. „Bitte, Jade. Triff keine voreiligen Entscheidungen. Diese Szene wird nicht sofort gemacht. Du und ich machen zuerst Liebe. Wir werden uns kennenlernen und normale Dinge machen, wenn wir uns treffen. Ich verspreche es dir."

Ihre warme Stimme ist voller Neugier, als sie fragt: „Warst das wirklich du?"

„Ja", antworte ich ihr und streiche mit meiner Hand durch meine Haare. Ich gehe unruhig auf und ab, während ich mit ihr rede. „Jade, du kannst mir vertrauen. Ich werde niemals etwas tun, was du nicht willst. Ich werde dich niemals zu etwas zwingen, für das du nicht bereit bist. Du und ich werden alles ausführlich besprechen. Bitte, Jade. Ich wollte noch nie jemanden so verzweifelt treffen."

„Vielleicht ist das nur deshalb so, weil ich nicht sofort alles tue, was du willst."

„Vielleicht hast du recht. Ich habe keine Ahnung. Ich weiß nur, dass du die letzten zwei Tage meine Gedanken und nachts meine Träume beherrscht hast. Ich freue mich, heute Nacht schlafen zu gehen, weil ich dich im Traum finden werde."

„Pierce, wie kann ich wissen, dass ich bei dir sicher sein werde?"

„Jade, du wirst dein Handy bei dir haben. Wenn ich etwas tue, das dich verletzt oder dir Angst macht, kannst du einfach die Polizei rufen."

„Ich bin immer noch unsicher, ob das etwas ist, was meine Eltern billigen würden", sagt sie, und Wut flammt in mir auf.

„Bist du ein Kind? Glaubst du, du musst ihnen jedes kleine Detail deines Lebens offenbaren? Glaubst du ehrlich, dass sie dir von ihren sexuellen Eskapaden erzählen würden? Sei erwachsen. Vertraue deiner Intuition. Du redest mit mir. Du musst mehr als ein bisschen neugierig darauf sein, was ich für dich tun könnte."

„Das bin ich", gesteht sie. „Aber ich habe auch Angst."

„Hast du noch nie etwas getan, wovor du Angst hattest?", frage ich sie und weiß genau, dass wir alle Dinge tun, vor denen wir Angst haben.

„Natürlich habe ich das getan. Aber das ist mein Körper, den ich hier riskiere. Und meinen Verstand. Ich war geistig in dieses Video involviert, das du mir geschickt hast. Ich habe mich in die Lage der Frau versetzt ..."

Ich unterbreche sie: „Das solltest du auch. Ich wollte, dass du es miterlebst. Und du hast es getan. Du hast sie nicht einmal schreien gehört, dass ich sie in Ruhe lassen soll, oder?"

„Nein, sie hat es ziemlich gemocht", stimmt sie zu.

„Ja. Und sie fragte mich danach, ob ich jemals daran gedacht hätte, weiterzugehen."

Ich höre einen scharfen Atemzug. Dann fragt Jade: „Also wirst du sie wiedersehen?"

„Ist das Eifersucht, die ich in deiner Stimme höre? Weil jemand, der nichts für eine andere Person empfindet, nicht eifersüchtig ist. Dein Ton sagt mir mehr als es deine Worte jemals könnten."

„Nun, du bittest mich, zwei Monate exklusiv mit dir zu verbringen, oder?"

„Ja."

„Dann musst du damit rechnen, dass mehr zwischen uns sein wird als nur Sex, Pierce. Vielleicht sogar Liebe?"

„Liebe?", frage ich und lache. Das arme, kleine, naive Ding!

„Ja, Liebe, Pierce. Ich war noch nie verliebt. Ich habe noch nie Sex gehabt, und ich könnte mich in dich verlieben. Ich weiß, dass ich es könnte. Und das macht mir mehr Angst als alles andere – mich in einen Mann zu verlieben, der Mauern um sein Herz errichtet hat. Denn das musst du getan haben, wenn du Sex mit Frauen hast, die dir nichts bedeuten und mit denen du nach euren Begegnungen nichts mehr zu tun hast."

Ich lasse mich auf mein Bett fallen und denke darüber nach, was sie gesagt hat. Sie könnte sich in mich verlieben, und das könnte ihr wehtun. Sie hat recht.

„Ich muss ehrlich zu dir sein", sage ich, als ich an einem Faden an der Decke ziehe, die auf meinem Bett liegt. „Ich habe keine Angst vor der Liebe. Ich suche aber nicht nach einer Freundin."

„Und zwei Monate mit einer Frau zu verbringen, Pierce, wäre genauso, als hättest du eine Freundin oder eine Ehefrau. Ich glaube, ich habe etwas gefunden, das ich für dich tun kann. Ich kann deine Grenzen austesten, Pierce. Ich kann deine Bindungsfähigkeit austesten und du meine Sexualität."

Ich bin mir nicht sicher, ob ich das will. Aber dann habe ich eine Idee, um sicherzustellen, dass Jade entscheidet, dass sie weder meine Freundin noch meine Frau sein möchte.

„Okay, lass es uns tun. Wir haben zwei Monate lang einen 24/7 Machtaustausch. Ich werde einen Vertrag aufsetzen lassen, und du kannst ihn online unterschreiben, bevor ich den Privatjet zu dir schicke. Du sollst nichts mitbringen. Du gehörst mir, und ich werde mich voll und ganz um dich kümmern. Und du wirst dich so anziehen, wie ich es will. Ich kaufe alles, was du brauchst."

„Also werden du und ich den Sommer über Familie spielen?", fragt sie.

„Du und ich werden auf jeden Fall Familie spielen, und ich stelle dir ein Leben mit mir als deinem Mann vor. Eine Liste mit Regeln wird dir zugesandt werden, damit du sie dir durchlesen und verstehen kannst, was ich von einer Ehefrau verlange. Ist es das, was du willst, Jade?"

„Ja. Jetzt fühle ich mich, als ob ich dir so nützlich sein kann wie du mir."

„Großartig", murmle ich, während ich darüber nachdenke, was ich von ihr als meine ‚Ehefrau' verlangen werde. Wir werden sehen, ob sie sich in mich verliebt oder vor mir wegläuft, sobald unsere zwei Monate vorbei sind. Ich wette auf Letzteres!

13
JADE

Ich trage das lavendelfarbene Spitzenkleid und die Highheels, die Pierce mir geschickt hat, und sitze auf einem bequemen Ledersitz in dem Privatjet, den er für mich gechartert hat. Als wir uns dem Staat Oregon nähern, verwandeln sich die Schmetterlinge in meinem Bauch in Gargoyles, die sich an meine Innenseiten krallen und mich quälen. Ich war noch nie so nervös!

Meine Eltern glauben, dass ich auf dem Weg zu einem Wald in Oregon bin, um mich mit einer alten Schulfreundin namens Jane Porter zu treffen, die kurz nach ihrem Abschluss in die USA gezogen ist. Die Wahrheit ist, dass ich seit einigen Jahren keinen Kontakt mehr zu Jane habe, aber sie war die einzige Person, von der ich wusste, dass sie in Amerika lebt.

Sie waren ein bisschen besorgt, als ich ihnen sagte, dass wir zwei Monate in einer abgelegenen Hütte bleiben würden. Mein Vater hat mir gesagt, ich solle auf Bären und Wölfe achten. Er hat aber nichts davon gesagt, dass ich mich von gefährlichen Männern fernhalten soll!

Ich habe jeden Tag der vergangenen Woche mit Pierce gesprochen. Ich fühle mich, als ob ich den Mann wirklich kenne. Aber meine Nerven spielen verrückt, als ob ich mich mit einem komplett

Fremden treffe, der mich an einen trostlosen Ort schleppt, wo niemand mich schreien hört. Was ja irgendwie auch der Fall ist.

Meine Welt ist im Begriff, sich zu verändern!

Er und ich haben jedes Detail diskutiert. Er hat gefragt, ob ich verhüte. Ich sagte ihm, dass ich seit vielen Jahren die Pille nehme, um meine Periode zu regulieren. Ich fragte ihn nach Geschlechtskrankheiten, und er ging zu seinem Arzt und ließ sich vollständig untersuchen. Er schickte mir die Laborunterlagen, die zeigten, dass er gesund ist.

Ich bin dabei, meine Jungfräulichkeit zu verlieren!

Das war das Wichtigste, was wir besprochen haben – wie ich mir mein erstes Mal vorstelle. Ich dachte immer, es wäre mit jemandem, in den ich mich verliebt habe. Pierce sagte, wir können so tun, als ob wir es sind, wenn wir es tun. Heute Nacht in der Hütte wird es passieren.

Ich war noch nie gut darin, etwas vorzutäuschen, aber er sagte mir, als Schriftstellerin habe ich die Phantasie, die nötig ist, um so zu tun als ob. Und er wird sicherstellen, so glaubwürdig wie möglich zu sein, wenn er liebevolle Worte zu mir sagt, um meine Nervosität bei meinem ersten Mal zu lindern.

Mein Verstand hat die ganze Woche mit meinem Körper gekämpft. Ich weiß, dass es gefährlich ist, mit einem Fremden zu schlafen, und ich hätte es nicht einmal in Betracht ziehen sollen. Aber mein Körper hat mir gesagt, dass dies eine einmalige Chance ist und ich eine Idiotin wäre, wenn ich sie nicht ergreifen würde.

„Bitte schnallen Sie sich an. Wir werden bald landen", sagt der Pilot über den Lautsprecher.

„Verdammt!", murmle ich, als ich meinen Sicherheitsgurt anlege. Ich bin nicht bereit!

Meine Atmung wird unregelmäßig, als mein Körper zu zittern beginnt. Ich sehe aus dem Fenster in den dunklen Nachthimmel und weiß nicht mehr, warum ich diese Einladung angenommen habe.

Meine Augen schließen sich, als ich mir Pierce vorstelle. Er ist so verdammt gutaussehend. Und er spricht so nett mit mir. Sein Druck ist subtil, aber es ist immer vorhanden. Seine dominante Natur ist etwas, von dem ich immer dachte, dass ich es hassen würde. Aus irgendeinem Grund finde ich es an ihm liebenswert.

Das Flugzeug beginnt seinen Sinkflug und ich umklammere die Armlehnen, während wir uns dem Boden nähern, wo ich Pierce zum ersten Mal treffen werde. Meine Güte! Was habe ich nur getan?

Die Reifen quietschen, als sie auf die Landebahn treffen. Mein Herz setzt einen Schlag aus, als ich bemerke, dass ich nur noch Momente von Pierce entfernt bin. Er sagte, er würde mich am Flughafen treffen und mich zum *Dungeon of Decorum* bringen, um dort Papiere zu unterschreiben. Ein Foto von mir wird gemacht werden, und ich werde unter dem Schutz des Clubs sicher sein. Ein zusätzlicher Bonus ist, dass ich eine vorübergehende Mitgliedschaft habe und für die zwei Monate, die ich mit Pierce verbringe, bezahlt werde.

Ich bekomme 60.000 Dollar am Ende unseres Urlaubs. Wenn es Zeit für mich ist, nach Großbritannien zurückzukehren, werde ich zuvor noch zum Club gehen, weitere Papiere unterschreiben und meine Mitgliedschaft – falls gewünscht – beenden. Dann bekomme ich meinen Scheck und ein Privatjet wird mich nach Hause bringen.

Es ist eine gewaltige Menge Geld, und ich habe keine Ahnung, wie ich die Tatsache, dass ich plötzlich so viel habe, vor meinen Eltern verbergen soll, aber ich freue mich darüber. Es ist ein angenehmer Nebeneffekt einer, wie ich hoffe, ausgezeichneten Erfahrung.

Das Flugzeug hält und der Pilot spricht wieder: „Danke, dass Sie mit uns geflogen sind, Miss Thomas. Wir hoffen, dass Sie Ihren Aufenthalt in Oregon genießen. Sie können das Flugzeug jetzt verlassen."

Seufzend löse ich meinen Sicherheitsgurt, nehme meine Tasche von dem gegenüberliegenden Sitz und gehe aus der Tür, die der Pilot geöffnet hat. Ich habe nichts mitgebracht, genau wie Pierce es mir aufgetragen hat, außer meinem Pass und meinem Handy. Ansonsten habe ich es ihm überlassen, mir alles zu geben, was er für richtig hält.

Mich ganz seiner Fürsorge zu überlassen ist mehr als ein bisschen erschreckend. Seine Liste mit Regeln und Aufgaben war ziemlich monoton. Aber ich glaube, ich werde ihm zeigen können, dass die meisten dieser banalen Aufgaben nicht täglich ausgeführt werden müssen. Ich hoffe es zumindest.

Als ich die Treppe hinuntergehe, die an das Flugzeug geschoben worden ist, sehe ich einen Mann danebenstehen. Er hebt seine Hand und fragt: „Miss Thomas?"

„Ja", antworte ich, als ich die letzte Treppenstufe erreiche und den Asphalt betrete. „Ich bin Jade Thomas."

„Mr. Langford wartet in der Limousine auf Sie. Ich begleite Sie zu ihm." Er geht weg, und ich folge ihm ein bisschen verärgert, dass Pierce sich nicht die Mühe gemacht hat, mich selbst abzuholen.

„Er ist im Wagen geblieben, oder?", murmle ich.

„Er war mit einer Telefonkonferenz beschäftigt", sagt der Fahrer, als er weitergeht. „Es war wichtig, dass er den Anruf annimmt, Ma'am. Er wird bald nicht mehr erreichbar sein, denn er fährt mit Ihnen in einen abgelegenen Teil des Staates an einen Ort mit begrenztem Empfang. Er hat mir gesagt, dass ich Ihnen seine Entschuldigung überbringen soll. Er wäre selbst gekommen, wenn der Anruf nicht wichtig gewesen wäre."

„Ich verstehe." Der Gedanke an den schlechten Empfang macht mir die Gefahr bewusst, die es bedeutet, ganz allein mit dem Mann zu sein, dem ich die Erlaubnis gegeben habe, meine Grenzen auszutesten. Bin ich verrückt?

Dennoch gehe ich wie fremdgesteuert zu ihm. Wir durchqueren den Flughafen, und vor dem Ausgang warten viele Taxis und ein paar Limousinen. Ich folge dem Fahrer und sehe, wie sich eine der Hintertüren eines eleganten, schwarzen Autos öffnet. Ein großer Mann mit jeder Menge Muskeln steigt aus.

„Pierce", sage ich atemlos.

Er ist gut 1,90 Meter groß. Sein dunkles Haar hängt in losen Wellen von seinem Kopf und bedeckt die kurz geschnittenen Seiten und die Hälfte seiner Stirn. Seine Augen sind hell und leuchtend, und die bläuliche Färbung übertönt fast das Braun in ihnen. Seine vollen Lippen verziehen sich zu einem Lächeln, und er streckt beide Hände zu mir aus.

„Jade!"

Ich beschleunige mein Tempo, um zu ihm zu kommen. „Pierce!"

Unsere Hände verschränken sich ineinander, als ich nach ihm greife. Er ist stark, als er mich an sich zieht und mir einen Kuss auf meine zitternden Lippen gibt. Funken blitzen durch mich hindurch, als unsere Lippen sich berühren. Ich kämpfe gegen den Drang, mich dem Kuss ganz hinzugeben.

Unsere Lippen trennen sich, und er schaut mir in die Augen. „Ich bin froh, dich endlich vor mir zu sehen, Baby."

„Ich auch", sage ich mit einem Seufzen.

Pierce führt mich zum Wagen, und ich rutsche hinein und setze mich auf den schwarzen Ledersitz. Er bewegt sich neben mich, legt mir den Sicherheitsgurt an und gibt mir einen Kuss auf die Wange. „Ich muss meine kostbare Ladung sichern."

Ich lache und beobachte ihn, wie er seinen eigenen Sicherheitsgurt anlegt. „Das ist seltsam."

Seine Augen weiten sich, während er mich ansieht. „Jade, das ist nicht seltsam. Menschen treffen sich die ganze Zeit online und später dann persönlich. Es ist fortschrittlich, mehr nicht."

Ich lehne mich an ihn, als er zärtlich meine Wange streichelt. „Meine Güte, du bist wunderschön."

Er ist derjenige, der schön ist. Ich kann nicht umhin, sein Gesicht und seinen Körper anzustarren Er trägt einen dunkelblauen Anzug, der aussieht, als ob er Hunderte von Dollar gekostet hat. Er riecht nach Moschus und Leder, und seine bloße Anwesenheit erfüllt mich mit einer Sehnsucht, die ich noch nie zuvor empfunden habe.

Ich nehme seine Hand in meine und drücke meine Lippen auf sie. „Ich habe viel für dich gelernt. Ich habe mir die Videos, die du genannt hast, als Vorbereitung auf die Erfüllung deiner Bedürfnisse angesehen. Alle von ihnen. Kochen, putzen", ich lehne mich an ihn und flüstere, „orale Stimulation."

„Braves Mädchen", flüstert er zurück, und seine Stimme ist tief und sexy.

Unsere Gesichter sind einander so nah, dass er mir wieder einen süßen Kuss gibt, der mir den Atem raubt. Seine Zunge bewegt sich zwischen meine Lippen und trifft auf meine. Es liegt keine Dominanz in diesem Kuss, nur Süße.

Ich habe schon andere Männer geküsst. Nicht viele, aber ein paar. Aber Pierce' Kuss ist ganz anders. Sein Mund ist weich, als er mich küsst. Seine Hände streichen über meine Wangen, bevor sie sich auf meine Schultern legen und mich festhalten. Als er den Kuss beendet, schauen wir uns an.

„Du küsst gut, Jade."

„Du auch", sage ich und streiche mit meiner Hand über seinen Dreitagebart. Er hatte ein glattes Gesicht in dem Video, das er mit dieser Frau gemacht hat. „Du hast deinen Bart wachsen lassen."

Er nimmt meine Hand und zieht sie an seine Lippen. „Ich habe mich seit vorgestern nicht rasiert, das ist alles. Ich dachte, ich könnte ihn wachsen lassen, während wir im Urlaub sind. Wenn er dir nicht gefällt, lass es mich wissen."

„Ich denke, er lässt dich wilder aussehen", sage ich und lächle ihn an. „Ich lasse es dich wissen, wenn es zu wild wird."

„Bitte tu das." Er legt seinen Arm um meine Schultern und zieht mich in seine Nähe. „Er ist besser, als ich erwartet habe."

„Wer?", frage ich verwirrt.

„Unser Funke. Ich wusste, dass wir einen haben würden, aber ich hatte keine Ahnung, dass er so intensiv sein würde." Er drückt mich an sich. „Das wird Spaß machen, Jade."

Ich hoffe, er hat recht!

14

PIERCE

Honig ist Jades dominanter Geruch. Süße strahlt von ihr aus. Unschuld fließt in Wellen von ihr, und ich kann nicht umhin, mich darin zu verfangen. Meine Hand liegt auf ihrem Rücken, als ich sie in den Club führe und wir durch die Menschenmenge gehen, die dort an diesem Abend versammelt ist.

„Das Büro ist oben. Wir müssen auf die Rückseite des Raumes gehen, um dorthin zu gelangen. Bist du nervös, Jade?"

„Alle sind so, ähm, sexy", flüstert sie. „Ich fühle mich fehl am Platz."

„Das solltest du nicht. Du bist auch sexy." Ich lege meinen Arm um ihre Taille und ziehe sie an meine Seite, um ihre Anspannung zu lindern. „Hast du die Männer und Frauen bemerkt, die dich ansehen?"

Ihr Kopf hebt sich ein bisschen, als sie die Leute in der Menge wahrnimmt. „Nein."

„Du bist eine wahre Schönheit, Jade. Zweifle nicht daran." Ich ziehe die Tür auf, die ins Treppenhaus führt und lasse sie vor mir die schmale Treppe hochsteigen.

Ich folge ihr im Abstand von drei Schritten. Ihre Beine sind trainiert und kurvenreich. Cremige Oberschenkel blitzen unter den

Schlitzen in der lavendelfarbenen Spitze ihres Kleides auf, das knielang ist. Meine Augen bewegen sich über ihren Körper und nehmen ihre gerundeten Hüften, ihre schmale Taille und schließlich ihre Schultern in sich auf.

Sie erreicht die oberste Stufe, bleibt stehen, dreht sich um und wartet auf mich. Ich schlinge meinen Arm um ihre Taille und halte sie noch einmal fest. „Ich liebe es, wie dein Körper sich anfühlt, Jade."

„Ähm, danke", sagt sie schüchtern. „Ich mag es, wie es sich anfühlt, wenn du mich festhältst."

„Gut", sage ich und küsse ihre rosa Wange. „Lass uns den Papierkram erledigen."

Ich klopfe an die Bürotür, und eine junge Frau öffnet. Ein Lächeln überzieht ihr Gesicht, als sie uns hereinwinkt. „Hallo, Mr. Langford. Ich muss zugeben, ich hätte nicht gedacht, dass ich Sie in diesem Büro jemals für irgendetwas anderes als das Entrichten Ihrer Mitgliedsgebühren sehen würde." Sie streckt ihre Hand nach Jade aus. „Und Sie müssen Jade Thomas sein. Nennen Sie mich Betty."

„Danke, Betty", sagt Jade, als sie ihre Hand schüttelt. „Ich kann Ihnen nicht genug dafür danken, dass ich die Anmeldung online vorbereiten durfte."

„Alles, was ich noch brauche, sind ein paar Unterschriften, damit es legal ist", informiert Betty uns, als sie uns zu einem großen Eichen-Schreibtisch mit ordentlich gestapelten Papieren führt. „Mr. Langford hat das Geld auf einem Treuhandkonto für Sie angelegt, Jade. Nach Beendigung des Vertrages wird das Geld für Sie freigegeben. Sie haben gesagt, dass Sie es in Form von Schecks erhalten möchten, damit Sie es auf Ihr Bankkonto zu Hause einzahlen können, richtig?"

„Richtig", sagt Jade, während ich ihr helfe, sich auf den großen Ledersessel vor Bettys Schreibtisch zu setzen. „60.000. Ist das korrekt?" Jades Augen sind auf Betty gerichtet und sehen nicht mein Lächeln.

„Nein, das ist nicht der Betrag, den wir für Sie haben, Jade", sagt Betty.

„Was? Ich verstehe nicht", sagt Jade und sieht mich dann an. „Wir haben uns darauf geeinigt, Pierce."

Ich streiche mit den Fingern über ihre süßen Lippen, um sie zu beruhigen. „Shhh, Baby. Ich habe den Betrag angepasst." Ich sehe Betty an. „Sagen Sie ihr bitte, wieviel Geld für sie hinterlegt wurde."

Betty grinst, als sie sagt: „Mr. Langford hat eine Million Dollar auf das Konto eingezahlt, Jade. Zu sagen, dass Sie eine glückliche junge Frau sind, ist meiner Meinung nach eine Untertreibung."

„Wie viel? Im Ernst? Oh, Pierce, nein!"

Ich küsse ihre Lippen, damit sie aufhört zu reden. Dann sage ich: „Ich möchte, dass du das Geld nimmst. Ich akzeptiere kein Nein. Du gibst mir mehr als nur meine Fantasie, Jade. Deine Unschuld ist ein kostbares Geschenk. Ich möchte, dass du weißt, dass ich dich immens respektiere. Ich weiß das, was du mir gibst, zu schätzen."

Ich beobachte ihre Kehle, als sie schluckt. „Pierce, das ist mehr Geld, als ich erwartet hatte."

„Gut", sage ich und küsse die Spitze ihrer niedlichen kleinen Nase. „Weil du mehr bist, als ich erwartet hatte. Nimm das Geld an."

Mit einem Nicken tut sie es, und Betty schiebt das Dokument für ihre Unterschrift zu ihr. „Das nenne ich eine intelligente junge Dame."

Die Art und Weise, wie Jades Hand zittert, als sie unterschreibt, lässt mich wissen, wie nervös sie ist. Bin ich sadistisch, weil ihre Nervosität mich glücklich macht?

Ihr Körper ist angespannt, und ich weiß, dass ich das mit ein paar Küssen und Berührungen ändern kann. Ich kann all diese nervöse Energie nehmen und sie in etwas Lustvolles verwandeln. Und bald werde ich es tun!

Betty nimmt das unterschriebene Dokument und schiebt ein anderes zu Jade. „Das ist der Vertrag, den Sie miteinander vereinbart haben. Mr. Langfords Regeln sind darin enthalten. Wenn Sie das beide unterschrieben haben, können Sie gehen."

Ich sehe zu, wie Jade unterschreibt. Dann bin ich dran. „Hier, Pierce. Unterschreibe nur, wenn du dir sicher bist. Ich weiß, ich könnte eine Enttäuschung für dich sein. Du musst es nicht machen, wenn du nicht willst."

Ich lege meine Hand über ihre, sehe tief in ihre Augen und versuche, ihr meine Gefühle zu vermitteln, als ich sage: „Jade, ich bin alles andere als enttäuscht von dir. Ich bin überglücklich mir dir. Bitte denke nichts anderes." Ich ziehe meine Hand von ihrer, nehme das Dokument und unterschreibe es. „Und damit sind wir fertig und können uns auf den Weg machen."

„Fahren Sie jetzt los?", fragt Betty, als wir aufstehen.

„Ja. Es ist nur ein wenig mehr als eine Stunde von hier entfernt. Ich will Jade unbedingt die Hütte zeigen. Sie ist entzückend." Ich lege meinen Arm wieder um Jade, als wir zur Tür gehen.

Betty folgt uns nach draußen. „Wir sehen uns in zwei Monaten wieder, Jade. Viel Glück, und hier ist Ihre Kopie des Vertrages." Sie reicht Jade ein gelbes Blatt Papier. „Unsere Nummer ist hier oben. Wenn Sie sich aus irgendeinem Grund unsicher oder unglücklich über diesen Vertrag fühlen, müssen Sie uns nur anrufen. Jemand wird kommen und Sie abholen. Wir kümmern uns um alle unsere Mitglieder. Sie sind nie wirklich allein bei diesem Abenteuer."

Jade nickt „Das ist gut zu wissen. Vielen Dank."

„Danke, Betty. Wir sehen uns in zwei Monaten", sage ich und führe Jade hinaus. Die Tür schließt sich hinter uns, und ich beuge mich zu ihr herab. „Baby, du wirst die beste Zeit deines Lebens haben. Ich verspreche es dir."

Ich kann fühlen, wie Hitze von ihr ausgeht, als sie mich ansieht und mein Gesicht zwischen ihre klammen Handflächen nimmt. „Pierce, ich habe mehr Angst als je zuvor."

„Das solltest du nicht. Es wird großartig werden. Versuche, dich zu beruhigen. Ich mache dir einen Drink, wenn du einen für die Fahrt willst." Ich küsse ihre Wange wieder.

„Ich könnte wohl einen brauchen. Ich bin so aufgeregt."

Die ganze Energie macht mich heiß für sie. Ich habe noch nie erlebt, dass jemand so aufgeregt wegen mir ist. Es ist unheimlich erregend, und mein Schwanz pulsiert vor Verlangen, sie zu spüren. Aber ich muss warten. Die Nacht, die ich geplant habe, ist etwas Besonderes. Ich will nichts übereilen, sondern sie ihre erste sexuelle Erfahrung ausgiebig genießen lassen.

15

JADE

Mit einem Kristallglas voller *Hennessy Paradis* in meiner jetzt ruhigen Hand schaue ich aus dem Fenster, als Pierce uns einen einsamen Weg hinunterfährt, der in einen dichten Wald führt. „Es ist so dunkel hier draußen."

„Ja. Die Lichter der Stadt werden nicht unseren Blick auf die Sterne stören", sagt Pierce, dann nimmt er meine Hand und hält sie auf der Konsole zwischen uns fest. „Wie fühlst du dich, seit du von dem Cognac getrunken hast, Baby?"

„Weniger angespannt", sage ich ihm. „Es tut mir leid, dass ich so albern bin. Ich weiß, du hast noch nie jemanden wie mich erlebt. Ich hoffe, es hat dich nicht abgeschreckt."

„Im Gegenteil. Ich finde es absolut fantastisch. Deine rohe Energie ist ungemein erregend. Wenn du die Wahrheit wissen willst, war ich noch nie so fasziniert von jemandem. Du bist meine erste Jungfrau." Er sieht mich an und zwinkert mir zu. „Also sind wir beide im Begriff, erste Erfahrungen zu machen."

Seine Worte sollen wohl bewirken, dass ich mich besser fühle, aber es funktioniert nicht. Wen interessiert es, dass er noch nie eine Jungfrau hatte? Pierce hatte schon Unmengen anderer Frauen.

Ich nehme noch einen kleinen Schluck des Drinks und blicke aus dem Fenster auf die riesigen Bäume, die im Scheinwerferlicht auftauchen, während wir langsamer werden und in eine Schotterstraße einbiegen. „Diese Hütte liegt mitten im Nirgendwo, nicht wahr?"

Er nickt. „Sie ist abgelegen, so wie ich es dir gesagt habe. Aber wir haben alles, was wir für die nächsten zwei Monate brauchen werden, so dass wir nicht in die Stadt zurückzukehren müssen."

„Also werden wir wirklich die ganze Zeit hierbleiben?", frage, ich als ich eine malerisch aussehende Hütte erblicke, auf deren Veranda das Licht brennt.

„Es ist das, was du wolltest, Jade. Du wolltest, dass niemand weiß, was wir miteinander machen. Niemand hört uns hier draußen." Er lächelt und drückt meine Hand, um mich zu beruhigen, aber es hat die entgegengesetzte Wirkung auf mich.

Wir sind hier völlig abgeschieden. Pierce hat mir erzählt, dass er schon hier draußen war und ein Spielzimmer für uns vorbereitet hat, das mit dem gefüllt ist, was er Spielsachen nennt und ich als Foltergeräte bezeichnen würde.

Er hält den Wagen an, bewegt sich schnell zu meiner Seite und drapiert seinen Arm um meine Schultern. „Alles hier ist bereit für uns. Mein Herz schlägt wie verrückt. Ich bin so aufgeregt, Jade."

Ein weiterer Schluck hilft mir, das Zittern unter Kontrolle zu bekommen, bevor es eine Chance hat, wieder einzusetzen. „Ich auch, Pierce. Wirklich. Du hast dich daran erinnert, mir ein paar Notizbücher und Stifte zu besorgen, nicht wahr?"

„Natürlich. Ich weiß, dass du deiner Kreativität freien Lauf lassen musst." Er küsst meine Wange, dann schließt er die Haustür auf, und ich werde von Finsternis begrüßt.

Er legt einen Schalter um, und ein gemütlicher Wohnbereich wird von einem Kronleuchter in Form eines Wagenrads beleuchtet. „Nicht übel", sage ich, als ich mich umschaue. Ein weißer Kamin befindet sich in einer Ecke. Das Sofa und ein Stuhl sind in einem weißen sackleinenartigen Stoff bezogen und mit weichen Chenille-Überwürfen bedeckt.

Pierce drückt einen weiteren Schalter direkt neben der Tür, und die kleine, aber moderne Küche wird beleuchtet. „Wir haben eine voll ausgestattete Küche, wo du lernen kannst, wie man kocht. Und ich habe eine komplette Video-Reihe gekauft, um dir dabei zu helfen, zu lernen, wie du deinen Mann satt und zufrieden machst. Dein Mann bin ich." Er zieht mich vor sich und gibt mir einen langen Kuss, der meine Knie schwach werden lässt.

Als er meinen Mund freigibt, flüstere ich: „Ich muss diesen Drink abstellen."

Er bewegt sich mit mir in seinen Armen und schiebt mich zur Bar, die als Einziges die Küche vom Wohnbereich trennt. Ich stelle das halb leere Glas darauf, und er nimmt meine Arme und legt sie um seinen Hals. „Gefällt es dir?"

Mit einem Nicken antworte ich ihm: „Ja. Es ist sehr hübsch."

„Willst du mehr sehen?" Er küsst meinen Kopf, als ich nicke. Dann gehen wir einen kleinen Flur hinunter. Er hält an der ersten Tür. „Das ist eines der drei Badezimmer. Es ist für Gäste." Er drückt die Tür auf, und ich finde eine Toilette und ein Waschbecken darin.

„Wir werden allerdings keine Gesellschaft haben", sage ich, als ich die blauen Wände und das kleine Gemälde einer Eule, das über der Toilette hängt, betrachte.

Wir gehen zur nächsten Tür, und er öffnet sie. „Unser Schlafzimmer", sagt er, als er das Licht anmacht und ein Queen-Size-Bett mit einer hellblauen Decke sichtbar wird. Vier weich aussehende Kissen liegen am Kopfende. „Im Schrank und in der Kommode sind unsere Kleider. Es ist nicht wie bei mir zu Hause, aber ich denke, es wird die nächsten beiden Monate ausreichend für uns sein."

„Bei meiner Recherche über BDSM-Beziehungen sah es so aus, als ob die Leute meistens nicht zusammen schlafen", sage ich, als er mich zurück in den Flur führt.

„Und normalerweise würde ich mich daran halten. Dieses Haus hat aber nur zwei Schlafzimmer, und ich musste das zweite an unsere speziellen Bedürfnisse anpassen." Pierce stößt die Tür auf der anderen Seite des Flurs auf, und ich sehe genau, was er meint.

„Meine Güte!"

Seine Hand bewegt sich über meinen Hintern. „Gefällt es dir?"

„Ist das ein Scherz?", sage ich mit gedämpfter Stimme. „Unter dem Bett ist ein Käfig. Da ist ein Gestell, das aussieht, als wäre es aus dem Mittelalter. Und es hängen zwei Seile von Haken an der Decke."

Mit einem Lachen, das verrucht klingt, sagt Pierce: „Du solltest den Schrank öffnen."

Ich gehe von ihm weg, um das zu tun, und finde verschiedene Dinge. Eine lange Peitsche und ein Sortiment diverser Flogger und Paddel befinden sich darin. Dann sehe ich eine kleine Kommode und öffne die obere Schublade voller Klemmen, kleinen Glasschüsseln und Handschellen. „Ähm, ich nehme an, du hast an alles gedacht, Pierce."

„Öffne die nächste Schublade", befiehlt er.

Ich mache es und finde ein paar Dildos in verschiedenen Größen. „Nett."

Sein Grinsen wird zum Lachen, und er kommt, um mich in seinen Armen hochzuheben. „Dein Humor ist entzückend. Ich liebe ihn." Er trägt mich zum Bett. „Das nennt man ein Bondage-Bett. Ich kann deine Bewegungsfreiheit damit einschränken. Ich kann dich fesseln oder anketten. Dein Kopf kann hier rein und deine Hände hier." Er zeigt auf die Löcher in dem Bettgestell.

„Klingt nach Spaß", sage ich sarkastisch.

Er knurrt mich an. „Es wird Spaß machen, wenn ich es dir beibringe, Jade. Du wirst schon sehen."

Ich habe Schmetterlinge im Bauch, als seine Worte mein Ohr treffen und es kitzeln. Ich lege meine Arme um seinen Hals und schmiege mich an seine breite Brust. „Pierce, du könntest recht haben. Ich fühle mich anders bei dir. So, wie ich mich noch nie gefühlt habe."

„Vertrauensvoll?", fragt er, als er mir über den Kopf streichelt, damit ich ihn anhebe und ihn ansehe.

„Seltsamerweise, ja."

„Es ist gar nicht seltsam. Ich bin vertrauenswürdig. Habe ich dich schon einmal angelogen?"

„Nein. Und ich war fast überzeugt, dass du ganz anders aussehen würdest, als du behauptet hast."

„Wie denn?"

„Ich dachte, vielleicht bist du klein oder dein hübsches Gesicht hat eine deformierte Seite, die du im Video versteckt hast."

„Aber ich bin nicht klein, und mein Gesicht sieht auf beiden Seiten gleich aus", sagt er, als er zur Tür geht. „Übrigens, die andere Tür da drin führt zu einem kleinen Bad mit Dusche. Das Hauptschlafzimmer hat ein sehr schönes eigenes Bad mit einem tiefen Whirlpool und einer weiteren Dusche mit einem großen Duschkopf. Wir werden in den kommenden Monaten oft gemeinsam baden und duschen."

Ich bleibe vollkommen still, während er all das sagt, und komme zu einer Erkenntnis. „Niemand hat mich jemals nackt gesehen", sage ich mit plötzlicher Nervosität.

Er kommt zu mir zurück, nimmt meine Hand und zieht mich an sich. „Also bin ich der Erste. Ich habe großes Glück." Sein Mund schwebt vor meinem, ohne ihn in Besitz zu nehmen. „Ich werde so viel für dich sein, Jade Thomas. Dein erster Liebhaber und dein erster Partner bei einer sexuellen Erfahrung, die dir eine neue Welt eröffnen wird. Und der Erste, der deinen fantastischen Körper sehen darf. Ich weiß nicht einmal, ob ich das verdient habe."

„Selbstzweifel hätte ich nicht aus deinem Mund erwartet."

„Ich bin ein Mann voller Überraschungen. Und ich würde dich gern überraschen, Jade. Aber nur, wenn du es willst."

Das Schlagen meines Herzens ist so laut – ich weiß, dass er es hören muss. „Wo fangen wir an, Pierce?"

„Mit dem Abendessen. Dann nehmen wir ein schönes langes Bad, bei dem du dich entspannen wirst, während meine Hände sich über deinen ganzen Körper bewegen. Und danach – wenn du willst – werde ich dich ins Bett bringen und dich lieben. Aber nur, wenn du bereit bist, Jade. Du musst immer ehrlich zu mir sein. Denke an den Vertrag. Es ist jetzt gültig."

„Ich kann ehrlich sein, Pierce. Und ich bin es jetzt. Das klingt himmlisch."

16

PIERCE

Tropfen warmen Wassers fallen vom Duschkopf, während ich Jade beim Ausziehen zusehe. Sie hat sich für eine Dusche anstatt eines Bades entschieden, was gewagt für sie sein muss – ganz ohne eine Wanne voller Badeschaum, um ihren Körper vor mir zu verbergen. Ich habe meine Kleider schon abgelegt, damit sie sich weniger verlegen fühlt. Ich habe ihr angeboten, sie auszuziehen, aber sie wollte es selbst machen. Und ich muss sagen, ich liebe die Show, die sie mir bietet, ohne es zu merken.

Langsam zieht sie den Reißverschluss an der Vorderseite des Kleides auf. Ein seidiger weißer BH wird sichtbar, als sie es von ihren Schultern gleiten lässt, so dass es zu Boden neben ihre nackten Füße fällt. Ihre Taille ist schmal, und ihre Hüften sind so voll wie ihre Brüste, die sich bei jedem tiefen Atemzug, den sie nimmt, heben.

„Wunderschön", sage ich, um sie wissen zu lassen, was ich denke.

Ein Stirnrunzeln erscheint auf ihrem Gesicht. „Pierce, ist mein Körper wirklich wunderschön, oder sagst du das nur, um mich in dein Bett zu bekommen?"

„Ich muss nichts sagen, um dich in mein Bett zu bekommen. Wir haben einen Vertrag, der mir das verspricht. Und ich werde dir nicht schmeicheln, es sei denn, es ist absolut wahr. Also ziehe den BH und das Höschen aus und komm zu mir unter diese schöne, warme Dusche, Baby."

„Es ist nur so, dass ich meine Hüften zu breit finde", murmelt sie.

„Sie sind perfekt. Jetzt komm schon."

Sie schnaubt und greift hinter sich, um ihren BH zu öffnen und ihn zu dem Kleid auf dem Boden fallen zu lassen. Ich kann meine Augen nicht von ihren nackten Brüsten abwenden. „Köstlich."

Ihre Wangen werden rot, und sie schiebt ihr Höschen hinunter und enthüllt eine schön rasierte Pussy, so wie ich es ihr gesagt habe. „Das bin ich, Pierce. Was du siehst, ist, was du bekommst."

„Fantastisch. Komm jetzt zu mir und lass mich meine Hände über deinen verführerischen Körper bewegen, Jade."

Ihre Schritte sind klein und nervös. „Wirst du mir meine Jungfräulichkeit hier nehmen?"

„Nein. Komm jetzt."

Sie senkt den Kopf und kommt in die große Dusche. Direkt zu mir. Dann bleibt sie stehen und schaut mich nicht an. Ich nehme ihr Kinn in die Hand und hebe ihren Kopf. Unsere Augen treffen sich, und ich kann sehen, wie verletzlich sie sich fühlt.

„Ich habe Angst."

„Ich kann es sehen. Es gibt keinen Grund dafür. Was wir tun werden, ist angenehm." Ich streichle ihre Gänsehaut. Ihre Unterlippe zittert, also küsse ich sie.

Als ihre Hände sich um mich herum und über meinen Rücken bewegen, während sie sich an mich lehnt, stelle ich glücklich fest, dass sie sich immer mehr gehenlässt. Meine Hände berühren alles von ihr, was ich erreichen kann. Ich möchte, dass sie sich an meine Berührung gewöhnen kann. Sie ist mit ihrer Zunge zurückhaltend, also wickle ich meine um sie herum und streichle sie, um ihr eine Vorstellung zu geben, wie es sein wird, wenn sie meinen Schwanz in den Mund nimmt.

Ihr Stöhnen lässt mich wissen, dass es ihr gefällt, und sie beginnt, ihre Zunge mit meiner zu bewegen. Sie zieht auf meinem Rücken ein Muster mit ihren Nägeln, als sie ihren Körper noch näher an meinen drückt. Ich kann ihre Hitze fühlen, während sie ihre Pussy gegen mein Bein drückt. Sie ist zu klein, um meinen Schwanz zu erreichen, also hebe ich sie hoch, und sie wickelt ihre Beine um mich herum.

Ich schiebe Jade gegen die Wand, damit ich meine Erektion gegen ihre Pussy reiben kann. Sie stöhnt verführerisch, und unser Kuss wird tiefer. Ihre Zunge streichelt meine, und ich kann spüren, dass sie sich ihrem ersten Höhepunkt schnell nähert. Jade reißt ihren Mund von meinem und atmet schnell. „Gott, Pierce, ich komme gleich!"

„Tu es", flüstere ich, während ich meinen Schwanz gegen sie stoße, bis sich ihre Beine um mich herum anspannen und sie herrlich in mein Ohr stöhnt, als sie kommt.

Der Drang, meinen Schwanz in ihre heißen Tiefen zu rammen, ist fast überwältigend, aber ich schaffe es, mich zurückzuhalten. Ich muss geduldig mit ihr sein!

„Bring mich ins Bett", flüstert sie mir ins Ohr. „Ich bin bereit für dich, Pierce Langford."

Ich kann das Wasser nicht schnell genug abstellen, als ich sie auf die Füße stelle.

Sie wendet sich von mir ab, steigt aus der Dusche, holt ein Handtuch und trocknet sich ab, während sie mich anstarrt. „Dein Körper ist wie ein Kunstwerk, und dein Penis ist ein Traum."

„Es ist ein Schwanz, Jade. Ich hasse das Wort ‚Penis'." Ich trete aus der Dusche und ziehe das Handtuch von ihr weg, um mich selbst damit abzureiben. „Ich werde versuchen, dir nicht zu viel Wäsche zu machen, Süße."

„Ja, Wäsche, Geschirr, Staubwischen", sagt sie. Dann leckt sie ihre Lippen und bewegt sich zu mir und wickelt ihre Arme um meinen Hals. „Und Sex. Diese Dinge, die ich für dich tun soll, sind alle in unserem Vertrag. Also, lass uns anfangen. Ich war noch nie erregter."

Ich lasse das Handtuch fallen, hebe sie hoch und trage sie aufs Bett. Ihr dunkles Haar hängt in schlaffen Strähnen um ihr bleiches Gesicht. Ich küsse sie wieder, bevor ich sie auf das Bett werfe. Sie landet mit einem dumpfen Schlag darauf und schaut zu mir auf, während sie in ihre Unterlippe beißt.

„Jade Thomas, ich werde dich zu einer echten Frau machen. Bist du bereit für mich?"

Sie nickt und spreizt ihre Beine ein wenig. „Nimm mich, Pierce."

Mit einem Grinsen klettere ich auf das Bett und lege meine Hand über ihr Geschlecht. „Solange du lebst, wirst du dich an mich erinnern, Jade. Es ist mein Gesicht, das du sehen wirst, wenn du 60 bist und an dein erstes Mal zurückdenkst. Es ist mein Schwanz, den du dir vorstellen wirst, wenn du daran denkst, wir du deine Unschuld verloren hast. Ich werde für immer ein Teil von dir sein. Du wirst mich nie verlieren."

Ihre Augen glänzen von unvergossenen Tränen. „Das ist schön, Pierce."

„Du bist dabei, herauszufinden, wie wunderbar Sex ist. Also lehne dich zurück, entspann dich und lass dich von mir an einen Ort bringen, an dem du noch nie zuvor warst. Du wirst sehen, dass der Orgasmus nur ein Teil des Geschlechtsakts ist. Bald wirst du spüren, wie mein Körper deinen bedeckt, und wir werden mehr austauschen, als du mit einem Vibrator austauschen kannst. Du und ich werden das nehmen, was unsere Körper voneinander brauchen. Es wird ein beidseitiger Austausch sein, der dich in einer Weise erfüllen wird, die du noch nie kennengelernt hast."

Sie stöhnt, während ich ihren Venushügel mit meiner Hand streichle und dann in die Hocke gehe, damit ich sie mit meinem Mund verwöhnen kann. „Pierce, ich denke, das ist die klügste Entscheidung, die ich je in meinem Leben getroffen habe."

„Ich denke, du hast recht. Jetzt sei ein braves Mädchen und lass mich dich lecken, während du stöhnst, um mir zu zeigen, dass dir gefällt, was ich tue."

„Oh, Pierce, das wird es."

„Gut", sage ich und küsse ihren inneren Oberschenkel, während ich ihre Pobacken mit beiden Händen ergreife und sie anhebe, damit ich ihr den intensivsten Orgasmus schenken kann, den sie je hatte.

Ich ziehe kleine Küsse über ihren inneren Oberschenkel, bis ich ihre Pussy erreiche und sie langsam lecke. Ihr Stöhnen ist exquisit.

Meine Finger kneten ihre prallen Pobacken, während ich sie

langsam stimuliere. Sanft sauge ich ihre Lippen in meinen Mund und lasse meine Zunge über sie gleiten. Sie greift nach meinen Haaren und zieht ein bisschen daran. Ich lecke sie schneller und höre, wie ihre Atmung sich beschleunigt.

Ich mache immer weiter, bis ich höre, wie sie beginnt zu wimmern. Dann höre ich auf und küsse ihren Bauch, damit sie sich etwas erholen kann. Ich möchte nicht, dass sie jetzt schon kommt. Sie stöhnt frustriert.

„Oh, Pierce, ich war kurz davor."

Ein Lächeln bewegt sich über meine Lippen, während ich fortfahre, ihren Bauch zu küssen. „Oh, wirklich? Ich mache gleich weiter, Baby."

„Bitte", wimmert sie.

Ich ziehe meine Hände weg von ihrem Hintern und fange an, ihre inneren Oberschenkel zu reiben, bevor ich mit dem Finger ein kleines Stück in sie eindringe. Ungefähr eine Minute bewege ich meinen Finger in ihr, bis ein leichter Schweißfilm ihren Körper bedeckt.

Dann küsse ich wieder ihren Bauch und dringe etwas tiefer in sie ein. Sie ist unglaublich fest um meinen Finger, und ich weiß, dass ich sie etwas dehnen muss, bevor ich meinen Schwanz in sie stoßen kann.

Ich bewege meinen Finger schneller und streichle mit meiner Zunge ihre nasse Pussy. Ihr Stöhnen wird stärker, und ich kann mehr Hitze an meinem Finger fühlen. Ich finde ihre empfindlichste Stelle und streichle sie. Sie wimmert. „Oh, Gott!"

Dann ziehe ich meinen Finger heraus und küsse ihren inneren Oberschenkel, um die Intensität zu lindern, die ich ihr gerade gegeben habe, während ich so tue, als wüsste ich nicht, dass sie wieder ganz nah an ihrem Höhepunkt war. „Tut mir leid, Baby."

„Was?", stöhnt sie. „Ich war dabei zu kommen."

„Oh, ich dachte, ich habe dich verletzt, also habe ich aufgehört." Ich lache fast, beherrsche mich aber, als sie sich auf dem Bett bewegt und die Laken zerwühlt, während sie sich nach der Erlösung sehnt, die ich ihr verweigere.

„Verdammt. Ich werde besser darauf achten, wie ich reagiere. Ich wollte nicht, dass du aufhörst. Es war unglaublich. Du hast meinen G-Punkt getroffen, Baby. Es war fantastisch."

„Okay. Ich berücksichtige das nächstes Mal, Jade." Ich küsse sie und mache mich wieder an die Arbeit. Dieses Mal werde ich ihr erlauben zu kommen, und sie wird den besten Orgasmus spüren, den sie jemals hatte. Sie wird mir später für die süße Folter danken.

17
JADE

Mir war noch nie so heiß! Mein Körper steht in Flammen, denn Pierce macht mit mir die unvorstellbarsten Dinge. Seine Zunge streichelt meine geschwollene Klitoris. Ich sehne mich nach Erlösung, aber sie kommt einfach nicht.

Seine Finger graben sich in das Fleisch meiner Hüften, als er anfängt zu lecken, zu saugen und mich mit seiner Zunge zu bearbeiten. Ich keuche vor Verlangen, bis ich überall zittere und den Rand der Ekstase spüre.

„Pierce! Gott! Oh, Gott!" Tränen rollen meine Wangen herunter, als ich schließlich komme.

Reine Glückseligkeit erfasst mich, während mein Körper in die Tiefen des intensivsten Orgasmus taucht, den ich je hatte. Ich kann kaum denken. Mein Stöhnen ist alles, was ich höre, während meine Augen in meinem Kopf zurückrollen, und ich mich dem Gefühl ganz hingebe.

Es ist, als ob ich auf einer Wolke schwebe, als ein Orgasmus nach dem anderen in Wellen durch meinen ganzen Körper zieht. Ich bin atemlos, als Pierce zu mir nach oben kommt. Sein Gewicht drückt mich in die Matratze, und sein Mund bewegt sich über meinen Hals.

Ich kann nicht aufhören zu stöhnen, und meine Hände klammern sich an seinen muskulösen Rücken.

Warme Lippen drücken sich gegen mein Ohr. „Ich liebe dich, Jade Thomas."

„Danke, Pierce. Ich liebe dich auch. Schon immer."

„Du wirst dich für immer an das hier erinnern, so wie ich auch." Er bewegt seinen harten Schwanz an den Rand meines pulsierenden Kanals, und mit einem harten Stoß ist er in mir.

„Ah!" Ich hole einen kurzen Atemzug, aber es tut kaum weh. Mein Körper war auf Wolke sieben, und es scheint immens dabei geholfen zu haben, ihn darauf vorzubereiten.

Pierce hält ganz still, hebt den Kopf und sieht mich an. „Alles in Ordnung, Jade?"

Mit einem Stöhnen antworte ich: „Das ist die schönste Erfahrung, die ich je hatte."

Ein Lächeln zieht seine vollen Lippen an den Ecken hoch. „Und sie ist noch nicht vorbei, Baby."

„Gut. Ich kann es nicht erwarten, herauszufinden, was du noch für mich tun kannst."

Er bewegt seinen massiven Schwanz, der mich fast ganz ausfüllt, aus mir heraus. Dann drückt er ihn langsam wieder in mich. Ich kann das Brennen ein bisschen fühlen, als die Ekstase verblasst. Unsere Augen treffen sich, während er flüstert: „Das fühlt sich richtig an."

Ich nicke zustimmend „Ja. Ich bin froh, dass ich zu dir gekommen bin."

„Ich auch", sagt er, als er seinen Schwanz in einem langsamen, stetigen Rhythmus bewegt. Ich fühle mich fast so, als ob wir tanzen, aber mit völliger Intimität. Eine meiner Hände ruht auf seiner Schulter, die andere auf seiner Wange, während wir uns gegenseitig betrachten.

Dann bewegt er sich langsam zu mir hinunter, und unsere Münder treffen sich, als er mich liebt. Ich kann nicht glauben, dass es so gut ist mit einem Mann, den ich gerade erst persönlich kennengelernt habe. Es fühlt sich an, als hätten wir uns schon immer gekannt.

Ich bin so glücklich, dass ich meine Ängste überwunden und das zugelassen habe!

Ich ziehe meinen Fuß über die Rückseite seines Beines und genieße die Art, wie seine Muskeln sich bei jedem Stoß anspannen. Seine Brustmuskeln pressen sich gegen meine Brüste, und das Ganze ist besser als ich je gedacht hätte.

Ich dachte, ich würde zerquetscht werden, aber sein Gewicht ist angenehm und sogar etwas, nachdem ich mich jetzt sehne. Ich seufze, als sein Mund meinen verlässt und meinen Hals und mein Schlüsselbein liebkost. Dann nimmt er eine meiner Brüste in den Mund und saugt und leckt an der Brustwarze, während er beginnt, sich ein wenig schneller zu bewegen.

Ich hatte noch nie solche Gefühle in meinem Leben. Alles fühlt sich so gut und richtig an. Und er hat mir noch mehr zu geben!

Ich glaube, ich kann ihm auch in Bezug auf die anderen Sachen vertrauen. Irgendwie fühle ich mich, als ob ich mich bei diesem Mann gehenlassen kann. Und ich habe noch nie etwas mehr gewollt als ihn jetzt. Ich will ihn so sehr. Ich will ihn für immer!

Seine Hand bewegt sich, um meine andere Brust zu streicheln, und ich wölbe mich seinen Stößen entgegen und werde immer heißer.

Meine Nägel graben sich in seinen Rücken und hinterlassen Kratzer, während ich sie auf und ab ziehe. Er lächelt mich an. „Ich werde deine Arme über deinen Kopf legen und dir einen kleinen Vorgeschmack darauf geben, wie es ist. Okay?"

Ich beiße auf meine Unterlippe, nicke und beobachte, wie er meine Hände nimmt und sie über meinen Kopf bewegt, um sie dort mit einer seiner Hände zu fixieren. Er bewegt sich schneller und härter, als er mich festhält, und sieht mich selbstbewusst an.

Ich kann nicht umhin, mich ein bisschen hilflos zu fühlen, während er seinen Schwanz in harten Stößen in mich bewegt. Ich halte seinem intensiven Blick stand, während er mit mir tut, was er will. Dann frage ich: „Ist das Ficken, Pierce?"

„Warum fragst du mich das?"

„Du bist wie eine Statue geworden. Wie Stein. Dein Gesicht ist hart geworden. Dein Benehmen hat sich von Liebe zu einem Mechanismus verändert. Es fühlt sich an, als ob du mich fickst, und nicht, als ob du mich liebst."

Er lässt meine Handgelenke los und streichelt mein Gesicht. Sein harter Gesichtsausdruck ist verschwunden. „Ich wollte das nicht, Jade. Ich will, dass es für dich etwas Besonderes ist. Ich will, dass du dich geliebt fühlst. Es tut mir leid. Ich werde diese Taktiken heute nicht mehr benutzen. Heute Nacht geht es darum, dich in eine Welt zu führen, wo alles anders sein kann. Es ist ein langsamer Prozess, der niemals übereilt werden sollte." Er küsst mich wieder und sieht mich dann an. „Danke, dass du so ehrlich bist."

Ich streichle seine Wangen, während ich in die blau-braunen Tiefen seiner Augen schaue. Augen, die mir viel über ihn erzählen. Er ist ein konfliktbeladener Mann, und er merkt es noch nicht einmal. Aber mit meiner Hilfe könnte er es merken. „Du bist etwas ganz Besonderes, Pierce. Es ist mein Glück, dass du mir all das beibringst."

Wir sehen einander an, während er seinen Körper sanft bewegt und mich in sein Herz zieht, ohne es auch nur zu versuchen. Ich werde mich immer an diese Zeit mit ihm erinnern. Die Art, wie er mich anschaut, wie er sich bewegt, wie er riecht und wie seine Haut sich unter meinen Händen anfühlt.

Er bewegt eine Hand auf meinen Arm und dann hinunter zu meinem Bein. Ich fühle seinen Schwanz tiefer in mir und keuche, als er eine Stelle in mir trifft, die mich Sterne sehen lässt. Immer wieder trifft er auf dieselbe Stelle, bis ich seinen Bizeps packe und meine Augen schließe, als ein Sturm durch mich hindurchfegt.

Mein Körper zittert, als die Intensität mich überwältigt. Sein Schwanz in mir zuckt und füllt mich mit feuchter Hitze, und sein Stöhnen lässt mein Herz schneller schlagen, als mein Körper ihm in den Abgrund der Lust folgt, wo wir hoffentlich lange bleiben werden.

Ich kann nicht glauben, dass ich bei unserem ersten Mal einen Orgasmus hatte!

18

PIERCE

Eine leichte Brise bläst an meinem Gesicht vorbei und weckt mich aus einem traumlosen und tiefen Schlaf. Ich drehe den Kopf, um zu sehen, wie Jade mühsam zum Bad geht. Ein Lächeln zieht über meine Lippen, als ich mich daran erinnere, was passiert ist. Ich habe sie in Besitz genommen!

Jade hat sich letzte Nacht in meinen Armen so anders angefühlt. Keine andere hat sich jemals so angefühlt. Ihr Gesicht schien so vertraut zu sein, als wir uns liebten. Und sie hat sich so wohl bei mir gefühlt, dass sie mir anvertraute, wie ich mich plötzlich verändert hatte. Ich habe einen Augenblick lang mich an erste Stelle gesetzt, und sie hat es mir auf eine Art und Weise gezeigt, die mich nicht verärgert hat.

Ich steige aus dem Bett und eile in die Küche, um uns zwei Flaschen Saft und Frühstücksriegel zu holen. Ich denke, Jade verdient ein kleines Frühstück im Bett für eine so enthusiastische Teilnahme an den Aktivitäten der letzten Nacht.

Als ich ins Schlafzimmer zurückkehre, kommt sie aus dem Badezimmer und hat ein Handtuch um sie herumgewickelt.

Sie lächelt mich schüchtern an. „Guten Morgen. Wie hast du geschlafen?"

Ich gehe zu ihr und küsse ihre Wange, die von meinem Bart gerötet ist. „Ich habe besser geschlafen als seit langem. Und du?"

„Wie ein Stein", sagt sie und zeigt dann auf die Saftflaschen. „Ist das Apfelsaft?"

„Ja", sage ich und reiche ihr eine. „Und ich habe auch Apfel-Zimt-Riegel. Hast du Lust auf ein Frühstück im Bett?"

Sie nimmt die Flasche Saft von mir entgegen und lässt das Handtuch fallen, das sie bedeckt, um zurück zum Bett zu gehen. „Wenn du willst."

„Ich will. Und ich muss sagen, du gehst wieder normal und nicht so mühsam wie beim Verlassen des Zimmers." Ich steige ins Bett und ziehe die Decke hoch, um uns beide damit zuzudecken.

„Du hast das gesehen?", fragt sie, als sie verlegen nach unten schaut. „Wie schrecklich!"

„Es war süß und echt. Ich kann mir vorstellen, dass du sehr wund bist. Hast du das Aspirin im Medikamentenschrank gefunden?", frage ich, als ich sie zu mir ziehe, nachdem sie von dem Saft getrunken hat.

„Ja. Und ich habe all die anderen Dinge dort bemerkt. Die Schmerzmittel, die Antibiotika-Salben, die Verbände. Hast du vor, mein Fleisch so erbarmungslos zu quälen, Pierce?" Ihr Gesichtsausdruck ist amüsiert, anstatt erschrocken, worüber ich mich sehr freue.

„Das alles ist nicht für Dinge dieser Natur, Jade." Ich öffne die Packung, in dem der Frühstücksriegel ist, und gebe ihn ihr. „Iss das. Ich möchte, dass du etwas im Bauch hast, bevor ich wieder mit dir zusammenkomme."

„Wie großzügig", sagt sie und beißt ab. „Also, warum hast du das alles?"

„Wir sind hier draußen mitten im Nirgendwo. Wir könnten in giftigen Efeu treten, also habe ich ein Medikament dafür mitgebracht. Du könntest dir das Knie aufschlagen, also habe ich antibiotische Salbe gekauft. Es ist immer besser, vorbereitet zu sein."

Jade schmiegt sich an meine Seite, während sie ihren Saft trinkt. „Du bist ein außergewöhnlich fürsorglicher Mann, Pierce. Ich bin glücklich, hier in der Wildnis mit so einem Mann wie dir zu sein. Mit dir im Nirgendwo zu sein, fühlt sich überhaupt nicht schlecht an."

„Freut mich, das zu hören", sage ich, dann esse ich schnell auf. Ich bin begierig darauf, wieder in ihr zu sein. „Iss auf. Ich habe heute Morgen etwas zu erledigen."

„Und das wäre?", fragt sie, als sie den letzten Bissen herunterschluckt und dann ihren Saft austrinkt.

„Dir beibringen, wie du mich reitest."

Ihre Augen leuchten auf, und sie stellt die leere Flasche auf den Nachttisch neben mir, bevor sie auf mich klettert. „Ist das die Position, in der du mich haben möchtest, Pierce?"

Ich packe sie an der Taille, hebe sie hoch und lasse sie auf meine Erektion herunter. Ein schmerzlicher Ausdruck bewegt sich über ihr hübsches Gesicht, als sie sich daraufsetzt. „Wund, hm?", frage ich.

Sie nickt. „Aber es fühlt sich schon viel besser an dank dir. Soll ich mich schnell oder langsam bewegen?"

Ich hebe sie hoch und lasse sie wieder herunter. „Ich werde dich bewegen, aber du lässt mich wissen, ob es weiterhin wehtut."

„Ich kann dir jetzt schon sagen, dass ich mich nicht von anfänglichen Unannehmlichkeiten davon abhalten lassen werde, den fantastischen Ort wieder zu erreichen, an den du mich letzte Nacht mitgenommen hast. Ich will wieder dorthin zurück. Immer wieder." Ihr Lächeln ist strahlend, und ich kann sehen, dass sie aufrichtig ist.

Ihre Brüste hüpfen ein bisschen, als sie sich auf meinem Schwanz bewegt. Ich beobachte sie und liebe die Art, wie es sich anfühlt, als sie mit ihren Händen über meinen Waschbrettbauch streicht. „Du magst meine Muskeln, nicht wahr, Baby?"

„Ich liebe sie", sagt sie, als sie mich ansieht. „Und danke dafür, dass du die letzte Nacht zu einer Erinnerung gemacht hast, die ich für immer zu schätzen wissen werde. Dass du liebevolle Worte benutzt hast, war nett von dir."

„Wenn ich mich richtig erinnere, hast du sie erwidert. Liebst du mich immer noch, Jade Thomas?", frage ich mit einem Grinsen.

Sie zögert einen Augenblick, bevor sie mir wieder in die Augen schaut. „Ja, Pierce Langford. Ich liebe dich. Liebst du mich immer noch?"

„Was, wenn ich Ja sage?"

Ihr Lächeln wächst. „Dann wird es mein Lebensziel sein, dich zum glücklichsten Mann der Welt zu machen."

Ich umfasse ihre Taille und halte sie einen Moment fest, während die Worte über meine Lippen strömen: „Ich liebe dich, Jade. Und die nächsten zwei Monate können wir uns zeigen, wie viel Liebe zwischen uns ist."

Ich lasse sie wieder herunter auf meinen Schwanz, als sie sagt: „Die nächsten zwei Monate sind wir verliebt."

Mit einem Nicken schließe ich meine Augen und lasse das auf mich wirken, während ich sie auf und ab bewege. Das war überhaupt nicht Teil meines Plans. Ich wollte ihr während des anfänglichen Geschlechtsakts sagen, dass ich sie liebe. Mehr nicht. Aber es fühlt sich natürlich an. Und ich muss mich fragen, ob ich sie wirklich schon lieben könnte. Ich frage mich, ob es wirklich alles nur ein Spiel ist. Und wie tief ich mich schon darin verfangen habe.

Sie stöhnt leise, und ich öffne meine Augen, lecke meinen Finger und reibe ihre Klitoris, als sie sich über mir bewegt. Ihre Augen öffnen sich, und sie sieht mich an. Sie leckt sich die Lippen, bevor sie fragt: „Kann ich meine Blowjob-Fähigkeiten an dir ausprobieren?"

„Wer zum Teufel würde da Nein sagen? Probiere aus, was du willst."

Jade lehnt sich über mich, küsst meine Lippen, drückt ihre Zunge zwischen sie und verlockt meine Zunge dazu, ihr zurück in ihren Mund zu folgen. Sie saugt sanft an ihr und bewegt ihren Kopf ein bisschen, um nachzuahmen, was sie weiter unten an mir machen wird. Sie beendet den Kuss und fragt dann: „So?"

„Genau so, Baby." Ich küsse ihre Nasenspitze, dann klettert sie von mir herunter und macht sich an die Arbeit.

Ich beobachte ihren Kopf, während sie ihn zwischen meine Beine bewegt und einen tiefen Atemzug holt. „Okay, los geht's."

Ihr Mund ist warm, als sie ihn über meinen Schwanz bewegt. Ich stöhne, weil es sich so gut anfühlt. Ihre Lippen umhüllen ihre Zähne, und das Gefühl ist fantastisch. Sie bewegt sich mit einer Geschwindigkeit, die angenehm ist, dann bewegen sich ihre Hände über meinen Bauch zu meinen Händen, wo unsere Finger sich ineinander verschränken.

Es ist eine Intimität, die ich nie zugelassen habe. Ich mache so etwas sonst nicht. Das ist Liebe, nicht einfach nur Ficken, wie ich es in den letzten Jahren gemacht habe. Sie dehnt meine Grenzen immer weiter aus, aber ich habe dem zugestimmt, weil auch ich ihre Grenzen austesten werde.

Heute werde ich so bleiben wie jetzt, liebevoll und zärtlich. Morgen wird ein neuer Tag beginnen. Ein Tag, an dem ihre Grenzen beginnen, ausgetestet zu werden. Und ich habe das Gefühl, dass mehr in ihr steckt, als sie sich bewusst ist.

Jade fängt an zu summen. Mein Schwanz vibriert, und ein Schauder erfasst mich. „Oh, Baby, ja."

Sie bewegt sich schneller, und ihr Summen wird lauter, was das Gefühl noch intensiver macht. Sie hält meine Hände fest, als sie sich schneller und schneller bewegt, bis ich in ihrem Mund komme.

Ich öffne meine Augen und bin überrascht darüber, dass ich so schnell war und sie nicht vorgewarnt habe. Sie bewegt sich weiter, als mein Schwanz mehr Sperma in ihren Mund schießt. Dann hört sie auf, zieht ihren Mund weg, lässt meine Hände los und sieht mich an. „Du schmeckst gut, Pierce."

„Verdammt, Baby!"

Ich setze mich auf, packe ihren Nacken, ziehe sie zu mir und gebe ihr einen harten und fordernden Kuss. Ich will sie, wie ich noch nie eine andere Frau gewollt habe. Ich rolle ihren Körper auf die Matratze, stoße in sie hinein und nehme sie mit begieriger Intensität.

Sie schnappt bei jedem Stoß nach Luft. Die Art, wie ihr Körper zittert, erregt mich unheimlich. Zur Hölle mit der Liebe!

„Jade, ich werde dich jetzt ficken."

Sie nickt, während sie mich beobachtet. „Du bist wie ein Tier, Pierce. Ein wildes Tier, das ich zähmen will."

„Ich lasse mich nicht zähmen, Jade. Versuche, was du willst." Ich stoße noch einmal in sie hinein, ziehe mich dann aus ihr heraus und drehe sie um. Ich packe ihre Taille und ziehe sie zurück zu mir, um meinen Schwanz noch einmal in ihre geschwollene Pussy zu zwingen. „Ich glaube, du wirst feststellen, dass ich es bin, der dich zu dem macht, was ich will."

Sie schreit bei jedem harten Stoß, den ich mache. „Pierce, Gott!"

Der Dom in mir übernimmt einen Moment lang die Kontrolle, als ich frage: „Welche Farbe fühlst du, Jade?"

„Grün!", schreit sie. „Grün. Gott, das ist mehr, als ich je für möglich gehalten hätte. Fick mich, Pierce. Mach mich zu dem, was du willst!"

„Ich will, dass allein ein Befehl von mir dich nass und bereit macht. Ich will diese heiße Pussy nehmen, wann und wo ich will."

„Ja!", schreit sie. „Ja, ich gehöre dir, immer und überall. Mach einfach nur weiter. Bitte!"

Ich ramme mich immer wieder in sie, und die Muskeln in ihrem Inneren ziehen sich zusammen, während sie dem Rand der Ekstase immer näherkommt. „Komm auf meinem Schwanz, Jade. Zeig mir, was ich dir bedeute."

Ihr Körper sackt zusammen, als sie sich auf ihre Ellbogen lehnt und heftig keucht. „Du bedeutest mir alles."

Mein Schwanz pulsiert, und ich versteife mich, als mein Sperma sich in sie ergießt. „Und du bedeutest mir alles." Ich lehne mich über ihren Körper und ruhe mich auf ihrem Rücken aus.

Mein Herz rast – und das nicht nur deshalb, weil ich gerade gekommen bin. Da ist mehr. Mehr als ich jemals gesucht habe.

Diese Sache mit Jade könnte nicht so einfach sein, wie ich gedacht hatte!

19

JADE

Ich brate in einer Pfanne Speck für Pierce, was ich noch nie gemacht habe. Dichter Rauch steigt auf, und Pierce kommt aus dem Flur und wedelt mit der Hand vor seinem Gesicht herum.

„Was zum Teufel ist hier los, Jade?"

„Es raucht! Passiert das immer, wenn man Speck macht?"

„Nein!" Er bewegt sich an mir vorbei und drückt einen Knopf auf dem Ding über dem Herd. Das Rauschen einer Belüftung ist zu hören, und der Rauch fängt an, über dem Herd in das Ding zu verschwinden. In kürzester Zeit ist er ganz weg.

Pierce wirft mir einen strengen Blick zu. „Du hast den Speck verbrannt." Er nimmt die zischende Pfanne vom Herd und kehrt zurück, um mich anzusehen. „Willst du mir wirklich sagen, dass du so etwas Einfaches wie das Anbraten von vier Scheiben Speck nicht beherrschst?"

Sein Ton ist hart, und ich stemme meine Hände auf meine Hüften, als ich entgegne: „Ich habe dir gesagt, dass ich nicht weiß, wie man kocht. Ich habe dich nicht angelogen."

Pierce schnaubt und öffnet einen der Schränke neben dem Herd. „Hier sind die Kochutensilien. Nimm eine andere Pfanne und lass uns sehen, ob ich dir beibringen kann, wie man ein einfaches Frühstück macht, ohne das Haus abzubrennen, okay?"

Ich beuge mich vor und suche nach einer Pfanne, die so ähnlich ist wie die, die ich verbrannt habe. Ein fester Klaps landet auf meinem Hintern, und ich schreie und richte mich auf. „Hey!"

Sein Grinsen ist arrogant, als er sagt: „Vielleicht wird dir das dabei helfen, dich daran zu erinnern, wo die Töpfe und Pfannen sind."

Ich reibe meinen Hintern, der ein bisschen brennt, und mache mich wieder daran, eine Pfanne zu finden. Als ich eine in die Hand nehme, landet ein weiterer Klaps auf meinem Hintern. „Hey!" Ich drehe mich mit der Pfanne in der Hand um und halte sie drohend hoch. „Es ist nicht klug, jemandem, der eine Pfanne in der Hand hat, den Hintern zu versohlen, Pierce!"

„Ich habe solche Angst", sagt er spöttisch. „Jetzt senke bitte die Temperatur des Herds und stelle die Pfanne darauf."

„Das klingt schon viel besser, Pierce. Und jetzt werde ich vier weitere Scheiben Speck in die Pfanne legen, richtig?"

„Ja. Und benutze das hier." Er zieht etwas aus einer Schublade neben dem Herd. „Mit dieser Zange kannst du den Speck ein paar Mal zu drehen, um sicherzustellen, dass er gleichmäßig anbrät. Verstanden?"

„Ich denke schon", sage ich, als ich sie von ihm entgegennehme und benutze, um den Speck umzudrehen, den ich in die Pfanne gelegt habe.

„Jetzt zu den Eiern", sagt er, als er auf den Schrank zeigt. „Dort findest du Schüsseln. Nimm eine heraus, damit du die Eier darin verquirlen kannst."

Ich öffne die Schranktür und finde Unmengen von Schüsseln. „Welche Größe soll ich nehmen?"

„Denk nach, Jade. Du willst sechs Eier verquirlen. Wie groß sollte die Schüssel dafür wohl sein?"

Ich nehme eine ziemlich kleine. „Denkst du, dass diese Größe ausreicht?"

„Nein. Was denkst du?" Er zeigt auf den Speck, der anfängt, in der Pfanne zu brutzeln. „Und du solltest nach dem Speck sehen."

„Verdammt!" Ich beeile mich, den rohen Speck zu drehen. „Er ist auf der einen Seite noch gar nicht richtig angebraten."

„Ich habe nicht gesagt, dass es so ist. Ich habe dir nur gesagt, du sollst es überprüfen. Du musst lernen, wie man verschiedene Dinge auf einmal macht."

Mit einem Schnauben hole ich die Eier aus dem Kühlschrank und gebe sechs von ihnen in die Schüssel, in die sie perfekt passen. „Ha! Genau die richtige Größe." Ich grinse Pierce an, der lacht.

„Versuche, sie zu verrühren, ohne sie in der ganzen Küche zu verteilen, Jade."

Ich öffne die Schublade mit den Utensilien darin, nehme einen Löffel heraus und höre, wie er sich räuspert. „Was?"

„Verwende eine Gabel, Baby."

Ich lege den Löffel zurück, nehme eine Gabel und fange an, die Eier zu verrühren, die aus der Schüssel spritzen. „Verdammt! Sie ist zu klein. Warum hast du mir das nicht gesagt?"

„Weil ich dir jede Kleinigkeit sagen kann oder du es auf eigene Faust lernen kannst. Also, was machst du jetzt?" Sein Grinsen dient nur dazu, mich wütender zu machen.

„Ich hole eine andere verdammte Schüssel!" Ich greife nach einer größeren und gieße die Eier hinein, um sie dann zu verquirlen.

„Speck", sagt er, als er sich an die Bar lehnt.

Ich höre auf mit dem, was ich tue, gehe zu der Pfanne und drehe den Speck um, der auf der einen Seite gut gebräunt ist. „Oh, das ist eine schöne Farbe."

„Nicht übel. Zurück zu den Eiern. Und du solltest darüber nachdenken, was du benutzt, um sie zu Rührei zu machen", fügt er hinzu.

„Ähm, eine Pfanne? Oder einen Topf?" Ich sehe ihn fragend an, und er schüttelt nur den Kopf.

„Ich lasse dich entscheiden."

Einmal hatte ich fantastische Eier, und sie schmeckten nach Speck. Also entscheide ich, dass ich sie in der gleichen Pfanne anbrate wie den Speck. Wir werden sehen, ob er versucht, mich aufzuhalten.

„Wird es Toast geben?", fragt er mich.

„Ich denke schon. Weißt du, wo das Brot sein könnte?", frage ich.

„Ich gebe dir einen Hinweis. Es ist in der Küche." Er lacht über seinen eigenen Witz, und ich starre ihn finster an.

Ich lasse die Schüssel mit den Eiern stehen und gehe auf die Jagd nach dem Brot. Ich gehe jeden Schrank durch, öffne dann eine Tür und finde eine Speisekammer voller Essen. Ich nehme das Brot, sehe mich um und entdecke einen Toaster neben dem Herd. Ich will schon anfangen, vier Scheiben zu toasten, als ich innehalte. „Ich werde darauf warten, dass der Rest des Essens fertig ist, bevor ich das mache."

„Großartige Idee." Pierce verschränkt seine Beine und seine Arme, als er sich zurücklehnt und mich beobachtet.

Ich drehe den Speck um, stelle fest, dass er fertig ist und habe keine Ahnung, was ich mit ihm machen soll. Dann entscheide ich mich, einfach unsere Teller anzurichten. Ich nehme zwei Teller aus dem Schrank, und lege jeweils zwei Scheiben Speck darauf.

Dann suche ich in der Küche nach Papiertüchern und verwende sie, um das überschüssige Fett abzutupfen, so dass es appetitlicher aussieht. Ich gieße die Eier in die fettige Pfanne, und sie beginnen, wie Rührei auszusehen. Als sie fast fertig wirken, schalte ich den Toaster an und habe in kürzester Zeit die drei Dinge zubereitet, die ich für unser Frühstück brauche.

Ich gebe Rührei und Toast auf unsere Teller und hole Butter und Trauben-Gelee aus dem Kühlschrank. Bevor ich Pierce' Toast damit bestreiche, frage ich: „Möchtest du Gelee, Pierce?"

„Nein danke. Ich möchte nur Butter." Er lächelt mich an, und mein Herz setzt einen Schlag aus.

Er ist glücklich mit dem, was ich getan habe, und so albern es auch ist, macht es mich auch glücklich.

Ich stelle die Teller auf den kleinen Esstisch und wende mich zu ihm um. „Möchtest du Milch oder etwas anderes dazu trinken?"

„Milch ist in Ordnung." Er bleibt weiterhin an die Bar gelehnt, als ich kalte Milch in zwei Gläser gieße.

Ich stelle sie neben unsere Teller, hole Besteck und Servietten und decke den Tisch fertig. „Kommst du, Pierce?"

„Gerne", sagt er, kommt an den Tisch, zieht einen Stuhl heraus und hält ihn mir hin.

Ich setze mich, und er küsst meinen Kopf. „Das sieht toll aus, Baby."

Mit einem Seufzen sage ich: „Danke."

Bevor er seinen Platz einnimmt, geht er zum Schrank neben dem Herd und nimmt die Salz- und Pfefferstreuer heraus. „Du hast nur das hier vergessen. Aber alles in allem nicht übel."

Ich erinnere mich an das Buch, das ich gelesen habe, wo die Sub Salz vergaß und den Hintern versohlt bekam. Ich kichere leise, als er sich hinsetzt. „Ich nehme an, das hat mir eine Strafe eingebracht."

„Nicht heute. Wenn du es morgen wieder vergisst, könnte es aber sein." Er legt den Finger auf meine Nasenspitze. „Heute ist ein Lerntag. Keine Strafen. Aber versuche, zuzuhören und dir zu merken, was ich mag, dann geht alles einfacher."

Mit einem Nicken beiße ich von meinem Speck ab. „Das schmeckt wirklich gut."

Er probiert das Rührei und nickt. „Stimmt. Ich werde noch eine respektable Köchin aus dir machen, Jade."

Als wir nebeneinandersitzen und essen, bemerke ich, wie zufrieden ich mich fühle. Es ist nur eine Kleinigkeit, und doch fühle ich mich großartig, weil ich sie bewältigt habe. Merkwürdig!

„Glaubst du, wir könnten nach dem Frühstück spazieren gehen? Es sieht schön draußen aus." Ich wende meinen Kopf zu dem Fenster über dem Waschbecken, wo die Sonne durch eine Gruppe hoher Bäumen scheint.

„Ich denke, das ist eine fantastische Idee. Nicht weit entfernt gibt es einen See, wo wir schwimmen gehen können. Ich will dich unbedingt in dem roten Bikini zu sehen, den ich für dich gekauft habe."

Meine Lippen bilden ein Lächeln, als ich mir vorstelle, wie er mir

Kleidung kauft. „Hast du viel darüber nachgedacht, was du mir kaufen sollst?"

Er trinkt etwas Milch, während er nickt. „Ich habe bei jedem Stück an die Farbe deines Haares und deiner Augen und die Zartheit deiner Haut gedacht und nur Dinge ausgewählt, in denen ich dich sehen wollte. Es war ein langer Einkaufstag, aber ich fand es angenehmer, als ich dachte."

Wieder werde ich daran erinnert, wie fürsorglich er ist. Es ist eine Schande, dass er keine echte Freundin will. Er würde einen großartigen Freund abgeben.

20

PIERCE

Die Nachmittagssonne glitzert auf dem blauen Wasser, das gegen die felsige Küste schwappt. Jade zieht ihre blauen Jeans-Shorts und das kleine weiße Tank-Top aus und zeigt den roten Bikini, den ich ihr besorgt habe. Mein Mund wird trocken, als ich sie ansehe, und ich pfeife anerkennend. Ihre Wangen werden fast so rot wie der Bikini.

Ich entdecke einen hohen Felsen, von dem wir ins Wasser springen können, hebe sie hoch und fange an, den Hang hinaufzugehen. Ihre Arme wickeln sich um meinen Hals, als sie kichert. „Wohin gehen wir?"

„Du wirst es herausfinden. Du musst mir vertrauen, Jade." Ich beiße sanft in ihre Unterlippe.

Wir gelangen immer höher, bis wir den Gipfel des Felsens erreichen, der über dem Rand des Sees schwebt. „Oh nein, Pierce!"

„Oh ja, Jade." Ich küsse ihre Lippen. „Halte dich fest."

Sie schließt ihre Augen und vergräbt ihren Kopf an meiner Brust. „Oh, Herr, bitte lass uns nicht sterben!"

Ich springe. Wir fliegen durch die Luft, dann fallen wir auf das Wasser unten, während Jade schreit. Wir tauchen zuerst mit den

Füßen ins Wasser ein, und ich bringe uns schnell wieder an die Oberfläche. Jade keucht, als wir oben ankommen.

Ich rufe: „Das war genial! Lass uns das nochmal machen!"

Jade lässt mich los und schwimmt zum Ufer. „Auf keinen Fall!"

Ich schwimme ihr nach. „Du hast recht. Lass uns das nicht wieder tun. Schau mal, da ist ein Seil!"

Sie beschleunigt und versucht, sich von mir zu entfernen, aber ich fange sie leicht ein und lache sie an, während sie schnaubt. „Ich habe Wasser in die Nase bekommen!"

„Halte beim nächsten Mal den Atem an. Wir können uns wie Tarzan vom Seil schwingen."

„Nein!", schreit sie, als ich sie aus dem Wasser trage.

„Ja!", sage ich, werfe sie über meine Schulter und bringt sie zu den Holzstücken, die als Leiter zu dem Seil dienen, das an einem stabilen Ast befestigt ist.

Ich trage sie wie ein Feuerwehrmann nach oben, während sie mit ihren kleinen Fäusten auf meinen Rücken schlägt und schreit: „Tu es ohne mich! Ich habe Angst, Pierce!"

Als ich die Spitze erreiche, ziehe ich sie von meiner Schulter und halte sie an der Taille fest. „Es macht keinen Spaß ohne dich, Baby. Jetzt lege deinen Arm um meinen Hals. Ich denke, du solltest dir die Nase mit deiner linken Hand zuhalten und einen tiefen Atemzug nehmen, kurz bevor wir ins Wasser eintauchen."

„Oh, Pierce, bitte tu mir das nicht an", wimmert sie und bringt mich zum Lachen.

Ich zeige auf den Weg zurück, der gefährlicher aussieht als der Sprung in das friedliche azurblaue Wasser unter uns. „Willst du wirklich zurückgehen, Baby?"

Ihre Augen weiten sich, als sie hinunterschaut. „Scheiße!"

„Heißt das, dass du mir Gesellschaft leistest?", frage ich mit einem Grinsen.

Ihr Arm schlingt sich um meinen Hals, ihre Hand wandert zu ihrer Nase und sie nickt mir zu. „Sieht ganz so aus."

Ich schaue hinunter und sage: „Ich denke, wir sind hoch genug, dass wir vielleicht einen Salto oder zwei machen können, bevor wir das Wasser treffen. Bist du dabei?"

„Auf keinen Fall!"

„Das dachte ich mir. Okay, nur ein einfacher Sprung. Füße zuerst, genau wie vorhin, aber wir werden uns von einem Seil schwingen." Ich umfasse sie fester und ziehe das Seil zurück, dann fliegen wir über das Wasser, während sie sich die Seele aus dem Leib schreit.

Ich bin fast außer Atem, als wir an die Oberfläche kommen und ihr kleiner nasser Kopf kurz nach meinem nach oben kommt. Sie hält sich an mir fest, weil das Wasser so tief ist, dass nicht einmal ich den Boden berühren kann. Ich halte uns beide an der Oberfläche und habe plötzlich den Drang, sie zu küssen.

Die Anspannung verlässt ihren Körper, und sie erwidert den Kuss. Mein Schwanz rührt sich, und ich schwimme zum Ufer, bis meine Füße den Boden berühren. Ich halte sie in meinen Armen und spüre, dass ihre Beine mich umschlingen, während unser Kuss leidenschaftlicher wird. Ich bin mehr als ein bisschen überrascht, dass sie ihre Hände in den elastischen Bund meiner Badehose schiebt und meine Erektion daraus befreit.

Ich zerre ihr Bikinihöschen zur Seite und schiebe meinen Schwanz in ihre enge Pussy. Sie holt zitternd Luft. „Pierce, was du mit mir machst, ist so verdammt seltsam." Ihre Augen suchen meine. „Fühlt es sich mit allen anderen auch so an?"

„Ich würde lügen, wenn ich dir sage, dass es so ist. Du und ich scheinen fantastische Chemie zu haben, Jade. Um ehrlich zu sein, habe ich mich noch nie so gefühlt." Ich streiche ihr dunkles Haar zurück und stelle fest, dass ich offener zu ihr bin, als ich geplant hatte. „Ich hoffe, du findest das wieder, wenn unsere Zeit vorüber ist. Aber Tatsache ist, dass du vielleicht eine Menge Frösche küssen musst, um das zu bekommen, was wir haben."

Mit einem Nicken legt sie ihren Kopf an meine Schulter und bewegt ihren Körper, um meinen Schwanz zu streicheln. Ich umfasse sie an der Taille, schiebe sie hin und her und spüre, wie mir etwas den Rücken hinunterläuft. Sie schnieft, und ich weiß, dass sie weint.

Sie verliebt sich in mich. Ich weiß es einfach. Ich sollte es stoppen. Wir haben zwei Monate, mehr nicht. Das ist alles, was ich je wollte. Eine schöne Zeit mit ihr, und dann kann ich weiter zur Nächsten gehen.

Ich gebe ihr diesen Tag und diese Nacht, aber morgen werde ich mich ändern. Ich werde anspruchsvoll sein und den Dom in mir aktivieren. Das sollte ihr helfen, mich als den Mann zu sehen, der ich wirklich bin. Das hier bin gar nicht ich. Ich spiele ihr nichts vor. Es ist nur so, dass ich weiß, dass ich nicht immer so sein kann.

Ich bewege ihren Körper, bis ich fühle, wie sie flach atmet und ihr Herz gegen meine Brust hämmert. Die Muskeln in ihrem Inneren drücken meinen Schwanz und führen uns beide über den Rand der Ekstase. Dann zieht sie sich zurück und sieht mich an. Noch immer sind Tränenspuren auf ihrem Gesicht. „Ich liebe dich, Pierce."

Ich schlucke und sage: „Ich liebe dich, Jade. Willst du jetzt wieder in die Hütte gehen?"

Sie schüttelt den Kopf. „Nein, ich will noch einmal mit dir von diesem Felsen springen. Und dann will ich, dass du mir beibringst, wie man vom Seil aus einen Salto macht."

Ich lache, als wir aus dem Wasser gehen, und kann nicht ignorieren, dass sie mit ihrer einfachen Geste die Mauern, die in den letzten Jahren mein Herz abgeschirmt haben, zum Erbeben gebracht hat.

„Danach können wir zurückgehen und Mittagessen machen. Ich will unbedingt herausfinden, ob du tatsächlich ein Sandwich machen kannst", sage ich ihr und gebe ihr einen Klaps auf den Hintern, als sie vor mir aus dem Wasser rennt.

„Au!", schreit sie, als sie ihren Hintern umfasst. „Ich kann ein Sandwich machen, Pierce. Du wirst schon sehen. Jetzt komm schon, beeil dich. Es ist kalt."

„Ich kann sehen, wie hart deine Brustwarzen geworden sind", sage ich, packe sie und werfe sie über meine Schulter. „Ich trage dich."

Ihr Lachen füllt meinen Kopf und mein Herz. Und jetzt bin ich derjenige, der Angst hat.

21
JADE

Kühle Abendluft bewegt sich als Brise durch die hohen Bäume, die im Wind tanzen. Pierce und ich liegen auf der Hängematte, die zwischen zwei Bäumen aufgespannt ist. Ich liege auf seiner Brust und seufze, weil es Zeit ist, hineinzugehen und das Abendessen zu machen.

Der Tag war perfekt. Wir haben jede Menge Spaß gehabt, und ich habe mich noch nie so wohl gefühlt mit jemandem in meinem Leben. Wir haben uns mehrmals geliebt, als das Verlangen uns überwältigte. Es fühlte sich an, als wären wir auf einer einsamen Insel, die ich nie wieder verlassen will.

„Ich gehe hinein und beginne mit dem Abendessen. Ich muss mir noch ein Video dazu ansehen, wie man Ratatouille macht", sage ich, während ich meine Hand auf Pierce' Brust lege, um mich hochzudrücken.

Seine Lippen pressen sich gegen die Seite meines Kopfes. „Ich habe ein paar Steaks im Kühlschrank. Ich sage dir was. Lege zwei große Kartoffeln 20 Minuten in die Mikrowelle. Wasche sie zuerst und stich mit einer Gabel Löcher in sie. Ich werde den Grill anmachen und die Steaks darauf braten. Und wir können einen Beutel Salat in eine Schüssel werfen. Wie wäre das, Baby?"

Ich muss gegen die Tränen in meinen Augen ankämpfen. „Ich denke, das klingt großartig, Schatz."

Bevor ich von der Hängematte herunterklettern kann, zieht er mich zurück und gibt mir einen süßen Kuss. „Ich liebe dich, Jade."

Ich schmiege mich an ihn und flüstere: „Und ich liebe dich."

Sobald er mich loslässt, gehe ich schnell weg und halte meinen Rücken zu ihm gewandt, weil Tränen über meine Wangen laufen. Vielleicht wird der Beginn des BDSM-Teils mein Herz gegen ihn verhärten. Ich kann es nur hoffen.

Die Art, wie ich mich jetzt fühle, lässt keinen Zweifel daran, dass es schwer werden wird, ihn am Ende der zwei Monate zu verlassen. Aber er scheint entschlossen zu sein, dass es das Ende von allem zwischen uns ist. Ich kann mir nicht erlauben, mich noch mehr in ihn zu verlieben. Es wird so schon hart genug sein.

Ich wische die Tränen weg und spüre seine Hände auf meinen Hüften. „Ich liebe es, wie deine Haare aussehen, wenn sie natürlich trocknen. Wellig und weich. Du bist von Natur aus sexy, Jade."

Mit einem Seufzen antworte ich: „Ist das so?"

„Ja, Kleines." Er zieht mich hoch und trägt mich wieder. Er scheint das zu lieben.

Wir gehen ins Haus, und er stellt meine Füße in der Küche auf den Boden. „Danke, Pierce. Ich mache mich jetzt an die Arbeit."

„Tu das. Ich tue es auch." Er zieht ein Feuerzeug aus einer der Schubladen. „Ich komme bald wieder und hole die Steaks."

Ich finde die Tüte mit den Kartoffeln und nehme zwei große heraus. Nach dem Waschen lege ich sie in eine kleine mikrowellengeeignete Schale und steche Löcher in sie, wie er es mir aufgetragen hat. Nachdem ich sie in die Mikrowelle gestellt habe, werfe ich einen Blick auf Pierce, der Feuer in einer Propan-Grillgrube auf der Veranda macht.

Eine riesige Flamme kommt aus der Grube, und ich sehe, dass Pierce' Hemd zu brennen beginnt. Ich packe ein Geschirrtuch, eile nach draußen und sehe ihn losrennen. „Roll dich auf dem Boden herum, Pierce!"

Er facht die Flammen in seiner Panik an und macht sie noch

größer. Ich nehme die Verfolgung auf, und als ich ihn erreiche, drücke ich ihn irgendwie auf den Boden und ersticke die Flammen mit dem Geschirrtuch, während er wilde Flüche brüllt.

Wir schauen uns an, während wir beide Atmen holen. „Vielen Dank."

Ich lächle, als wir uns aufsetzen. Als ich das, was von seinem Ärmel übrig ist, hochschiebe, sehe ich, dass Pierce' Haut nur etwas rosa ist. „Komm. Lass uns antibiotische Salbe darauf geben."

Ich stehe auf und biete ihm eine Hand an, die er ergreift. „Du hast verdammt schnell reagiert. Woher wusstest du, dass ich mich in Brand gesetzt habe, Baby?"

„Ich habe dich vom Fenster aus beobachtet. Zum Glück, hm? Du hättest noch den Wald angezündet, wenn ich dich nicht aufgehalten hätte." Ich lache, aber er sieht mich verwundert an.

„Ja, ich frage mich, wie zum Teufel du das geschafft hast."

„Ich weiß es nicht. Mein Adrenalin hat mich überwältigt. Nenne mich Hulk, wenn du willst", sage ich lachend.

„Mein kleiner Engel. Mein starker kleiner Engel", murmelt er, als ich ihn ins Haus und dann ins Badezimmer führe.

„Ich bin mir sicher, dass du panische Angst hattest", biete ich ihm als Entschuldigung dafür an, dass ich ihn so leicht zu Boden bringen konnte. „Setz dich auf die Toilette, und ich versorge deine Verbrennungen." Ich klappe den Deckel herunter, und er nimmt Platz.

„Panische Angst?", fragt er. „Ich glaube nicht, dass ich panisch war."

„Nein, natürlich warst du das nicht", sage ich mit weicher Stimme, während ich seine rosa gefärbte Haut mit Alkohol abtupfe.

„Au! Verdammt, Baby!"

„Tut mir leid. Ich weiß, dass es brennt." Ich puste über die Oberfläche seiner lädierten Haut. „Ist das besser?"

Er nickt, und ich gebe die Salbe darauf, damit das Brennen aufhört. Ich drehe mich um, um eine Mullbinde zu finden, und wickle sie um seinen Unterarm. „Ich wette, das wird in ein, zwei Tagen schon viel besser sein. Nicht wahr?", frage ich ihn.

Er starrt mich an. „Hm? Oh, ja, ein, zwei Tage." Er schiebt die

Haare zurück, die mir ins Gesicht gefallen sind. „Danke, Jade. Wirklich."

„Keine große Sache, Schatz. Ich bin mir sicher, wenn ich in Flammen stünde, würdest du mir auch helfen." Ich küsse seine Wange. „Wie wäre es, wenn du dich auf dem Sofa ausruhst und etwas liest, während ich herausfinde, wie man das Abendessen macht? Ich kann auf YouTube nachsehen. Ich glaube, du hast das Propan zu lange angelassen. Ich drehe es ab und warte ein wenig, bevor ich versuche, es wieder anzuzünden." Ich ziehe an seiner Hand, und er steht auf und erlaubt mir, ihn ins Wohnzimmer zu führen.

„Nein, ich bin nicht schwer verletzt, Jade. Ich kann es tun. Ich denke, du hast recht. Ich habe das Propan zu lange angelassen. Ich kann damit umgehen. Lass uns zu meinem Plan für den Abend zurückkehren", sagt er und lacht.

„Bist du sicher, Schatz? Ich kriege schon raus, wie es funktioniert, während du ein Bier trinkst. Der Kühlschrank in der Garage ist voll davon."

„Ach ja? Ich denke, der Besitzer hat es dagelassen. Ich könnte eins brauchen. Aber bringe es zu mir nach draußen. Es ist nur eine kleine Verbrennung. Obwohl ich mein Leben vor meinem inneren Auge vorbeiziehen sah."

Mit einem Nicken gehe ich in die Küche und durch die Tür, die in die Garage führt. Ich hole ihm ein Bier, mache mich auf den Weg zurück zu ihm und sehe, dass er einen sehr vorsichtigen zweiten Versuch gestartet hat, Feuer zu machen. Als es dieses Mal problemlos funktioniert, atmen wir beide erleichtert auf.

Ich reiche ihm das Bier und sage: „Weißt du was? Du hast mir gesagt, dass ich gern jemanden verwöhne und ihm helfe, wenn er mir etwas bedeutet. Du hast recht gehabt. Was möchtest du zum Salat?"

„Ranch-Dressing", sagt er und zwinkert mich an. „Morgen beginnen wir deine Ausbildung. Wir testen deine Grenzen aus. Was denkst du darüber?"

„Ich glaube, ich freue mich darauf. Ich möchte anfangen, an Teilen der Szene zu arbeiten, die du für mich geschrieben hast. Vielleicht kannst du mich so fesseln, wie du geplant hast."

„Und dir eine kleine Kostprobe von dem geben, was der Flogger für dich tun kann?", fragt er mit erhobenen Augenbrauen.

„Ich mag diese Idee. Und heute Nacht, wenn wir ins Bett gehen, kannst du etwas grober zu mir sein, wenn du möchtest. Ich mag es, wenn du mir den Hintern versohlst." Ich wiege meine Hüften, als ich zurückgehe, um mit dem Rest des Abendessens weiterzumachen.

Sein Knurren folgt mir, und mir läuft ein Schauder über den Rücken. Ich hoffe, dass ich nichts übereile. Aber verdammt nochmal, seine Hand auf meinem Hintern macht mich verrückt. Im besten Sinn.

Als ich die Mikrowelle anschalte, drehe ich mich um. Pierce steht auf der anderen Seite der Bar und starrt mich an. „Bist du echt, Jade?"

Lachend sage ich: „Bist du betrunken, Pierce?"

„Ich bin berauscht", sagt er mit einem Nicken. „Von dir."

Und ich sehe etwas in den Tiefen seiner hellen Augen funkeln. Es ist ein bisschen mehr als Interesse. Es ist Neugier gemischt mit etwas viel Tieferem.

Könnte es länger als zwei Monate andauern? Würde er das erlauben?

22

PIERCE

Nur der Mondschein beleuchtet das Schlafzimmer, wo Jade auf mich wartet und in eines der Notizbücher schreibt, die ich für sie besorgt habe. Als ich aus dem Badezimmer komme, legt sie es in die Schublade des Nachttischs und zieht die Decke von ihren nackten Brüsten. Ihre goldenen Augen funkeln, als sie mir die Arme entgegenstreckt.

Als ich nach einer schnellen Dusche ins Bett steige, lege ich meinen Kopf auf die Kissen. „Bei so schwachem Licht zu lesen ist schlecht für deine Augen, Baby."

Sie bewegt ihre Hand über die Tätowierung links auf meiner Brust und sagt: „Ich habe nicht gelesen. Ich habe geschrieben. Nun zu diesem schönen Kunstwerk auf deiner Brust. Ich weiß, dass es ein Tribal-Tattoo ist, aber ich kann die kleinen Buchstaben entlang dieser Linie nicht lesen. Was steht da, Pierce?"

„Das ist der Name meines Großvaters. Archie. Er ist vor ein paar Jahren an einem Herzinfarkt gestorben. Es war plötzlich und unerwartet. Ich habe es mir ein paar Monate danach machen lassen." Ich lege meine Hand über ihre, als sie meine Brust streichelt.

Sie nickt in Richtung der Tätowierung auf meinem rechten Bizeps. „Und warum hast du das da machen lassen?"

Es ist ein Drache, und die Geschichte dahinter ist nicht allzu toll, aber ich erzähle sie ihr trotzdem. „Ich war 18, betrunken und mochte Drachen."

Sie lacht und bewegt ihre freie Hand darüber. „Ich habe Angst, mir eine Tätowierung stechen zu lassen."

„Wenn du eine willst, kann ich mitkommen und deine Hand halten", biete ich an.

Sie schüttelt den Kopf. „Meine Eltern würden durchdrehen. Das könnte ich nicht machen."

„Jade, du bist fast 24. Denkst du nicht, dass die Zeit, als deine Eltern das Sagen hatten, vorbei sein sollte?"

Ein schwaches Lächeln bewegt sich über ihre vollen Lippen, als sie nickt. „So sollte es wohl sein. Ich bin ihr einziges Kind, und manchmal fühlt es sich an, als ob ich immer ihr Kind sein werde, nicht ihre erwachsene Tochter, die ihren eigenen Kopf hat."

„Wenn du wirklich eine Tätowierung willst, werde ich dich in einen Tattoo-Salon fahren, bevor du gehst. Aber du musst das allein entscheiden. Ich weiß nur, dass ich für dich da sein und deine Hand halten werde, wenn du das willst, okay?"

Sie nickt, und ihre Lippen wandern über meinen Hals. „Willst du spielen?"

„Bist du sicher?", frage ich sie, als ich ihre Wange küsse.

„Grün bedeutet, dass ich schreie, aber es liebe. Gelb bedeutet, dass du die Intensität etwas verringern sollst, und Rot bedeutet, dass du sofort aufhören sollst. Ich denke, ich bin bereit für ein paar rauere Sachen, Pierce. Du auch?"

Mit einem Knurren drehe ich mich um, überrage sie und flüstere: „Baby, ich bin immer bereit."

Sie kichert, und ich schüttle den Kopf.

„Oh, ist Lachen verboten?"

„Es macht die Erfahrung weniger eindrucksvoll."

Sie schaut mir in die Augen, während ich darüber nachdenke, was ich mit ihr machen möchte. „Deine Augen glühen, Pierce."

„Ich werde heiß und bereit für dich, Jade."

Sie streicht mit ihrer Hand über meinen Hals und legt zwei Finger auf meine Halsschlagader. „Dein Puls ist so schnell."

„Der Gedanke, diesen üppigen Hintern zu versohlen, erregt mich."

Ich beobachte ihre Kehle, als sie schluckt, und liebe ihre Reaktion. „Deine Worte klingen ein bisschen finster, Pierce."

„Weil ich das Tier in mir entfessle, Jade."

„Meine Güte!"

Mit einer plötzlichen Bewegung drehe ich mich um, ziehe sie über meinen Schoß und gebe ihr einen Klaps auf den Hintern. „Du hast vergessen, beim Frühstück Salz und den Pfeffer auf den Tisch zu stellen."

Sie lacht. „Oh, Pierce, nur das nicht. Wie wäre es damit, dass ich am See nicht ins Wasser springen wollte?"

Ich versetze ihr noch einen Klaps. „Das ist fürs Lachen."

Sie windet sich auf mir. „Au."

Bei einem weiteren Schlag auf ihren süßen Hintern sage ich: „Halte still." Ich gebe ihr drei weitere Klapse in rascher Folge.

„Oh!"

Ein weiterer Schlag. „Das ist dafür, dass du mir auf den Rücken getrommelt hast, als ich die Leiter hochgeklettert bin, um das Seil zu erreichen." Klatsch! „Das ist dafür, dass du nicht springen wolltest."

„Das tat weh!"

Ich verpasse ihr noch einen Klaps.

„Verdammt!"

Sie verdient sich noch einen. „Sei still, Jade."

Sie ist still, und ihr Hintern ist rot. Ich gebe ihr noch einen Klaps, ohne ihr zu sagen, warum. Nichts als Schweigen begegnet meinen Ohren. Sie lernt schnell!

Mein Schwanz ist hart, weil sie darauf liegt, während ich ihren Hintern versohle. Also drehe ich sie auf den Rücken und ziehe den Gürtel aus dem Morgenmantel, den sie getragen hat und der jetzt auf einem Stuhl auf ihrer Seite des Bettes liegt. „Hände über den Kopf."

Sie tut, was ich sage, und ich binde ihre Handgelenke zusammen und schlinge den Gürtel über den Pfosten am Kopfteil. „Gibt es irgendetwas, das du mir sagen willst, Jade?"

Ein Lächeln bewegt sich über ihre Lippen, als sie sagt: „Es tut mir leid, dass ich dich verärgert habe, Pierce. Es wird nicht wieder vorkommen."

„Und weiter?", frage ich sie.

Ihre Augenbrauen ziehen sich einen Augenblick zusammen, dann lächelt sie wieder. „Und danke dafür, dass du mich korrigiert hast."

„Ganz genau, Baby. Das wollte ich hören. Jetzt werde ich dich nehmen, als ob ich dich besitze, denn das tue ich."

Ich spreize ihre Beine und setze mich zwischen sie, während sie mich beobachtet. Nach all dem Sex, den wir hatten, ist sie an meinen Schwanz gewöhnt. Und ich stelle fest, dass sie nass ist, was mich glücklich macht.

Ich stöhne, als ich in sie hineingleite. „Deine Pussy ist wie für mich gemacht, Jade."

Ich sehe, dass ihre Augen geschlossen sind. Ihre Unterlippe ist zwischen ihre Zähne gezogen, und sie scheint tief erregt zu sein. Ich streiche mit meinen Händen über die Seiten ihrer festen Brüste, ihre Rippen und ihre Hüften. Dann halte ich ihre Hüften fest und fange an, quälend langsam in sie zu stoßen.

Dass ich keine Berührung unserer Oberkörper zulasse, wird sie bald frustrieren. Ich weiß, dass sie es liebt, wie unsere Körper sich zusammen anfühlen, wenn sie sich aneinander reiben. Sie wird sich bald danach sehen, mich auf sich zu spüren.

Ich werde noch langsamer und necke sie: „Das könnte ich die ganze Nacht machen. Immer weiter so."

Ihre Unterlippe zittert, dann flüstert sie: „So werden wir keine Orgasmen haben."

„Oh, also willst du Orgasmen, Jade?"

Ich ziehe mich ganz aus ihr heraus, und sie stöhnt. Ich nehme an, sie denkt, dass ich dabei bin, dafür zu sorgen, dass sie das bekommt, was sie will. Aber das ist nicht das, was Doms mit ihren Subs machen.

Ich ziehe den Gürtel von dem Pfosten, drehe sie um und bringe den Gürtel wieder in Position. Dann bewege ich meinen nassen Schwanz über ihren Hinter, so dass ihre Pobacken sich zusammenziehen. Ich fordere sie heraus, mir zu sagen, dass ich sie nicht von hinten nehmen soll.

Sie ist aber still. Also teste ich sie ein bisschen und drücke die Spitze meines Schwanzes leicht in sie. „Nein!"

„Nein, Jade? Glaubst du, du hast hier das Kommando?", frage ich sie, als ich etwas fester zudrücke.

„Nein, Pierce. Nicht in den Hintern."

Ich bewege mich etwas tiefer hinein und sage: „Du bist gefesselt Wie könntest du mich aufhalten, Jade?"

„Mit einem Wort, Pierce. Bring mich nicht dazu, diese schöne kleine Session zu beenden, die wir hier haben."

Das Knurren, das aus mir herauskommt, ist unerwartet, und ich ziehe schnell den Gürtel von dem Pfosten und drehe sie wieder um. „Verdammt, Mädchen! Warum musst du so perfekt sein?"

Ich setze sie mit dem Gesicht zu mir gewandt auf meinen Schwanz und lege ihre Hände hinter meinen Kopf. Wenn ich in ihre Augen schaue, sehe ich den Mut einer Heiligen darin. Ich bewege sie mit mäßiger Geschwindigkeit auf und ab. Ihre Brüste hüpften jedes Mal über meine Brust und machen meinen Schwanz noch härter.

Ihr Haar umrahmt in dunklen Wellen ihr Gesicht, das himmlisch entrückt aussieht. Ich muss sie einfach küssen.

Ich bin ihr nicht nahe genug, wenn das überhaupt möglich ist. Ich lege sie auf den Rücken und bedeckte ihren Körper mit meinem. Ich packe eines ihrer Beine und ziehe es hoch, so dass der Knöchel sich in der Nähe ihres Ohres befindet und ich noch tiefer in sie eindringen kann.

Nach nur wenigen tiefen Stößen beginnt ihr Körper zu zittern. „Ohhh", stöhnt sie.

„Lass los, Baby. Gib mir alles." Ich küsse ihren langen Hals und liebe, wie es sich anfühlt, als ihr Körper um meinen Schwanz herum kommt.

Ich kann nicht aufhören. Ich ficke sie härter und wilder. Ihr

Keuchen streift mein Ohr, als ich mich über ihre Schulter lehne und sie wie ein Tier nehme. Ich kann fühlen, wie ihr Herz klopft, als sie anfängt, um Atem zu ringen. Der Orgasmus in ihrem Inneren geht immer weiter.

Schließlich kann ich mich nicht mehr zurückhalten. Ich knurre und erstarre, während ich mein Sperma in sie ergieße. Dann ruhe ich mich auf ihr aus, bis ich bemerke, dass ich sie zerquetsche. Ich bewege mich ein bisschen, und ihre Arme umklammern mich fester.

„Bitte bewege dich nicht. Ich liebe es, wie du dich auf mir anfühlst. Ich fühle mich, als ob ich ein Teil von dir bin", flüstert sie. „Ich liebe dich, Pierce."

Meine Augen fangen an zu brennen, während ich erwidere: „Ich liebe dich auch, Jade."

Die Emotion ist roh und unnatürlich für mich. Nicht einmal in meinen tatsächlichen Beziehungen habe ich das gefühlt. Aber ich muss mich fragen, ob diese Intensität nur ein Nebenprodukt des Online-Vorspiels und des Vertrags ist, der uns für eine begrenzte Zeit aneinanderbindet.

Würde es ohne den Vertrag so intensiv zwischen uns sein? Wäre es genauso ohne das Wissen, dass alles bald enden wird?

Vielleicht haben es unsere Köpfe und Körper so eilig, weil wir wissen, dass es etwas Kurzfristiges ist. Vielleicht ist deshalb alles so perfekt und richtig.

Mit dieser Idee in meinem Kopf kann ich mich vielleicht entspannen, aufhören zu kämpfen und einfach zulassen, was geschieht. Es ist eine kurzlebige Liebesaffäre, das ist alles. Keine ewige Liebe. Auch wenn es sich so anfühlt.

Nicht, dass ich jemals so etwas erlebt habe. Aber irgendwo tief drinnen fühlt es sich an, als ob es ewig dauern könnte. Aber das muss ein Streich sein, den unsere Köpfe uns spielen, um das Beste aus der Zeit herauszuholen, die wir haben.

„Ähm, jetzt wirst du ziemlich schwer, Pierce."

Mit einem Lachen rolle ich mich von Jade und befreie ihre Hände. Ich gebe ihren Schultern eine schnelle Massage und ziehe sie in meine Arme, damit sie ihren Kopf auf meine Brust legen kann. „Alles in Ordnung?"

„Es geht mir wunderbar, Pierce. Ich bin voller Emotionen, die ich noch nie zuvor hatte."

„Manchmal fühlen sich Frauen nach den Schlägen auf den Hintern erniedrigt. Fühlst du dich so, Jade?"

„Nein, es war irgendwie seltsam. Als du Salz und den Pfeffer erwähnt hast und ich lachte, hat es die Intensität ein bisschen verringert."

„Ich verstehe. Und warum hast du bei der Erwähnung von Salz und Pfeffer gelacht?", frage ich sie, als ich ihre Haare streichle.

„Ich habe ein Buch über ein BDSM-Paar gelesen. Sie hat das Salz für sein Essen vergessen, und er hat sie dafür bestraft. Es war ein bisschen übertrieben für eine so kleine Verfehlung. Er hat sie an eine Wand gekettet und ihr mit einer Peitsche 15 Schläge verpasst. Ich fand es albern."

„Ich auch. So funktioniert das nicht. Nicht jede Kleinigkeit verdient eine Strafe. Und die Schwere der Strafe sollte der Schwere der Verfehlung entsprechen. Dumme Bücher", murmle ich, während ich genieße, wie gut sie in meine Arme passt.

„Sag das nicht, Pierce. Ich beabsichtige, meinen Lebensunterhalt mit Büchern zu verdienen. Aber ich denke, ein bisschen mehr Realität ist nötig. Also, welche Art von Strafe ist angemessen, wenn das Salz vergessen wird?"

„Ein kleiner Klaps auf den Hintern reicht. Es hängt alles davon ab, wie ein Dom sein will. Die Wahl eines guten Doms ist wichtig für eine Sub. Du solltest niemals den ersten Dom nehmen, der dich anspricht", murmle ich bereits im Halbschlaf.

„Aber ich habe es getan", sagt sie, und meine Augen öffnen sich.

„Ja, nun, du und ich sind die Ausnahme von dieser Regel. Unsere Chemie stimmt einfach, weißt du. Es ist anders." Ich schließe meine Augen wieder und drücke sie sanft. „Hauptsächlich deshalb, weil du anders bist."

„Ist das gut oder schlecht?", fragt sie, als sie sich an meine Seite schmiegt.

„Gut. Alles mit dir, Jade Thomas, ist gut. Jetzt schließe deine wunderschönen Augen und lass uns schlafen. Du hast mich heute stark beansprucht."

„Ruhe dich aus. Morgen ist auch noch ein Tag." Ihre Lippen drücken sich gegen meine Wange, dann legt sie sich zurück.

Morgen ist ein neuer Tag. Ein Tag, an dem ich geplant habe, härter zu ihr zu werden. Aber jetzt habe ich keine Ahnung, ob ich das wirklich machen kann. Sie bringt etwas in mir zum Vorschein, das niemand sonst je zum Leben erweckt hat.

Etwas, das mich eine seltsame Kombination von Schwäche und Kraft fühlen lässt. Ist das normal?

23

JADE

Vögel zwitschern fröhlich, als ich in einem alten Schaukelstuhl sitze, Wasser trinke und darauf warte, dass Pierce den Stromkasten überprüft, um zu sehen, warum wir keinen Strom mehr haben. Beim Aufwachen haben wir festgestellt, dass wir ihn irgendwann in der Nacht verloren haben. Wir haben tief und fest geschlafen nach einem langen Tag voller Spaß und mehr Sex als ich je für möglich gehalten hätte!

Er kommt mit etwas in der Hand um die Ecke. „Es ist eine Sicherung. Ich muss den Vermieter anrufen, um zu fragen, was ich tun soll oder ob er etwas tut. Wie wäre es, wenn wir uns bis dahin anziehen und in die kleine Stadt gehen, die ein Stück die Straße runter liegt? Dort gibt es ein Café, wo wir frühstücken können."

Ich stehe auf, ziehe meinen Morgenmantel fester um mich und folge Pierce, der nur Boxerbriefs trägt, in die Hütte. „Eine kleine Stadt? Das sollte Spaß machen."

Er lacht, dreht sich um und hebt mich hoch. „Mit dir macht alles Spaß."

Ich tippe ihm auf die Nase. „Mit dir auch."

Als wir ins Schlafzimmer kommen, wirft er mich spielerisch auf das Bett. „Ich werde etwas für dich zum Anziehen aussuchen. Lehne dich einfach zurück und entspanne dich, Baby."

Ich streife den Morgenmantel ab und warte geduldig darauf, dass er Kleidung für mich auswählt. Als er mit einem lila Kleid in der einen Hand und einem Paar brauner Ballerinas in der anderen zurückkehrt, leckt er seine Lippen, als er mich ansieht. „Bist du nicht hungrig, Jade?"

„Ich bin am Verhungern", sage ich.

Er wirft mir das Kleid zu. „Zieh das an. Du machst mich scharf."

Ich sehe die Ausbuchtung in seiner Unterwäsche. „Das tut mir leid. Ich hatte keine Ahnung, dass mein nackter Körper solch eine Wirkung auf dich hat."

„Jetzt weißt du es." Er zieht eine ausgewaschene Jeans an, während ich zur Kommode gehe, um einen BH und ein Höschen zu holen.

„Nur das Höschen, Jade. Kein BH", sagt er und lässt mich erstarren.

„Wirklich, Pierce? So fühle ich mich aber nicht wohl", argumentiere ich. Meine Brüste passen gerade so in einen C-Cup.

„Das ist mir egal. Tu es. Ab heute zeige ich dir meine dominante Seite. Und der Dom in mir will sehen, dass deine üppigen Brüste sich frei unter diesem kleinen Kleid bewegen. Also tu es oder dein Hintern wird dafür bezahlen."

Ich tue, was er sagt, und lasse ihn seine Rolle spielen, aber ich bin nicht sehr glücklich darüber. Nachdem ich ein weißes Seidenhöschen angezogen habe, gehe ich zu der Schublade des Nachttischs, ziehe mein Notizbuch und meinen Stift heraus und schreibe genau auf, wie ich mich bei seinem Befehl an diesem Morgen fühle. *Mir wurde gesagt, dass ich heute Morgen keinen BH unter einem Kleid tragen werde, das meine Brustwarzen deutlich zeigt, wenn sie hart sind. Was sie jetzt sind, weil ich aufgeregt bin. Wir gehen in die Stadt, wo Leute mich so sehen werden! Ich bin im Moment keine glückliche Sub.*

„Was schreibst du, Jade?", fragt er mich, als er seine Sportschuhe anzieht.

„Ich halte meine Gefühle fest." Ich legte das Notizbuch und den Stift weg und gehe zu ihm. „Ich fühle mich nackt."

„Du siehst wunderschön aus", sagt er und zieht mich dann auf seinen Schoß. „Und es macht mich glücklich, dich so zu sehen. Magst du es nicht, mich glücklich machen, Jade?"

Sein Grinsen ist entzückend, und ich hasse es, dass er es benutzt, um mein Herz zum Schmelzen zu bringen. Ich küsse seine Wange und lege meine Arme um ihn. „Was machst du nur mit mir? Also gut, ich mag es, dich glücklich zu machen. Bist du bereit, aufzubrechen und diese Demütigung hinter uns zu bringen?"

„Du hast keinen Grund, dich gedemütigt zu fühlen. Du bist perfekt." Er steht auf und stellt meine Füße auf den Boden. „Lass uns jetzt gehen. Ich hätte gern bis zum Mittagessen wieder Strom. Ich kann es nicht erwarten, noch eines deiner berühmten Sandwiches serviert zu bekommen."

„Oh! Glaubst du, dass die Sachen im Kühlschrank in Ordnung sind?", frage ich, als ich an die Temperatur im Gerät denke.

„Vorerst bestimmt. Aber nicht mehr allzu lange. Wir brauchen schnellstmöglich wieder Strom! Also komm."

Er nimmt meine Hand, und ich gehe mit ihm zu seinem Wagen, den er sein Baby nennt. Es ist ein Alfa Romeo 4C. Der Innenraum ist dekadent und riecht nach frischem Leder. Ich atme tief ein, als ich meinen Sicherheitsgurt anlege.

Pierce steigt ein, erwischt mich dabei und wirft mir einen seltsamen Blick zu, bei dem ich lachen muss. „Ich liebe einfach den Geruch hier, das ist alles. Schau mich nicht an, als wäre ich verrückt."

„Es ist nur so, dass ich eifersüchtig werde, wenn du so intim mit dem Auto wirst." Er startet den Motor.

„Eifersüchtig, hm? Ich denke, das ist gut." Ich greife nach seiner Hand, halte sie und lege unsere ineinander verschlungenen Hände auf die Konsole zwischen uns.

„Ich bin mir nicht sicher, ob es gut ist. Ich bin kein eifersüchtiger Typ. Ich fange an, mich zu fragen, ob du mich in einen Mann verwandelt hast, der ich nicht bin." Er sieht mich mit ein wenig Misstrauen in den Augen an.

„Manche sagen, eine Person ist nicht, wer sie wirklich ist, bis sie die andere Hälfte von sich findet. Glaubst du, das ist wahr, Pierce?", frage ich ihn, während ich ihn anlächle.

„Nein, das tue ich nicht. Allerdings denke ich, dass Menschen vorübergehende Veränderungen in einander bewirken können. Aber eben nur vorübergehend. Wir alle werden wieder das, was wir wirklich sind, sobald die Flitterwochen enden. Es ist am besten, das niemals zu vergessen, Jade. Ich kann mich jetzt auf eine Weise verhalten, die dir gefällt, aber ich bin nicht wirklich so. Das jetzt ist der Pierce, der einen Vertrag mit einer wunderschönen Frau hat, die ihm zur Verfügung steht und mit der er tun kann, was er will. Dieser Pierce hat keine Sorgen und Probleme. Kurz gesagt, das ist nicht mein wahres Ich."

„Spielst du mir etwas vor?", frage ich ihn, während ich in seinen Augen nach Anzeichen dafür suche, dass er lügt.

„Ich spiele dir nichts vor. Überhaupt nicht. Aber ich bin anders als sonst. Ich möchte ehrlich zu dir sein. Zu Hause kann ich launisch sein. Ich brauche mehr Zeit für mich allein als die meisten anderen Menschen."

„Hast du das Bedürfnis, jetzt allein zu sein, willst aber meine Gefühle nicht verletzen?"

„Nein, ich liebe es, dich um mich zu haben. Wenn das mit uns länger dauern würde als dieser Urlaub und ich wieder zu meiner Arbeit zurückkehren müsste, würdest du einen anderen Mann sehen. Einen Mann, der nicht so ist wie der, der ich jetzt bin."

„Der Mann, der du bei mir bist?"

Er nickt. „Ja, dieser Mann. Ich weiß kaum, wer er ist. Ich habe mich in meinem Leben noch nie so unbeschwert gefühlt. Aber es ist ein Hochgefühl, das irgendwann nachlassen wird. Und du wirst sicherlich enttäuscht sein, wenn mein wahres Ich an die Oberfläche zurückkommt und du dich fragst, was zur Hölle passiert ist."

Während ich über seine Worte nachdenke, schaue ich aus dem Fenster. Melancholie erfüllt mich, weil ich es hasse, daran zu denken, dass dies enden wird. Ich tue so, als ob es ewig halten würde. Aber

Pierce' fehlender Glaube an sich selbst wird uns definitiv am Ende des Sommers voneinander trennen.

Ich habe von Sommerromanzen gehört. Sie brennen hell und verglühen dann wie eine Sternschnuppe. Ich kann hier kein Ende für uns sehen. Vielleicht weil das erst unser dritter Tag zusammen ist. Vielleicht werden wir anfangen, uns auseinanderzuentwickeln, wenn das Ende des Sommers naht. Pierce wird an die Arbeit denken, und ich werde darüber nachdenken, wieder zur Uni zu gehen. Wir werden in getrennten Teilen der Welt weiterleben, so weit voneinander entfernt, dass auch Wochenendbesuche keinen Sinn machen würden.

Es wird alles in kürzester Zeit vorbei sein!

Traurigkeit und Melancholie lassen meine Schultern schlaff herunterhängen. Pierce bemerkt es. „Sei nicht deprimiert darüber, wie es enden wird, Jade. Wir leben im Moment für den Sommer. Wir sind, was auch immer wir sein wollen. Erlaube nicht der Konformität unseres Alltagslebens, unsere Fantasiewelten zu beeinflussen."

„Aber das ist keine Fantasie, Pierce. Das ist echt. Alles, was wir fühlen, ist echt", argumentiere ich.

„Es ist echt, aber auch flüchtig. Niemand kann für immer so glücklich sein. Niemand, Jade. Genieße es einfach, solange wir es haben. Es ist ein seltenes Juwel, das wir gefunden haben. Aber wie alles Seltene wird es einem oft wieder weggenommen oder es zerbricht, wenn es berührt wird. Lebe einfach in der Gegenwart und mach dir keine Sorgen darüber, was am Ende passiert."

Mit einem Nicken stimme ich ihm zu. Was kann ich sonst tun? Argumentieren, dass das, was wir gefunden haben, besonders und einzigartig ist und er versuchen sollte, es so zu sehen, anstatt es als etwas Vorübergehendes zu betrachten?

Warum bin ich die Einzige, die denkt, dass es andauern kann? Weil ich jung und naiv bin? Weil er der erste Mann ist, mit dem ich je Sex hatte? Weil er der erste Mann ist, den ich je geliebt habe?

Ich weiß, dass ich Pierce liebe. Mein Herz schlägt so schnell wie nie zuvor. Allein die Berührung seiner Hand tröstet und stimuliert mich zugleich, eine seltsame Kombination, die ich noch nie gespürt habe. Und ich kann mir nicht vorstellen, dass das plötzlich verschwindet, wenn der Sommer zu Ende geht.

Aber er denkt offensichtlich so.

Die kleine Stadt kommt in Sicht, und ich bemerke das Schild eines Cafés, das hoch über den einstöckigen Gebäuden vor uns schwebt. „Und diese Stadt heißt ...?", frage ich.

„Pecan Grove", sagt er. „Irgendwie ist es einem kleinen Obstgarten mit Pecan-Bäumen gelungen, die harten Winter hier mehr als hundert Jahre zu überleben. Daher der Name. Das *Pecan Grove Café* scheint der einzige Ort zu sein, wo man in dieser Stadt etwas essen kann." Er hält an, und wir steigen aus.

Das Erste, was er tut, ist, sein Handy hervorzuziehen und zu versuchen, ein Signal zu bekommen. Es gibt absolut keinen Empfang in der Hütte. „Hast du ein Signal?"

„Ja", sagt er, als er auf sein Handy starrt. „Nicht besonders gut, aber es müsste reichen. Geh hinein und bestelle uns Frühstück. Ich verhungere. Ich muss den Vermieter anrufen."

„Was möchtest du?", frage ich ihn.

„Überrasche mich. Bestelle mir etwas, von dem du denkst, dass ich es möchte", sagt Pierce und setzt mich damit unter Druck.

„Großartig", murmle ich, als ich hineingehe. Ich verschränke meine Arme über meinen Brüsten, um meine aufgerichteten Brustwarzen zu verstecken.

„Morgen", begrüßt mich eine alte Frau, die eine schäbige weiße Schürze und eine senfgelbe Kellnerin-Uniform trägt. Ihr weißes Haar ist hochgesteckt, und ich wette, sie arbeitet hier, seit das Café eröffnet wurde.

„Guten Morgen, Ma'am", rufe ich ihr zu. „Kann ich diese Nische dort drüben nehmen? Die Aussicht ist schön von dort."

„Sicher, setzen Sie sich hin, wo Sie wollen", sagt sie, als sie zwei Speisekarten ergreift und sie mit einem Lappen abwischt, den sie aus ihrer Schürze gezogen hat. „Sind Sie aus London?"

„Aus Nord-Wales. Entgegen der weitverbreiteten Meinung

wohnen nicht alle Briten in London. Haben Sie immer hier in Pecan Grove gelebt?"

„Ich bin hier geboren und aufgewachsen. Mein Vater eröffnete dieses Café, als ich ein kleines Kind war. Ich habe hier gearbeitet, seit ich gehen konnte. Kann ich Ihnen einen Kaffee bringen?"

Ich applaudiere mir innerlich dafür, dass ich recht damit hatte, dass sie schon immer hier gearbeitet hat. „Kaffee wäre nett. Bringen Sie mir zwei Tassen. Mein, ähm, mein ..." Ich habe keine Ahnung, wie ich Pierce bezeichnen soll. „... mein Freund ist draußen beim Telefonieren. Und bitte bringen Sie uns auch Sahne und Zucker."

„Ich werde Ihren Kaffee holen, während Sie sich unsere Speisekarte anschauen", sagt sie zu mir und wendet sich dann ab, um zu gehen.

Die große Auswahl an Frühstücksgerichten ist erstaunlich. Crêpes-Variationen füllen einen ganzen Abschnitt. Waffeln, Pfannkuchen, Würstchen und Omeletts aller Art sind auf der Speisekarte.

„Es ist unmöglich, sich zu entscheiden", murmle ich, als die Kellnerin mit dem Kaffee zurückkommt.

„Möchten Sie wissen, was Al Bobs Spezialität ist?", fragt sie mich mit einem Augenzwinkern

„Ja, gern", sage ich, als ich die Speisekarte weglege.

„Er macht ein fantastisches Denver-Omelett. Und dazu Hash Browns und selbstgebackene Brötchen. Sie können sogar eine kleine Schüssel Sauce haben, um sie darin einzutauchen, wenn Sie möchten. Ich esse dazu gern noch eine Schale mit frischem Obst auf Vanille-Joghurt. Würde Ihnen das schmecken?"

„Es klingt großartig. Können Sie uns genug für zwei Personen bringen?" Ich reiche ihr die Speisekarten, und sie schenkt mir ein Lächeln. Auf ihrem Namensschild steht Delores, also füge ich hinzu: „Und vielen Dank, Delores. Mein Name ist Jade Thomas. Es freut mich, Sie kennenzulernen."

Wir geben uns die Hand. „Es passiert nicht oft, dass ein Gast sich mir vorstellt, Jade. Ich werde mich um alles kümmern. Ich kann sehen, dass Sie Ihren hübschen Freund beeindrucken wollen."

Ich folge ihren Augen, als sie aus dem Fenster schaut. Pierce telefoniert immer noch, sieht mich aber an, während er auf dem Bürgersteig steht. „Er ist hübsch, nicht wahr?"

„Ja, und er hat nur Augen für Sie, meine Liebe. Lassen Sie mich diese Bestellung aufgeben. Ich werde mich für Sie beeilen."

Pierce und ich sehen einander durch das Fenster an. Er lächelt ein bisschen, und dann gibt er mir ein Daumen-hoch-Zeichen, beendet den Anruf und kommt herein.

Ich beeile mich, die verdammten Tränen wegzuwischen, die mir in die Augen gestiegen sind, und versuche, die Gedanken an das Ende wegzuschieben, damit wir dieses Frühstück genießen können, das hoffentlich köstlich ist. Es ist nicht so, als hätte ich es gemacht, aber ich fühle den gleichen Druck, sicherzustellen, dass es gut für ihn ist.

Ich habe keine Ahnung, wie ich das so schnell zu meiner Priorität gemacht habe. Es ist mir noch nie eingefallen, sicherzustellen, dass jemand eine möglichst perfekte Mahlzeit bekommt. Ich habe mich nie darum gekümmert, was jemand darüber denkt, was ich trage oder wie mein Haar aussieht. Warum hat sich das geändert, als ich Pierce traf?

Ist es sein von Natur aus dominanter Charakter, der mich nicht nur seinem Willen beugt, sondern auch dazu bringt, ihm zu dienen, weil ich es will? Will ich das *wirklich* machen? Auf diese Weise? Oder ist es ein subtiles Psychospielchen, das er meisterhaft beherrscht?

Er setzt sich auf die gegenüberliegende Seite der Nische, ergreift meine Hände und lächelt mich strahlend an. „Du hast so hübsch ausgesehen, als du ganz allein hier gesessen hast. Ich habe mir vorgestellt, dich zum ersten Mal zu sehen. Seltsam, hm?"

„Ich denke schon", sage ich, da ich es tatsächlich seltsam finde, dass er sich so etwas vorstellen würde. „Pierce, hast du immer schon die Fähigkeit gehabt, Frauen dazu zu bringen, Dinge zu tun, bei denen sie eigentlich kein Vergnügen empfinden sollten? Zum Beispiel den Hintern versohlt bekommen, für dich kochen oder dich baden."

„Nein", sagt er mit einem Achselzucken. „In meinen Beziehungen machten die Frauen, was sie wollten, und keine wollte etwas für mich tun. Damals war ich nicht in der BDSM-Szene. Ich kann dir nicht sagen, ob sie so behandelt werden wollten, wie ich Frauen heute behandle. Und wie hast du es empfunden, heute gefesselt zu werden?"

„Ehrlich?", frage ich ihn, und er nickt. „Pierce, ich finde es angenehmer, als ich dachte. Ich möchte spüren, wie deine Hände das Seil um meine Arme und Beine wickeln, mich in die Luft ziehen und mich über dem Holzboden des Spielraums aufhängen. Macht mich das unmoralisch?"

„Überhaupt nicht", sagt er, als er den Kopf schüttelt. „Es bringt dich in Kontakt mit deinen wahren Gefühlen. Du leugnest sie nicht, weil man dir beigebracht hat, dass sie falsch oder unmoralisch sind. Ja, wenn Dinge dieser Art gegen deinen Willen getan werden würden, dann wäre das definitiv falsch Aber mit deiner Zustimmung ist nichts falsch daran, und es erweitert deinen Horizont. Du wirst sehen, wovon ich rede. Und wir können es langsam angehen."

Delores kommt mit wunderschönen Schalen voller frischer Früchte und Joghurt zu uns. „Der Rest kommt gleich. Kann ich Ihnen Wasser holen?"

Pierce lächelt sie an. „Das wäre wunderbar. Das sieht großartig aus. Vielen Dank."

Sie stellt die Schüsseln und ein paar Leinen-Servietten mit Besteck vor uns. „Ich bin gleich wieder da und gieße Ihnen frischen Kaffee ein."

„Danke, Delores", sage ich, und sie geht.

Pierce streckt eine Hand über den Tisch, und ich ergreife sie. „Das ist eines meiner Lieblingsgerichte, Jade. Deine Intuition ist bewundernswert."

Ich nicke und schaue auf den Tisch, als ich zugebe: „Die Kellnerin hat es empfohlen. Ich bin nur ihrer Empfehlung gefolgt."

„Gut, dass du das getan hast. Lass uns essen."

Ich nehme die Serviette und lächle die ganze Zeit, während ich darüber nachdenke, wie glücklich es mich macht, etwas für Pierce zu tun. Wie ein Kind, das sich freut, seine Eltern zum Lachen zu bringen. Es fühlt sich an, als ob ich wieder zu diesen längst vergangenen Tagen zurückkehren würde, als alles einfacher war und mein höchstes Ziel darin bestand, ihnen Freude zu machen.

Ich habe keine Ahnung, ob ich mich weiter- oder zurückentwickle!

24

PIERCE

Ihre Augen glänzen in dem schwachen Licht, als ich den Lederriemen um ihre Brüste festziehe. Jade beobachtet mich, wie ich sie in das Leder kleide, das sie kaum bedeckt. Unser erstes Wagnis im Spielzimmer macht uns beide erregt und ein wenig nervös.

Sie hat die Musik für diesen Abend gewählt – eine Sammlung von Hard-Rock-Balladen aus den 80er Jahren, die rein instrumental sind und leise im Hintergrund spielen. Ich befestige den Riemen, der das Leder auf ihrer Pussy mit dem Leder auf ihren Brüsten verbindet, und sie ist fertig. „Du siehst großartig aus."

Ich drehe sie um, damit sie sich in dem großen Spiegel sehen kann, den ich an die Wand gelehnt habe. „Meine Güte!"

Ich küsse die Seite ihres Halses und streichle ihren Bauch und ihre Hüften. „Atemberaubend, nicht wahr?"

„Es ist merkwürdig. Ich sehe so ..."

„... sexy aus", beende ich ihren Satz. „Und du wirst noch besser aussehen, wenn du in meinen Seilen gefesselt bist. Jetzt machen wir das richtig. Wir beginnen am Anfang, aber wir spielen die Szene nur bis zu den ersten sechs Schlägen des Floggers. So wie wir es abgesprochen haben."

Mit einem Nicken geht sie weg und kniet sich vor die Tür. Ich folge ihr und gehe in unser Schlafzimmer, um mir meine dunkle, locker sitzende Hose anzuziehen und sonst nichts.

Als ich zurückkomme, betrachte ich sie, wie sie mit gesenktem Kopf kniet. Ich habe ihr Haar zu zwei Zöpfen geflochten. Sie sieht prächtig aus, und ich bin stolz auf meine Arbeit.

Ich gehe an ihr vorbei zu den Seilen, die von der Decke hängen, und ändere den Ablauf ein wenig, um nicht genau das Gleiche zu tun, was ich mit der Frau aus dem Video gemacht habe. Ich möchte, dass Jade das Gefühl hat, etwas Besonderes zu sein. „Komm zu mir, Jade."

Wie befohlen, steht sie auf, hält den Kopf gesenkt und kommt zu mir. Ich habe sie angewiesen, den Kopf unten zu halten, bis ich ihr etwas anderes befehle oder ihn selbst anhebe. Ich bin überrascht, dass ihr Körper warm ist und nicht zittert, während ich ihren rechten Arm nehme und meine Hand darüber bewege. Ich wickle das weiche Seil dreimal spiralförmig darum und ziehe ihre Hand darüber, um es festzuhalten, während ich das Gleiche mit ihrem anderen Arm mache.

Als beide Arme gesichert sind, nehme ich zwei kleinere Seilabschnitte und binde sie um ihre Handgelenke, so dass sie nicht mehr entkommen kann. „Das kommt erst wieder weg, wenn ich es erlaube, Jade. Verstanden?"

„Ja", flüstert sie heiser

„Braves Mädchen", flüstere ich ihr ins Ohr. „Alles in Ordnung?"

„Ja."

Mit ihrer Zustimmung mache ich weiter und wickle den Rest des rechten Seils um ihren Oberschenkel. Ich mache das Gleiche mit dem Seil auf der linken Seite, dann hole ich mehr kurzes Seil, um sie an Ort und Stelle zu halten. „Jetzt ziehe ich an den Seilen, um deinen Körper in die Luft zu befördern, Jade. Wenn du ein Ziehen an deinen Schultern oder deinen Hüften spürst, musst du es mich gleich wissen lassen. Das Verletzungsrisiko ist groß, wenn das passiert. Du solltest Druck auf deinen Arme und deinen Beinen spüren, aber sonst nichts."

„Ich verstehe und verspreche dir, ehrlich zu sein, Pierce."

Ich küsse ihre Lippen, dann frage ich: „Möchtest du, dass ich dir die Augen verbinde?"

„Nicht zu diesem Zeitpunkt, bitte", antwortet sie.

Ich habe ihr erklärt, dass das Gefesseltsein über dem Boden ein Schwindelgefühl hervorrufen kann. Manche Menschen reagieren besser darauf, wenn ihre Augen verbunden sind. Aber ich lasse ihr vorerst ihren Willen.

Ich bewege die beiden Seile gleichzeitig, um ihre Arme und Beine immer im gleichen Winkel zu halten, befördere ihren Körper vom Boden hoch und hake dann die Seile ein, um sie oben zu halten. Schnell zerre ich zwei weitere Seile von Haken an der Wand und binde sie um ihre Knöchel, so dass ihr Körper seitwärts gewandt ist und sie mit dem Gesicht nach unten über dem Boden hängt.

„Oh!", sagt sie, als sie auf den Boden schaut. „Äh ..."

„Farbe, Jade?"

„Grün. Es fühlt sich nur so seltsam an."

Ich lasse sie einen Augenblick in Ruhe, damit sie ihr Gleichgewicht finden kann. „Ich werde dich jetzt hin und her bewegen. Bist du sicher, dass du noch keine Augenbinde willst?"

„Ich bin sicher."

Ich ziehe an den Seilen und bewege sie hin und her, während ich beobachte, wie sie die Augen schließt. Ich nehme an, sie versucht zu sehen, was für sie am besten funktioniert. „Ich werde dich jetzt in die andere Richtung ziehen."

„Okay."

Ihr Körper schwingt von Seite zu Seite, und ich ziehe weiter und bringe sie höher und höher in die Luft. Die Decke ist hoch und gibt uns viel Platz zum Spielen. Sie keucht jedes Mal, wenn ich ihrem Körper erlaube, in die Nähe des Bodens zu schwingen, auch wenn sie ihn nicht treffen wird.

Ihr Gesicht ist gerötet, also halte ich sie fest. „Jetzt zum Flogger. Wenn du dafür bereit bist."

„Okay", sagt sie mit rauer Stimme. „Pierce?"

„Ja, Jade."

„Wenn ich dich bitte, mich zu ficken, tust du es?"

Ich denke über ihre Frage nach. Das war für heute nicht geplant. Aber die rosa Farbe, die ihren Körper bedeckt, macht meinen Schwanz hart, und ich denke, dass er noch härter wird, wenn ich ihren perfekten Hintern schlage. „Wenn du willst."

„Okay", sagt sie. Dann sehe ich, wie sie ihre Lippen zu einer Linie zusammenpresst.

„Versuche dein Bestes, deine Pobacken nicht anzuspannen. Versuche, den Flogger tun zu lassen, was er tun soll. Anspannung verringert die Reaktion", lasse ich sie wissen. „Wie wäre es jetzt mit der Augenbinde?"

„Glaubst du, dass das wirklich eine gute Idee ist?", fragt sie.

„Ja. Es wird dir helfen, aus dir herauszukommen."

„Dann tu es", sagt sie und seufzt. „Das ist so weit außerhalb meiner Komfortzone."

„Ich weiß das, Jade. Es geht nicht darum, in dieser Zone zu bleiben. Es geht darum, sich weiterzuentwickeln." Ich nehme eine Augenbinde aus schwarzer Spitze und lege sie über ihre Augen, dann küsse ich ihre Wange. „Ich werde sanft zu dir sein."

Sie nickt und seufzt wieder. „Lass uns anfangen."

Wie sie zuvor verlangt hat, gehe ich zur Anlage und mache die Musik lauter. Dann hole ich den Flogger und streiche damit über ihr Bein, damit sie fühlen kann, dass ich ihn habe. Sie bekommt Gänsehaut, und ich sehe, wie ihr Körper sich anspannt. „Tief durchatmen."

Sie tut, was ich gesagt habe, und ich streichle ihre entblößte Pobacke. So sehr ich mich danach sehne zu sehen, wie ihr Hintern bei jedem Schlag röter wird, weiß ich, dass sie ein Polster zwischen sich und dem Flogger braucht. Ich nehme einen Wickelrock aus Spandex und bedecke damit ihren Hintern.

Sie hat gesagt, dass sie sechs Schläge will. Ohne sie vorzuwarnen, fange ich an, weil ich sicher bin, dass sie sich anspannen wird, wenn ich den Prozess beginne. Ich verteile abwechselnd Schläge auf ihre Pobacken, und bereits nach dem ersten schreit sie auf.

Als ich fertig bin, sehe ich in ihr Gesicht. „Alles in Ordnung?"

„Gib mir sechs mehr, bitte", antwortet sie.

„Jade, ich ..."

„Pierce, ich habe gerade angefangen, es zu genießen, dann hast du aufgehört. Sechs mehr, bitte."

Ich schüttle den Kopf, als ich wieder zu ihrem Hintern gehe, aber ich grinse. Sie ist perfekt, und ich kann mir noch so viel mehr mit ihr vorstellen.

Schade, dass das hier nur zwei Monate dauern kann!

25

JADE

Hitze erfüllt mich, als Pierce wieder auf meinen Hintern schlägt. Jeder Treffer sendet dumpfe Schmerzen durch meinen Unterleib. Und aus Gründen, die ich nicht erklären kann, macht es meine Pussy nass und gierig. Bei der lauten Rockmusik wird mir schwindelig, und ich fühle mich, als wäre ich betrunken.

„Kannst du mir noch mehr geben, Pierce? Ich brauche mehr."

„Verdammt, Baby! Es ist so, als wärst du dafür gemacht", sagt er erregt.

Die Augenbinde bedeckt immer noch meine Augen und lässt mich in dem schwach beleuchteten Raum nur dunkle Schatten sehen. Ich fühle, dass das untere Lederband über meiner Pussy gelöst wird, und seine Zunge streicht darüber. Dann ist er weg, und die Seile beginnen. sich zu bewegen. Mein Körper wird herumgedreht, und ich glaube, ich blicke jetzt nach oben. Das Blut verlässt den vorderen Teil meines Körpers und fängt an, in meinen Rücken zu fließen. Und das lässt meinen Hintern pulsieren.

Es hat vorher nicht so wehgetan!

Pierce leckt meine Pussy, während ich keuche und stöhne.

Er umfasst meinen Hintern und lässt mich mit einer Mischung

aus Qual und Lust stöhnen. Es macht überhaupt keinen Sinn für meinen logischen Verstand. Mein Körper kümmert sich nicht um Logik. Er läuft auf reinem Adrenalin.

Pierce' harte Worte treffen meine Ohren wie Felsen, die an meinen Kopf geworfen werden. „Du bist meine Schlampe, Jade. Meine kleine Hure!"

Seine Zähne streifen über meine Klitoris, und ich schreie: „Nein!"

„Deine Pussy gehört mir, Schlampe! Ich werde damit tun, was ich will", knurrt er. „Du wirst den Mund halten und alles hinnehmen, was ich mit dir mache, oder du wirst den Stachel meiner Peitsche auf deinem zarten Fleisch spüren."

Ich höre, wie seine nackten Füße über den Holzboden gehen. Er nimmt etwas von einem Haken, und dann lässt das Zischen einer Peitsche meinen Körper erzittern. „Nein, Pierce! Das war nicht Teil des Plans!"

„Du bist diejenige, die weitergehen will, Jade. Ich tue nur, was du gesagt hast", sagt er mit einem unheimlichen Unterton in seiner Stimme. Er klingt, als hätte jemand die Kontrolle über ihn übernommen. Jemand, der böse und beängstigend klingt.

Mein Vertrauen in ihn sinkt schnell, als die Peitsche um meinen Körper zischt. Sie knallt so nah neben mir, dass ich den Luftzug spüre. „Pierce!"

Ich höre ein klatschendes Geräusch, dann fühle ich seine Hände auf meiner Taille. Sein Schwanz berührt den Rand meiner Vagina, als der Rock, den er auf mich gelegt hat, heruntergerissen wird. Ein fester Schlag seiner Hand trifft meinen wunden Hintern, als er seinen dicken Schwanz in mich schiebt. „Du bist nass für mich, Jade. Es gefällt dir! Du willst es!"

Sein Schwanz fühlt sich so gut in mir an. Alles, was ich tun kann, ist stöhnen, als er meinen Körper zu sich zieht und harte Stöße in mich macht. Ich fühle mich wie ein Stück Fleisch, das benutzt wird, um ihn zu befriedigen, und zugleich fühle ich mich wie ein Teil von ihm in einer Weise, die ich selbst nicht begreife.

Ich hätte niemals ahnen können, dass ich so empfinden würde.

Ich fliege hin und her, als er mich nimmt. Sein Schwanz rammt sich in mich und lässt mich darum betteln, dass er nie aufhört.

„Pierce?"

Ich spüre, dass er das Leder entfernt, das meine Brüste bedeckt. Sein Mund küsst eine von ihnen, während seine Hand sich über die anderen bewegt. Dann fühle ich eine Klemme und schreie: „Gott! Nein! Pierce!"

„Farbe, Jade?"

Ich versuche zu atmen und spüre, dass mein Körper in Flammen steht, aber irgendwie ist es nicht nur erträglich, sondern auch faszinierend, und ich möchte nicht, dass die Gefühle aufhören. „Grün."

„Braves Mädchen", knurrt er mir ins Ohr. „Fuck, du bist unglaublich, Baby." Seine Zunge bewegt sich in mein Ohr, und ich stöhne. „Ich werde jetzt deinen Mund ficken."

Bei dem Gedanken an seinen Schwanz in meinem Mund schlägt mein Herz schneller. Ich höre ihn um mich herumgehen, dann sind seine Hände auf beiden Seiten meines Kopfes und sein Schwanz schlägt gegen meine Lippen. Ich öffne meinen Mund und stöhne, als er sich hineinstürzt.

Kurz bevor er in meinem Mund kommt, zieht er sich heraus und küsst mich „Mein Schwanz lässt deinen Mund noch besser schmecken, Baby."

Eine Hand umfasst meine andere Brust, und ich erstarre und denke, er will dort auch eine Klemme anbringen. Stattdessen küsst er sie und saugt so fest an der Brustwarze, dass ich wieder schreie. Sein Lachen, als er meine Brust verlässt und seinen Mund über meinen Körper nach unten bewegt, lässt mich erschaudern.

„Willst du meinen Schwanz in dir, Jade?"

„Ja", seufze ich.

„Ich will zuerst etwas von dir hören. Dann und nur dann werde ich deine Folter beenden. Sag mir, was ich hören will."

Ich bebe vor Verlangen, und meine Worte kommen zittrig heraus: „Ich gehöre dir. Dein Schwanz ist der einzige Schwanz, der jemals in mir sein wird. Ich werde nie einen anderen Schwanz in meinen

Mund oder meine Pussy nehmen. Ich gehöre dir und nur dir, Pierce Langford."

„Braves Mädchen", stöhnt er, als seine Hände sich über mich bewegen. Dann wird meine Augenbinde abgenommen. „Beobachte mich, wie ich dich ficke, Jade. Beobachte mich, wie ich dich nehme, wie ich will. Du gehörst mir."

Mein Herz rast, als ich zusehe, wie er zwischen meine Beine geht. Er packt meine Taille und rammt seinen Schwanz in mich, während wir einander anschauen. Seine Augen sind dunkel, als er mich nimmt und herausfordert, auch nur ein Wort zu sagen.

Er sieht gefährlich aus und ich sollte ängstlich sein, aber ich bin es überhaupt nicht. Ich bin überglücklich. Das Tier zwischen meinen Beinen ist etwas, das ich erschaffen habe. Ich kann ihm geben, wonach er sich sehnt, so wie ich mich nach ihm sehne.

Pierce ist dabei, sich in mich zu verlieben – auch wenn er es sich vielleicht nicht eingestehen will.

Irgendwie gelingt es mir, meine Beine zu bewegen, sie um ihn zu wickeln und meinen Körper noch enger zu ihm zu ziehen. Ich beiße die Zähne zusammen, als die Seile an meiner Haut reißen. Er verpasst meinem Hintern einen Schlag. „Lass mich los. Du tust dir selbst weh!"

„Das ist mir egal. Ich will dir näherkommen", entgegne ich wild.

„Tu, was ich sage, oder ich werde gezwungen sein, dich zu bestrafen, und dein Hintern ist schon rot!"

„Nein!"

Ich klammere mich an ihm fest, und er packt meine Knöchel, so dass ich ihn loslasse. „Du hast dir Zeit im Käfig verdient, Jade."

Ich bleibe unerfüllt, als er seinen Schwanz aus mir herauszieht und weggeht. Ich beobachte ihn, wie er den Käfig unter dem Bett aufschließt und dann zu mir zurückkommt. „Nein, Pierce!", schreie ich.

„Du hast mir nicht gehorcht und dich selbst verletzt." Er löst die Seile vorsichtig und zeigt mir die Abschürfungen, die ich mir zugefügt habe, als ich mich zu ihm gezogen habe.

Eines nach dem anderen nimmt er die Seile und die Klemme auf meiner Brustwarze ab, dann drückt er auf meine Schultern, damit ich mich hinknie. Ich warte, als er weggeht und kurz darauf mit einer kleinen Tube in der Hand zurückkommt. Er zieht mich hoch und bringt mich dazu, auf dem Bondage-Bett zu sitzen.

Ich beobachte ihn, als er still die Salbe über die brennenden Stellen an meinen Armen und Beinen reibt. Das Rot sieht schlimm aus und ich denke, ich bin in Schwierigkeiten. „Pierce, es tut mir leid."

„Sei still." Er steht auf, nimmt mich an der Hand und zieht mich in eine stehende Position hoch. „Rein da." Er zeigt auf den Käfig unter dem Bett.

„Pierce ..."

„Rein mit dir." Er wirft mir einen strengen Blick zu.

„Für wie lange?", frage ich, bevor ich ihm gehorche.

„Solange ich es für richtig halte."

Irgendwo in meinem Inneren vertraue ich ihm, also gehe ich auf meine Hände und Knie und klettere in den kleinen Käfig. „Es tut mir leid, Pierce."

„Ich bin sicher, dass es das tut." Er schließt den Käfig, verriegelt ihn und legt den Schlüssel auf den Tisch neben dem Bett. Ohne ein weiteres Wort oder einen Blick in meine Richtung lässt er mich allein.

Ich halte die Eisenstäbe mit beiden Händen umklammert, als ich zusehe, wie sich die Tür hinter ihm schließt. Ich bin ganz allein und fühle mich einsam. Ich habe keine Ahnung, wie wütend er auf mich ist, weil ich zu weit gegangen bin.

Warum kann er meinen Hintern schlagen, bis er rot ist, Klemmen auf meine Brustwarzen stecken, was starke Schmerzen verursacht, und harsch mit mir reden, aber ich kann mir selbst keine Schmerzen zufügen? Nicht, dass ich es mit Absicht getan habe oder irgendwelche Schmerzen gespürt habe, als ich ihn näher an mich zog. Ich fühlte nur das Verlangen, ihn festzuhalten, egal wie.

Ich fange an zu weinen, als unbeantwortete Fragen in meinem Gehirn herumwirbeln. Das Einzige, was Sinn macht, ist, dass ich etwas getan habe, was er nicht mag. Ich habe mich verletzt, wenn auch geringfügig, und er hasste es. Er hasste es so sehr, dass er mich wegschloss, damit er sich nicht mit mir beschäftigen muss. Er hat mich hier allein gelassen, und ich habe keine Ahnung, ob es zwischen uns wieder so sein wird, wie es war.

Was habe ich getan?

26
PIERCE

Als ich die roten Abschürfungen sah, die Jades Arme und Beine bedecken, wurde mir übel. Ich war zu schnell und dachte, sie sei bereit und hätte alles verstanden. Ich habe mich geirrt, und jetzt hat sie sich deswegen selbst verletzt.

Diese Stellen auf ihrer zarten Haut werden ihr mehr Schmerzen bereiten, als sie realisiert. Wie jede Abschürfung brauchen sie Zeit zum Heilen, und wenn sie nicht richtig gepflegt werden, können Narben zurückbleiben.

Während ich auf dem Flur vor dem Spielzimmer auf und ab gehe, kämpfe ich darum, sie nicht aus dem Käfig zu lassen, in den ich sie gesteckt habe. Ich hatte keine andere Wahl. Wenn ich ihr gesagt hätte, sie solle auf dem Bett sitzen und sich ausruhen, hätte sie es nie getan. Jade wäre mir gefolgt und hätte versucht zu argumentieren, dass das, was sie getan hat, nicht so schlimm sei.

Es ist nicht so, dass sie allein schuld daran war. Sie hat mir nicht zugehört und sich wie besprochen verhalten, aber ich war es, der für das Ganze verantwortlich war. Ich war es, der weiterging, als wir diesmal geplant hatten. Ich war es, der ihr Dom war und derjenige, der sie davon abhalten sollte, verletzt zu werden.

Und mit diesem Gedanken muss ich mir selbst eingestehen, dass die Frau sich selbst schadet, um in meiner Nähe zu sein. So nah, wie sie mich haben will. Und das ist eine Tatsache, die mir Sorgen macht.

Ich kann ihr nicht erlauben, Dinge zu tun, die sie in irgendeiner Weise körperlich oder geistig verletzen. Obwohl ich es liebe, dass sie so vertrauensvoll zu mir ist und alles für mich tun würde, muss ich erkennen, was das hier wirklich ist: eine kurze Zeitspanne, die wir zusammen haben. Wenn sie so beharrlich ist, mich zu haben, was dann? Was wird passieren, wenn das Ende kommt?

Wird sie weinen und um meine Gnade betteln? Wird sie ihren Stolz wegwerfen und mich stalken? Oder, noch schlimmer, wird es sie zerbrochen und deprimiert zurücklassen?

Ich kann nichts davon dulden. Jade muss lernen, zu bewahren, wer sie ist, ohne mir all ihre Macht zu übergeben. Es soll ein gerechter Austausch sein. Nicht einer, wo ich alles bekomme und sie am Ende nichts mehr hat!

Ich gehe entschlossen zurück in das Spielzimmer. „Jade, wir müssen reden."

„Ich weiß", sagt sie mit tränenerstickter Stimme. Sie schaut auf, und ich sehe, dass ihre Augen geschwollen sind. Ihre Wangen sind rot, und Tränen haben dort ihre Spuren hinterlassen.

Als ich den Käfig entriegelt habe, helfe ich ihr heraus und setze sie auf meinen Schoß. Sie vergräbt ihr Gesicht an meinem Hals und legt ihre Arme um mich. „Jade ..."

Sie bricht wieder in Tränen aus, als sie wimmert: „Es tut mir so leid! Bitte verzeih mir! Bitte lass alles wieder so sein, wie er vorher war. Bitte, Pierce. Ich werde brav sein. Ich werde niemals wieder etwas gegen deinen Willen tun. Niemals!"

Ich streichle ihren Rücken, um sie zu beruhigen, und flüstere: „Still, Baby. Mir tut es leid. Ich bin zu schnell zu weit gegangen. Du hattest keine Ahnung, dass du dich verletzen würdest. Das konnte ich sehen. Und das hat mir etwas bewusstgemacht. Du gibst mir zu viel. Du bist bereit, dich in vielerlei Hinsicht zu verletzen, um dich mir ganz hinzugeben."

Sie schnieft und hebt schwach den Kopf. „Willst du nicht alles von mir?"

„Nicht bis zu dem Punkt, an dem nichts von dir übrigbleibt, Baby. Das ist meine Schuld. Ich habe es dir nicht gut genug erklärt. Wenn wir im Spielzimmer sind, ist das nicht die richtige Zeit, um auf eigene Faust Wagnisse einzugehen. Es ist die richtige Zeit, um die Pläne umzusetzen, die wir gemacht haben. Und du musst genug Selbstdisziplin haben, um damit umgehen zu können."

„Wirst du mir noch eine Chance geben?", fragt sie mich mit flehenden Augen und zitternden Lippen.

„Nachdem wir viel darüber geredet haben, worum es hier wirklich geht. Hier geht es nicht darum, dich in jedem Aspekt deines Lebens zu überwältigen. Ich möchte, dass du unsere gemeinsame Zeit mit mehr Respekt für dich selbst verlässt, nicht mit einer Abhängigkeit von mir." Ich hebe sie hoch und trage sie in unser Schlafzimmer. „Ich werde uns ein Bad einlassen, und wir werden darüber sprechen, was du aus dieser Erfahrung mitnehmen sollst."

Ich lasse sie auf dem Bett sitzen und fühle die Traurigkeit, die sie ausstrahlt. Ich weiß nicht, wie ich damit umgehen werde, dass sie sich in mich verliebt.

Als ich das Wasser aufdrehe, tauche ich meine Hand darin ein und reguliere die Temperatur, bis sie perfekt ist. Dann nehme ich ein paar Kamillenbadperlen, um Jades Fleisch zu beruhigen, und gebe sie hinein. Mein Herz fühlt sich schwerer an als seit langem.

Ich muss Jade gehen lassen. Ich weiß es.

Die Flammen, die begonnen haben, für sie in mir zu brennen, müssen gelöscht werden. Ich werde sie nur noch mehr verletzen, wenn ich alles so weiterlaufen lasse wie bisher.

Wir müssen aufhören, das Bett zu teilen. Ich werde auf dem Sofa schlafen. Ich muss das hier noch unattraktiver für sie machen. Ich muss ihr zeigen, wer ich im wirklichen Leben bin.

Ich gehe zur Tür und sage: „Komm her, Jade."

Ich ziehe meine Hose aus und steige in die Wanne, wo ich auf sie warte. Ihre Augen sind rot umrandet, als sie zur Tür kommt. „Pierce, ich ..."

„Nicht, Jade. Komm einfach ins Wasser. Wir haben viel zu besprechen."

Sie nickt, rutscht zwischen meine Beine und legt ihren Körper zurück auf meinen. Es fühlt sich so verdammt gut an, dass ich sie in meinen Armen halten und ihr Dinge sagen will, die ich niemals Realität werden lassen kann.

Dinge wie „Ich liebe dich" und „Ich werde dich immer bei mir behalten". Das kann ich nicht!

„Ich kann das niemals wiedergutmachen, nicht wahr, Pierce?" Sie bewegt ihre Hände über die Seiten meiner Oberschenkel.

„Es gibt nichts wiedergutzumachen." Ich ziehe das Gummiband aus einem ihrer Zöpfe und lasse ihr dunkles Haar in Wellen herabfallen. „Du und ich haben eigene Leben, die sich niemals mehr vermischen werden als die nächsten paar Monate." Ich löse den anderen Zopf und atme tief den sauberen Duft ihrer Haare ein. „Und ich fürchte, es wird dir schwerfallen, loszulassen, wenn wir so weitermachen wie bisher. Ich soll dir die Welt von BDSM zeigen. Stattdessen verliebst du dich in mich."

„Wann wirst du zugeben, dass du dich auch in mich verliebst?" Ihre Worte treffen mich tiefer, als sie wohl beabsichtigt hat.

Ich muss beginnen, meinen Kopf unter Kontrolle zu bringen, und aufpassen, welche Worte aus meinem Mund kommen. Während ich ihre Schultern reibe, sage ich: „Vielleicht verliebe ich mich in dich, Jade. Die Tatsache, dass du dich selbst verletzt hast, nur um mich näher zu dir zu bringen, ist etwas, das mir mehr wehtut, als es sollte."

Sie dreht sich um und sieht mich an, während ihr Körper sich gegen meinen bewegt. „Das Einzige, was sich ändern muss, ist meine Selbstdisziplin. Ich verstehe es jetzt. Wenn ich mich bewege oder etwas mache, das wir nicht abgesprochen und geplant haben, dann kann ich verletzt werden, und wenn ich verletzt werde, tut es dir weh. Das ist das Letzte, was ich will, Pierce. Ich will nicht, dass dir wehgetan wird. Ich wusste nicht, was ich tat, aber jetzt weiß ich es. Ich kann mehr Kontrolle über mich bekommen. Das kann ich dir beweisen."

Ich lege meine Arme um sie und halte sie fest. „Es gibt da noch die Tatsache, dass ich weiß, dass du alles für mich tun würdest, und das ist schlecht."

„Ich verstehe nicht, warum. Ich denke, das ist, was Menschen, die sich lieben, für einander tun. Sie tun alles, was der andere braucht, richtig?", fragt sie und gibt mir dann einen Kuss. „Und jetzt weiß ich, dass du es brauchst, dass ich auf dich höre und nur das tue, was geplant war. Funktioniert das nicht so? Ich habe etwas falschgemacht. Du hast mich korrigiert, und ich habe daraus gelernt."

„Wie kannst du dir so sicher sein, dass du mit all dem umgehen kannst?", frage ich sie, während ich ihre Augen funkeln sehe. „Wie wirst du damit umgehen, wenn es vorbei ist?"

Sie neigt den Kopf zur Seite und fragt: „Was machst du, wenn das alles vorbei ist, Pierce?"

Als ich in ihre unschuldigen Augen schaue, muss ich über ihre Naivität lächeln. „Ich kann dich aus dem Kopf bekommen, Baby. Ich habe es schon öfter mit anderen Frauen gemacht, als du dir vorstellen kannst. Meine Arbeit nimmt den Großteil meiner Zeit ein. Und wenn das Bedürfnis nach dir auftaucht, gehe ich einfach in den Club und finde irgendeine Sub, die mir helfen will, mich abzulenken, und schon werden die Gedanken an dich wieder weg sein."

Obwohl ich das nicht gesagt habe, um sie zum Weinen zu bringen, überrascht es mich, als sie stattdessen lächelt. „Du denkst, es wird so einfach sein, Baby?" Ihr Lachen lässt ihren Körper und meinen Schwanz beben. „Ich werde nicht so leicht zu vergessen sein. Du wirst sehen. Nichts wird mehr so sein wie vorher, Pierce Langford."

Ich beobachte sie, als sie ihr Gesicht näher zu mir bewegt und mich küsst, während sie sich rittlings auf mich setzt. Sie nimmt mich hart, und ihre Arme umschlingen mich, als sie ihren Körper auf und ab bewegt und meinen Schwanz streichelt.

Ich bin ihr hilflos ausgeliefert und würde ihr überallhin folgen und alles tun, was sie will. Zumindest in diesem Moment. Sie irrt sich in Bezug auf das, was geschieht, wenn wir diesen Ort verlassen.

Ich kann und werde sie aus dem Kopf bekommen!

27

JADE

Lachen erfüllt den Wald um unsere Hütte, als Pierce mich zwischen den Bäumen hindurch jagt. „Ich werde dich kriegen, Jade!"

„Keine Chance", rufe ich über meine Schulter und erhöhe meine Geschwindigkeit.

Unsere gemeinsame Zeit ist fast vorbei. Es bleibt nur noch eine Woche. Wir haben kleine Schritte mit unserer BDSM-Szene gemacht und planen, alles zum ersten Mal im *Dungeon of Decorum* zu machen. Es wird in meiner letzten Nacht in der Stadt passieren.

Wir werden unsere Szene vor Publikum machen. Anscheinend gibt es ein kleines Auditorium im Club, wo Leute ihre Szenen spielen können, was den anderen Mitgliedern eine Show liefert. Und Pierce und ich sind beide der Meinung, dass es ein krönender Abschluss für mich sein wird. Ich gehe danach mit mehr Wissen über die Welt von BDSM nach Hause als die meisten Schriftsteller haben und bin in der Lage, wunderbare erotische Romane schreiben.

Ich habe ihn gefragt, ob er mir auch künftig von Zeit zu Zeit mit dem Schreiben von Szenen für meine Romane helfen würde. Das will er aber nicht. Er will den Kontakt abbrechen, sobald unser Vertrag abgelaufen ist. Pierce denkt, es sei besser so.

Es amüsiert mich, dass er denkt, dass er so etwas tun kann. Es ist mir egal, was er sagt – er hat nicht aufgehört, mir zu sagen, dass er mich liebt. Er hat nicht aufgehört, mich mit diesem besonderen Blick in seinen Augen zu betrachten, der mir mehr sagt, als seine Worte es jemals könnten.

Pierce hält mich für eine hoffnungslose Romantikerin, weil ich ihm erzählt habe, was ich über seine dumme Idee denke, dass er mich einfach so vergessen kann. Ich habe sogar seine Eifersucht entfacht, und seine Reaktionen war informativer als die Worte, die von seinen süßen Lippen kamen.

Ich sagte ihm, wenn er mir nicht helfen würde, Szenen für meine Bücher zu schreiben, würde ich gezwungen sein, eine weitere Frage im Forum des Clubs zu stellen. Ein anderer Dom würde sicherlich auf meinen Aufruf antworten. Und eines Tages würden dieser Dom und ich vielleicht die Szene realisieren wollen.

Ich muss schließlich niemals meine Mitgliedschaft im Club aufgeben!

Als ich ihm das sagte, wurde sein Gesicht einen Moment lang rot, und ich glaube nicht, dass er merkte, dass ich das sehen konnte. Ich beobachtete, wie er sich zusammenriss und dann stoische Worte sagte, die er überhaupt nicht so meinte: „Tue, was du tun musst, Baby. Wer bin ich, dich aufzuhalten?"

Ich bin nicht darauf reingefallen. Ich habe den Mann durchschaut!

Mit einem leisen Knurren strömt sein heißer Atem gegen meinen Hals, als er mich packt und mich hochhebt, während ich mich winde und schreie. Mitten im Nirgendwo zu sein ist großartig!

Wir können so laut sein, wie wir wollen und niemand kommt, um zu sehen, was los ist.

„Ich habe dich gefangen", sagt er mit einem verruchten Unterton in seiner tiefen Stimme. „Und was soll ich jetzt mit dir machen?"

„Ähm, mich gehen lassen?", schlage ich vor.

Er schüttelt den Kopf, als er meine nackten Füße auf den Boden stellt, lässt mich aber nicht los. „Wie wäre es, wenn du deine kleinen

Shorts ausziehst und ich dir zeige, was mit Mädchen passiert, die allein in den Wald gehen?"

„Ich wusste, dass du mir folgen würdest", sage ich lachend, als ich mit meiner Hand über seine nackte Brust streiche.

Pierce lag in der Hängematte und döste, als ich einen Tannenzapfen nach ihm warf und in den Wald lief. Er hat nur Shorts an, und ich trage nichts als ein knappes Top und Shorts.

Ein Schritt nach dem anderen bringt mich zurück, bis ein großer Baum uns stoppt. Pierce bewegt sich, bis sein Schwanz gegen mich gedrückt wird.

Seine Augen werden dunkel, als er sagt: „Tu, was ich gesagt habe, Jade."

Ich greife zwischen uns und schiebe meine Shorts herunter. Sie fallen zu meinen Knöcheln. „Bist du jetzt zufrieden?"

„Nein, ziehe mir jetzt meine aus."

Ich tue, was er sagt, und er ist ganz nackt. Seine Hände bewegen sich über meine Arme, bevor er meinen Hintern umfasst, mich hochzieht und meine Beine um sich wickelt. Ohne auch nur zu blinzeln, drückt er seine Erektion in mich.

Ich halte ein Stöhnen zurück und höre Geräusche von Menschen, die sich im Wald irgendwo um uns herum bewegen. „Pierce", flüstere ich.

„Shh." Er sieht sich um. „Wir sind abseits des Weges. Wenn du still bist, wird niemand wissen, dass wir überhaupt hier sind."

Ich nicke und schaue mich um, als er anfängt, mich mit langsamen und stetigen Stößen zu ficken. Das Knacken von Ästen auf dem Pfad macht mich nervös, dass wir erwischt werden. „Pierce."

„Shh!"

Ich werde still, als er weitermacht, und spähe um ihn herum. Wenn ich sie sehen kann, können sie mich sehen!

Pierce stößt in mich, und pures Vergnügen durchzuckt mich. Ich schließe meine Augen einen Moment, um es zu genießen, und als ich sie wieder öffne, sehe ich einen Mann, der ein wenig abseits im Wald steht und uns beobachtet.

Mein Mund öffnet sich, als der Mann einen Finger auf die Lippen legt und mir mit der Geste sagt, dass ich still sein soll. Ich kann kaum denken, als Pierce eines meiner Beine nimmt und es nach oben zieht, so dass sich mein Fuß hinter seinem Nacken befindet.

„Pierce", zische ich.

„Sei still, Jade!"

Ich halte den Mund, dann hebt er mich hoch und bringt mein anderes Bein ebenfalls hoch, nachdem er seinen Schwanz aus mir herausgezogen hat. „Pierce!"

„Shh, Baby. Ich will deine Pussy lecken." Er hebt mich hoch, so dass sich sein Gesicht in meinem Schritt befindet und ich in der Luft bin. Der Mann beobachtet uns immer noch, und meine Wangen leuchten rot.

„Oh, Scheiße", stöhne ich, als ich mich an den Baum lehne und meine Augen schließe, während Pierce mich leckt.

Ich öffne meine Augen wieder und stelle fest, dass jetzt neben dem Mann eine Frau steht, die uns ebenfalls beobachtet. „Pierce!"

Ich kann seine gedämpften Worte nicht verstehen, aber ich glaube, er hat mir gesagt, ich soll ruhig sein.

Mein Herz pocht noch härter, als ich dem anderen Paar zusehe, wie es seine Shorts fallen lässt und auf dem Waldboden kopuliert. Und ich bin schockiert darüber, dass der Mann mich ansieht, als er anfängt, die Frau zu ficken, mit der er zusammen ist.

Eine Welle der Lust erfasst mich, und ich schließe meine Augen, während ich komme. Pierce lässt mich herunter, wickelt meine Beine um sich herum und stößt seinen Schwanz wieder in mich hinein. „Du schmeckst himmlisch, Baby."

„Danke. Da ist ein anderes Paar, das uns beobachtet hat und jetzt ein paar Meter entfernt von uns Sex hat."

Zu meinem Erstaunen hört Pierce nicht auf mit dem, was er tut. Stattdessen grinst er verrucht. „Dann liefern wir ihnen eine echte Show. Zeit, laut zu werden."

„Was?", flüstere ich, als er laut zu stöhnen beginnt.

„Deine Pussy schmeckt wie die Sünde, Baby. Knie dich hin."

„Pierce!"

Bevor ich protestieren kann, hat er mich auf den Knien. Der

Mann sieht mich immer noch an, während er seine Frau in der Missionarsstellung nimmt. Pierce tut so, als würde er es nicht merken, während er von hinten in mich stößt. „Gefällt es dir, wie ich dich ficke, Baby?"

Ich weiß, was er hören will, also antworte ich: „Ja! Ich liebe es!"

Die Frau unter dem Kerl beginnt laut zu stöhnen. Die ganze Zeit sieht der Mann mich an, als wollte er sagen: „Du bist die Nächste."

„Verdammt, Pierce. Wir müssen hier weg", zische ich.

Ich bin so von dem anderen Paar abgelenkt, dass ich mich nicht auf meinen Körper konzentrieren kann. Ich fühle Pierce' Sperma und Erleichterung erfüllt mich, weil ich weiß, dass es vorbei ist. „Oh, ja, Baby!", stöhnt er

„Ja, ja", sage ich, während ich versuche, mich aus seinem Griff zu winden, und meine Shorts auf dem Boden nicht weit entfernt sehe.

Ich beobachte, wie der anderen Mann aufsteht und auf uns zukommt. Pierce sieht ihn auch und lässt mich los. „Zieh dich an."

Blitzschnell greife ich nach meinen Shorts, werfe Pierce seine zu, und ziehe mich an. Pierce versucht nicht einmal, seine Shorts zu fangen. Stattdessen stehen er und der andere Mann sich nackt gegenüber.

„Langford", sagt der andere Mann, als er sich nähert.

„Steinbeck", sagt Pierce. „Ich hatte nicht erwartet, dich hier zu sehen."

Ich schaue auf die Frau, die sich nicht einmal die Mühe macht, sich anzuziehen. Stattdessen zieht sie ihr Shirt auch noch aus und lehnt sich in einer sexy Pose gegen einen Baum.

Meine Aufmerksamkeit geht zu Pierce zurück, und der Mann, den er offenbar als Steinbeck kennt, sagt: „Ich mag das Aussehen deiner Frau. Ich hätte gern eine Kostprobe. Du kannst meine haben. Ich habe sie noch nicht kommen lassen."

„Was bringt dich hier raus, Steinbeck?", fragt Pierce, anstatt mich dem großen Mann zu übergeben.

Er ist gutaussehend auf eine grobe, brutale Art. Gefahr hängt in einem dichten Nebel um seine breiten Schultern, und er ist wie ein

Truck gebaut. Sein dunkles Haar ist kurz geschnitten, und er hat ein Tattoo des Sensenmannes in der Mitte seiner Brust.

Ich bemerke eine Kälte in der Luft, als die Nacht einbricht und der Wind anfängt stärker zu wehen, so wie jeden Abend. Ich schlucke, als die Frau sich vorwärts bewegt und hinter ihrem Mann herankommt.

Sie hat rote Haare, die bis zu ihrem Hintern herabhängen. Dann bemerke ich, dass sie einen silbernen Reifen um den Hals trägt. Und sie sieht nur Pierce an, was mich rotsehen lässt. „Hey, was zum Teufel denkst du, was du tust?", zische ich sie an.

Alle drei sehen mich endlich an. „Wer hat dir gesagt, dass du reden sollst?", fragt der Typ mich und blickt dann auf Pierce zurück. „Hast du ihr nichts beigebracht?"

„Beachte sie nicht. Ich will eine Antwort auf meine Frage", sagt Pierce im Befehlston.

„Ich habe herausgefunden, wo dein Versteck ist, und bin hergekommen. Wir sind vor einer Woche in eine Hütte etwa eine Viertel Meile entfernt eingezogen. Die Wildnis ist nett, nicht wahr?"

„Die Privatsphäre war auch nett. Wir sehen uns irgendwann im Club." Pierce beugt sich vor, um seine Shorts aufzuheben.

Die Rothaarige schaut direkt auf seinen Schwanz, und ich stampfe mit dem Fuß auf. „Verdammte Schlampe!"

Pierce packt mich, als ich versuche, sie zu erreichen. Er hält mich an der Taille fest und hebt mich hoch. „Nicht."

Ich höre auf, mich zu winden, und tue, was er sagt. Der andere Mann sagt schnell: „Zumindest hast du ihr beigebracht, auf dich zu hören. Also, wie wäre es mit einem Tausch für die Nacht?"

„Kein Interesse", sagt Pierce, nimmt meine Hand und zieht mich mit sich fort.

„Dein Vertrag ist fast vorbei. Du solltest wissen, dass ich sie mir danach hole", sagt der Mann, und Pierce bleibt stehen und dreht sich um, um ihn anzustarren. Wut verzerrt sein Gesicht, und ich kann spüren, wie sein Puls sich beschleunigt.

„Es spielt keine Rolle, Pierce. Ich beende ohnehin meine Mitgliedschaft, sobald unser Vertrag endet", lasse ich ihn wissen.

Pierce sieht mich auf eine Weise an, die mein Herz schneller schlagen lässt. „Wirklich?"

Ich habe viel mit ihm gespielt und versucht, ihn eifersüchtig zu machen, um herauszufinden, wie viel ich ihm wirklich bedeute. Ich habe ihm gesagt, dass ich Mitglied bleiben könnte, um mehr über BDSM zu erfahren. Das habe ich aber nicht ernst gemeint. Ich will mit niemandem außer ihm zusammen sein.

„Ja", sage ich ihm und lächle ihn an. „Willst du dir diese Frau heute Nacht nehmen?"

Er schüttelt den Kopf, als er nur mich ansieht. „Nein."

Ich schaue über meine Schulter zu dem stämmigen Mann und seiner Hure und sage: „Sieht aus, als ob ihr beide heute kein Glück habt."

Wir gehen in den Wald und zurück zu unserer Hütte, während sie uns nachsehen. Ich halte mich an Pierce' Arm fest, als die kühle Luft uns umhüllt. Ein Blitz sendet seltsame Lichter durch die Baumkronen. „Wir müssen uns beeilen.", sagt Pierce, hebt mich hoch und fängt an zu laufen.

Donner grollt, als ein weiterer Blitz den Wald erhellt. Unsere Hütte taucht vor uns auf, und dann fängt es an, heftig zu regnen, so dass man kaum noch die Hand vor Augen sehen kann. Zum Glück hält mein Mann mich in seinen Armen und wir schaffen es in die Hütte.

Gerade als er mich absetzt, klopft es an der Tür und wir sehen uns an. „Du weißt, wer das ist", sage ich.

„Ja. Und wir müssen sie hineinlassen." Pierce öffnet die Tür und findet Steinbeck und seine Frau auf der Veranda.

„Gewährst du uns Unterschlupf, Kumpel?"

Pierce streicht mit seiner Hand durch sein nasses Haar. „Uns bleibt wohl keine andere Wahl."

Der Kerl nickt dankbar. Pierce tritt zurück, und die beiden, die jetzt in triefendnasse Kleidung gehüllt sind, kommen herein. Zu unseren Füßen bilden sich Wasserpfützen. „Ich hole uns allen Bademäntel zum Überziehen." Ich gehe ins Schlafzimmer, und mein Herz sinkt bei dem Gedanken daran, wie wir zu viert in Bademänteln zusammensitzen. Ich halte es für keine gute Idee.

Dann gehen die Lichter aus, und ich fange wirklich an, ein schlechtes Gefühl zu bekommen. Ein unheimliches Lachen füllt die Luft. „Oh, großartig. Was für ein Glück", sagt Steinbeck.

„Hey, nicht!", ruft Pierce, dann höre ich Schritte auf mich zukommen. „Jade, warte auf mich."

„Ich habe mich nicht bewegt, Pierce."

Ich spüre seine Hand auf meiner Schulter, dann zieht er mich ins Schlafzimmer. „Es gibt eine Taschenlampe in der Schublade neben dem Bett."

Mit unseren Händen tasten wir uns an der Wand entlang, erreichen das Schlafzimmer und gehen hinein. Pierce findet die Taschenlampe und als er sie anmacht und auf mich richtet, erstarrt sein Gesicht.

Ich drehe mich um und sehe Steinbeck und seine Frau nackt in der Tür stehen, als der Mann sagt: „Ich denke, das ist die Art der Natur, uns allen zu sagen, dass sie will, dass wir uns gegenseitig genießen. Es wird den Sturm praktisch verschwinden lassen."

Pierce bewegt sich schnell vor mich. „Niemand rührt sie an. Sie gehört mir."

„Komm schon, Langford. Sie ist nichts anderes als ein Spielzeug. Lass mich einen Fick haben. Das ist alles. Und du bekommst dafür meine Frau. Und glaube mir, sie ist ein toller Fick. Ich habe gehört, dass deine noch Jungfrau war. Ich weiß, dass sie das nicht mehr ist, aber das ist egal. Es ist nur Sex. Wir haben schon viele Frauen im Club miteinander geteilt, Langford. Und in einer Woche wird das, was ihr hier habt, sowieso vorbei sein."

Ich platziere meine Hand auf Pierce' Rücken und lasse ihn schweigend wissen, dass es nicht vorbei sein muss. Pierce wendet sich zu mir um. „Du hast mehr als ein paar Mal gesagt, dass du versucht sein könntest, nach einem anderen Dom zu suchen, um dir zu helfen, Szenen zu schreiben und sie vielleicht sogar zu realisieren. So wie er hier sind die meisten Männer in meinem Club. Denkst du immer noch, dass du das tun willst, wenn ich dir nicht helfe? Denn wenn das der Fall ist, kannst du dich auch jetzt sofort von diesem Kerl ficken lassen, Jade."

Mein Plan, ihn eifersüchtig zu machen, schien nicht aufzugehen. Aber vielleicht hat er es doch getan. „Vielleicht sollte ich das machen. Du willst es endgültig mit mir beenden, sobald der Vertrag erfüllt ist. Ich brauche jemanden, der mir von Zeit zu Zeit hilft, und wenn du das nicht tun willst, welche Wahl habe ich?"

Er blickt mich an und versucht zu sehen, ob ich so weit gehen würde. „Dann nimm ihn dir, Jade."

Meine Kinnlade klappt herunter, als der nackte, riesige Mann mit seiner kleinen Schlampe nach vorn kommt. „Du willst diese Schlampe ficken, nicht wahr?", schreie ich Pierce an.

„Nein, ich werde sie nicht anrühren. Also, was wirst du machen, Jade?" Pierce wirft mir einen strengen Blick zu.

„Du weißt verdammt gut, was ich machen werde. Du gewinnst! Ich habe nur versucht, dich eifersüchtig zu machen. Ich will niemanden außer dir", schreie ich. „Ich versuche alles in meinem Arsenal, damit du siehst, dass das, was wir haben, echt ist. Es sollte nicht weggeworfen werden!"

„Ob es so ist oder nicht", sagt Pierce, „du musst wissen, dass mir der Gedanke widerstrebt, dass ein anderer Mann dich so besitzt, wie ich es jetzt tue. Ich möchte, dass du dich richtig verliebst. Nun, das will ich nicht wirklich, aber ich will auch nicht, dass du dich einem anderen Dom hingibst."

„Verdammt, Mann", sagt der große Kerl. „Du liebst sie."

Pierce sieht ihn an. „Und wenn ich es tue?"

„Was soll das dann?", fragt Steinbeck. „Denkst du wirklich, dass es klug ist, es mit ihr zu beenden?"

„Ich denke, du und dein Mädchen müsst diese verdammte Taschenlampe nehmen, eure verdammten Kleider wieder anziehen und hier verschwinden. Ich kann hören, dass der Sturm nachgelassen hat, ihr könnt also aufbrechen. Betrachtet die Taschenlampe als Geschenk." Er wirft sie dem Mann zu, der sie fängt.

Danach sehen wir nichts als die Taschenlampe, die unser Zimmer verlässt und sich den Flur hinunterbewegt. Ich sitze unsicher auf dem Bett und weiß nur, dass ich diesen Mann liebe und nicht möchte, dass es in ein paar Tagen endet. „Ich wollte nicht, dass das passiert, Pierce."

Er setzt sich neben mich, und wir hören, wie die Haustür sich öffnet und wieder schließt. Dann steht er auf und schaut aus dem Fenster. Die Taschenlampe schwebt durch die Dunkelheit, als die beiden losgehen. „Gott sei Dank, sie sind weg." Er kommt zurück, zieht mir das nasse Shirt über den Kopf, schiebt mich zurück und befreit mich von meinen durchweichten Shorts.

„Sind wirklich die meisten Männer in deinem Club so?", frage ich ihn, als ich unter die warme Decke steige.

Er hält einen Finger hoch und verlässt das Schlafzimmer. Ich höre, wie er die Haustür verriegelt, dann kommt er mit einer Flasche Wasser in der Hand zurück und schließt unsere Schlafzimmertür hinter sich. Er reicht sie mir und zieht sich aus „Die meisten Leute, die in diesen Club gehen, suchen nicht nach Liebe, Jade. Sie sind auf der Suche nach anderen Erfahrungen. Das mit uns ist passiert, weil du nicht wusstest, was dich erwartet oder wie du dich davor schützen kannst. Du hast mich eiskalt erwischt, obwohl ich dachte, ich hätte, was es braucht, um ein Lehrer zu sein und nicht mehr als das. Ich habe mich geirrt. Und das tut mir leid."

Er klettert unter die Decke, zieht mich zu sich und lässt mich meinen Kopf auf seinen muskulösen Bizeps legen. „Wie kann es dir leidtun, dich verliebt zu haben?"

„Ich habe es dir immer wieder gesagt: Das bin nicht ich. Wenn ich wieder zur Arbeit gehe, werde ich fast vollständig darin eintauchen. Ich arbeite mehr Stunden als ich schlafe. Ich esse im Auto oder bestelle etwas ins Büro. Ich habe sogar Anzüge in einem Schrank in meinem Büro. Es gibt ein Badezimmer mit Dusche, und das Sofa lässt sich auch als Bett nutzen. Ich übernachte dort manchmal, wenn ich nur ein oder zwei Stunde zwischen dem Ende meines Tages und dem nächsten Meeting habe."

„Verdammt! Du bist engagiert", sage ich tief beeindruckt. „Glaubst du nicht, dass du die Dinge ein bisschen anders machen kannst? Ich meine, ich spreche nicht darüber, dass wir heiraten sollten. Ich spreche nur davon, das zwischen uns nicht ganz zu beenden. Ich muss sowieso zurück zur Uni."

Seine Lippen drücken gegen die Seite meines Kopfes. „Jade, ich wünschte, es wäre so einfach. Vielleicht bin ich es, der das Problem hat. Ich weiß es nicht. Siehst du, ich kann nur eine Sache auf einmal wirklich gut machen. Im Moment bist du das. Wenn ich wieder zur Arbeit zurückkehren muss, wird sie im Mittelpunkt stehen. Ich habe es vorher versucht, und ich kann eine Beziehung und meine Arbeit nicht miteinander kombinieren."

„Du hast mir gesagt, dass du es mit deiner letzten Freundin versucht hast, derjenigen, die vorgegeben hat, schwanger zu sein", argumentiere ich.

„Ich arbeitete trotzdem jeden Tag über zwölf Stunden. Ich war nicht in sie verliebt, und sie war nicht in mich verliebt. Sie wollte mein Geld. Deshalb wollte sie heiraten Ich habe ihr nicht einmal ein Drittel von dem gegeben, was ich dir gegeben habe. Ich habe dir alles gegeben. Wenn ich wieder arbeite, würde es dir wehtun, weil du das meiste von mir wieder verlieren würdest."

„Ich verstehe", sage ich, als ich meine Augen schließe. „Ich werde dich nicht mehr damit nerven. Ich werde nicht versuchen, dich eifersüchtig zu machen. Ich werde einfach aufhören. Dann können wir genießen, was uns noch bleibt."

„Gut. Es tut mir leid, dass ich so bin. Wirklich. Ich kann es nicht kontrollieren. Wenn wir nichts mehr miteinander zu tun haben, bist du frei, dich in einen anderen Mann zu verlieben und eine gute Beziehung zu haben, ohne dass ich es weiß und darunter leide."

„Okay", sage ich und versuche einzuschlafen.

Ich will nicht länger denken. Ich bin nicht glücklich darüber, dass er einen Weg gefunden hat, über mich hinwegzukommen oder mich zu vergessen. Und ich bin nicht froh, dass er einen Weg gefunden hat, einfach so weiterzuleben.

Wie soll ich weiterleben?

28

PIERCE

Als ich den süßen Honigduft von Jades Haaren zum letzten Mal einatme, wiege ich sie in meinen Armen, während sie schläft. Dies ist das letzte Mal, dass sie in diesen Armen aufwachen wird. Heute Abend gehen wir zum *Dungeon of Decorum* und spielen unsere Szene, die wir langsam, aber gründlich ausgearbeitet haben. Danach begleite ich sie zum Flughafen und setze sie in einen Privatjet, den ich schon gechartert habe.

Mein Herz ist schwerer, als ich erwartet hatte. Mein Verstand ist unscharf, und ich vermute, dass er ein bisschen heruntergefahren wird, um den Schmerz zu lindern, den die Trennung von ihr mir bringen wird. Ich beruhige mich damit, dass die Arbeit so fordernd ist, dass ich keine Zeit haben werde, an sie zu denken.

Ich hoffe, dass das wahr ist ...

Ihr Körper passt so gut zu meinem. Eine Kompatibilität hat sich zwischen uns gebildet, die ich noch nie erlebt habe.

Morgen werde ich allein in meiner Villa in Portland aufwachen.

Jade hat ihr Wort gehalten und nicht angekündigt, von dem abzuweichen, was ich will, wenn der Vertrag vorbei ist. Um Mitternacht werden wir uns ein letztes Mal küssen, dann werde ich sie zum Jet bringen und dieses Kapitel unseres Lebens wird enden.

Obwohl es schwer zu beenden ist, mag ich den Gedanken, dass wir keine schlechten Teile in unserer Geschichte haben. Keine wirklichen Auseinandersetzungen und keine Gemeinheiten, an die man sich erinnert, nachdem es vorbei ist. Nur großartige Dinge bleiben uns in Erinnerung. Das gefällt mir.

In den anderen Beziehungen, die ich hatte, tendierte das Negative dazu, zu überwiegen, wie es häufig der Fall ist. Wenigstens werde ich beim Gedanken an Jade nur schöne Erinnerungen haben.

Sie rührt sich in meinen Armen und stöhnt, als sie aufwacht. „Ähm ... Wie spät ist es, Pierce?"

„Zeit für dich, aufzuwachen und mich noch einmal zu lieben", flüstere ich.

„Shh", flüstert sie. „Sag nicht so etwas."

Sie tut gern so, als würde unsere Trennung nicht schon feststehen. Die Romantikerin in ihr glaubt, dass wahre Liebe am Ende immer gewinnt. Ich fürchte, das arme Mädchen hat keine Ahnung, wie das wirkliche Leben ist.

Die Arbeit steht einem oft im Wege. Jedenfalls dann, wenn man für die Arbeit lebt.

Milliardär zu sein hat, zumindest in meinem Fall, einen hohen persönlichen Preis. Ich habe Investitionen, so wie jeder intelligente Geschäftsmann. Aber Investitionen sind nicht ganz sicher. Ich habe gesehen, wie Männer Millionen an einem schlechten Börsentag verloren haben. Also neige ich dazu, das Geld fließen zu lassen, anstatt es irgendwo starr anzulegen.

Jade dreht sich zu mir um, legt ihre Arme um meinen Hals und küsst mich. „Ich gehe meine Zähne putzen, dann komme ich zurück zu dir."

„Tu das", sage ich und beobachte sie, wie sie aus dem Bett steigt und ins Badezimmer geht.

Ich stehe auf und gehe ins Gästebad. Ich habe ein paar Regeln für uns aufgestellt. Wir benutzen das Bad nicht zur selben Zeit, außer zum Baden. Nur um etwas Formalität zwischen uns zu bewahren. Ich wollte nicht, dass wir während unserer zweimonatigen Fantasie wie ein altes Ehepaar werden.

Als ich wieder ins Zimmer komme, liegt Jade auf der Decke des Bettes und streckt die Arme nach mir aus. „Komm zu mir, Pierce."

Als ich zu ihr gehe, muss ich einen Kloß im Hals herunterschlucken. Bevor meine Emotionen mich überwältigen können, küsse ich sie und versuche dringend, meine Gedanken in andere Bereiche zu lenken. Irgendwohin, weit weg von dem Wissen, dass es heute für uns endet.

Ihre Hände streicheln mich und berühren jeden Muskel, als ob sie versucht, sich jedes Detail meines Körpers einzuprägen. Der Gedanke an ihre Hände auf dem Körper eines anderen Mannes taucht in meinem Kopf auf, und ich küsse sie härter und dominanter.

Ich weiß, dass es egoistisch ist, sie allein sehen zu wollen. Aber verdammt nochmal, ich will nicht, dass sie mich vergisst und mit jemand anderem zusammen ist. Vor allem keinem dominanten Mann, der von ihrem süßen und großzügigen Wesen profitieren könnte.

Jade ist eine jener seltenen Frauen, die geboren wurden, um alles, was sie haben, einem Mann zu geben. Und das Seltsame ist, dass sie das nie erkannt hat, bevor sie mich kennengelernt hat. Sie dachte, sie wäre eine Frau, die sich niemandem beugen würde. Sie hat sich geirrt.

Die Dinge, die ich von ihr hätte verlangen können, sind schockierend. Es war meine Liebe für sie, die mich davon abhielt, sie zu benutzen, sie zu erniedrigen und sie zu brechen. Stattdessen habe ich mein Bestes versucht, sie aufzurichten und ihr mehr Stärke zu geben. Ich wollte, dass sie mich mit dem Wissen verlässt, dass sie mehr wert ist als die meisten Frauen und das Recht hat, mit Respekt und Integrität behandelt zu werden.

Selbst in der Szene, die wir heute Abend im Club machen werden, wird sie am Ende nicht ganz gebrochen. Stattdessen werde ich sie wie einen Schmetterling aus einem Kokon befreien. Und ich hoffe, dass diese Erfahrung sie den Rest ihres Lebens begleitet.

Jade Thomas ist eine außergewöhnliche Frau, die in vielerlei Hinsicht bemerkenswert ist. Sie wusste nicht, wie man irgendetwas kocht, als sie zu mir kam. Jetzt ist sie in der Küche nicht nur geschickt, sondern kann sehr gut kochen dank der Videos, die ich für sie gekauft habe, und meiner Hilfe beim Erlernen dessen, was ich für eine notwendige Fähigkeit halte.

Ganz zu schweigen von ihren sexuellen Fähigkeiten, die jetzt mit denen der erfahrensten Frauen konkurrieren. Jade besitzt eine natürliche Sinnlichkeit, die sie gut versteckt hat. Ich habe sie versprechen lassen, ihre ehemalige Garderobe wegzuwerfen und die Dinge zu tragen, die ich für sie gekauft habe, auch wenn sie die Aufmerksamkeit von Männern auf sie lenken werden.

Sie ist in eine echte Frau erblüht, die von Männern gesehen und begehrt wird. Und ich muss mich in meiner Arbeit begraben, um nicht darüber nachzudenken.

Ich habe sie gecoacht, was Männer betrifft, und ihr gesagt, woran sie Männer erkennt, die sie nur für Sex haben wollen. Sie ist besser als das. Jade ist kein Stück Fleisch!

Unsere Körper kapitulieren in einem Tanz, der uns gut vertraut ist. Sie beugt sich mir, ich stoße zu, und wir blühen beide mit vorher unbekannten Empfindungen auf. Es sind Gefühle, die uns dazu zwingen, immer weiterzumachen, bis wir beide schwer atmen und unsere Körper schweißnass sind. Was wir haben, reicht bis tief in unsere Herzen.

Was wir haben, kann nicht ewig andauern ...

29

JADE

In völliger Dunkelheit warte ich darauf, dass Pierce unsere Szene beginnt, während mein Körper nervös zittert. Flüstern ist alles, was ich höre, während das Publikum ungeduldig den Beginn der Show erwartet. Ich erinnere mich daran, dass dies etwas ist, was ich wollte, um meine Zeit hier mit einem Highlight zu beenden. Ich wollte es als Inspiration in meinem Reservoir haben, wenn ich meine Karriere als Schriftstellerin starte.

Als die Musik mit leisen Trommelschlägen beginnt, schließe ich meine Augen und versuche, gleichmäßig zu atmen, wie Pierce es mich zur Beruhigung gelehrt hat. Ein Scheinwerfer richtet sich auf mich. Ich knie mit gesenktem Kopf an einem Türrahmen und signalisiere Pierce damit meine Unterordnung.

Das Publikum jubelt, und ich höre nackte Füße an mir vorbeigehen. Pierce ist hier, und bald geht es los ...

„Komm zu mir", ruft er mit einem autoritären Unterton in seiner tiefen Stimme.

Ich stehe auf und gehe mit gebeugtem Kopf zu ihm, während ich versuche, nicht zu hyperventilieren, indem ich tief Atem hole. Pierce hat gesagt, wenn mein Körper kribbelt, atme ich zu schnell und muss langsamer machen.

Seine Hand berührt mein Kinn, und ich sehe ihn an. Seine haselnussbraunen Augen wirken im Moment blauer als sonst, und ich sehe eine gewisse Verletzlichkeit in ihnen, die er den ganzen Tag zu verstecken versucht hat.

Mein Körper verliert die Anspannung, als er mich sanft küsst und „Ich liebe dich" murmelt, so leise, dass niemand es hören kann.

„Ich liebe dich", flüstere ich ihm zu und senke wieder den Kopf, als er anfängt, das Seil um meinen Arm zu wickeln.

Er streichelt ihn und mein Körper entspannt sich noch mehr. Wir haben mein Outfit etwas verändert. Statt ein paar Lederriemen, die mich notdürftig bedecken, hat er etwas gefunden, das mich nicht so nackt für die Blicke des Publikums lässt. Viele Bänder aus Leder kreuzen sich über meinem Körper und die Stücke über meinen Brüsten und meinem Hintern können verschoben werden, damit er auf sie zugreifen kann.

Vor Publikum genommen zu werden ist mehr als gewagt, und mein moralischer Kompass dreht sich außer Kontrolle. Aber ich werde ohnehin nicht hierbleiben und den Leuten, die mich beobachten, in die Augen sehen müssen. Leute, die ähnliche Dinge gemacht haben, wie ich tun werde. Menschen, die mich dafür nicht verurteilen können.

Als ein Arm gesichert ist, bewegt Pierce seine Hand auf meine Schultern, bevor er das Seil um meinen anderen Arm wickelt. Hitze steigt an der Linie auf, die er mit seinen Fingern zieht. Meine Beine fangen an zu zittern, und ich bete, dass ich auf meinen Füßen bleiben kann, bis er mich gefesselt hat. Dann wird das Seil mich halten, und ich kann mich wirklich entspannen.

Pierce ist mit beiden Armen fertig, kniet dann neben mir und streicht mit seinen Händen über mein eines Bein und dann über das andere. Seine Fingerspitzen berühren meine inneren Oberschenkel, und ich ersticke ein Stöhnen, das plötzlich in mir aufsteigt.

Der Gedanke, dass dies das letzte Mal ist, dass ich seine Berührung spüren könnte, ist fast unerträglich. Ich schüttle den Kopf, um ihn von solchen Gedanken zu befreien. Ich muss zuversichtlich sein, dass das, was wir haben, stärker ist als seine Überzeugung, dass seine Arbeit ihn völlig vereinnahmen wird.

Natürlich mache ich mir insgeheim auch Sorgen, dass er recht hat, und kämpfe um meinen Glauben, dass die Liebe am Ende gewinnen wird. Ich glaube, dass er mich eines nicht allzu fernen Tages anrufen wird, um mir zu sagen, dass er mich sehen will. Es ist nicht unmöglich.

Nachdem er meine Beine gefesselt hat, beginnt Pierce, meinen Körper in die Luft zu ziehen, und ich fühle endlich die Schwerelosigkeit, als ich von den Seilen gehalten werde. Erleichterung durchflutet mich. Jetzt muss ich nur noch Pierce tun lassen, was er will. Ich kann hier hängen und nichts anderes tun als die Dinge erleben, die er mit meinem Körper macht und die ich lieben gelernt habe.

Ja, selbst die Teile mit dem Flogger und der Peitsche!

Pierce kommt zu mir und gibt mir einen weiteren Kuss, dann legt er eine Augenbinde aus schwarzer Spitze über meine Augen. Ich habe festgestellt, dass sie mir hilft, mich fiel schneller in die Szene einzufinden. „Farbe, Jade."

„Grün."

Er bewegt sich von meinem Gesicht weg, geht zum anderen Ende von mir und zerrt an den Seilen, während das Publikum aufkeucht. Ich schreie ein paar Mal auf, weil ich das Gefühl habe, wirklich zu fallen.

Pierce beendet das Seilspiel und geht zur Peitsche, die er um meinen Körper herum knallen lässt. Ich habe erfahren, dass es so aussieht, als würde er mich manchmal wirklich damit treffen. Was mich wirklich nervös macht, ist, wie nah er mir manchmal damit kommt. Aber er hat mich noch nie verletzt, also habe ich Vertrauen in seine Geschicklichkeit.

Als dieser Teil der Szene vorbei ist, kommt der Teil an die Reihe, wo ich ausgepeitscht werde. Ich bin inzwischen in der Lage, 30 Schläge des Flogger zu ertragen, was laut Pierce nicht schlecht für jemanden ist, der das erst seit zwei Monaten macht.

Der erste Schlag schmerzt immer am wenigsten. Es sind die

folgenden, die wehtun. Der Flogger trifft eine Pobacke und dann die andere in rascher Folge.

Man könnte meinen, es ist sehr schmerzhaft, und das ist es auch, aber das Verrückte ist, wie ich das alles wahrnehme. Pierce' geschickte Hand steckt hinter diesem Ding. Es ist eine Erweiterung von ihm, ähnlich wie sein Schwanz, seine Zunge oder seine Hände – alles, was er benutzt, um mir Vergnügen zu schenken.

Meine Pussy zieht sich bei jedem Schlag zusammen und wird immer feuchter. Alles, was mein Körper und mein Geist wollen, ist Pierce' Schwanz in mir. So schwer es auch zu glauben sein mag – es ist wahr.

Die letzten fünf Schläge lassen mich aufschreien, als der Schmerz fast unerträglich wird. Dann hört er auf und kommt zu mir. „Farbe, Jade."

Während ich keuche und heiße Tränen in meinen Augen spüre, denke ich nach und flüstere: „Grün."

Seine Hand bewegt sich über meine Schulter, als er sich zu mir herabbeugt und mir einen Kuss auf die Wange gibt. „Das ist mein Mädchen."

Seine Hand gleitet über meinen Körper, während er mit der oralen Stimulation beginnt, und ich fange an zu zittern, nicht nur vor Begierde, sondern vor Verlegenheit. Meine Pussy ist im Rampenlicht!

Ich habe mich hervorragend um sie gekümmert und sie die ganze Zeit sauber rasiert. Aber ich fühle mich trotzdem ein bisschen schüchtern. Er zieht an dem Seil und bewegt mich so, dass ich seitwärts hänge und meine Vorderseite dem Publikum zugewandt ist, damit es einen guten Blick auf ihn bekommt. während er mich leckt. Dann legt sich seine Zunge auf meine Pussy, und meine Gedanken fliegen davon, als er mein Geschlecht mit seinen Fähigkeiten manipuliert.

Es ist schwer für mich zu ertragen, weil ich weiß, dass Pierce aufhören wird, wenn ich kurz davor bin zu kommen. Er hat mir nie genau erklärt, wie er genau weiß, wann ich bereit bin und wie er kurz davor aufhören kann. Aber er weiß es, und ich habe mich daran gewöhnt. Tatsächlich hat er mir gezeigt, wie viel intensiver der Orgasmus am Ende ist, wenn er so etwas tut.

Als sein intimer Kuss mich näher an den Rand der Ekstase bringt, zuckt mein Körper gegen meinen Willen und ich bettle: „Bitte hör nicht auf!"

Sein Mund küsst das Innere meines Oberschenkels, und dann dreht er meinen Körper, so dass ich nach oben anstatt seitwärts blicke. Als sich das Blut in meinem Körper bewegt, stechen mir kleine Stacheln in den Rücken. Als ich das Gefühl habe, dass er das Lederband entfernt, das meine Brustwarzen bedeckt, spanne ich mich an.

Diese Klemmen sind Teufel. Aber die Endorphine, die sie in meinem Körper freisetzen, sind die Engel, die nach diesen Teufeln kommen, sie verjagen und meinen Körper in einem euphorischen Zustand zurücklassen.

Pierce küsst einen Kreis um eine meiner Brüste und leckt die Brustwarze, bis sie steif ist. Dann küsst er meinen Hals, bis ich vor Lust stöhne. Er beißt in meinen Hals, während er die Klemme an meiner Brustwarze anbringt, und ich schreie. Das Publikum klatscht, als hätte es gerade etwas Großartiges gesehen. Ich keuche, als stechender Schmerz mich erfüllt. Dann ist sein Mund auf meinem, und der Schmerz wird zu einer dumpfen Sehnsucht zwischen meinen Beinen. Als sein Mund mich verlässt, flüstere ich: „Fick mich bitte, Pierce."

„Wie du willst", antwortet er und küsst meinen Körper, bevor er seinen harten Schwanz in mich hineinstößt.

Ich schreie vor Lust, und das Publikum klatscht. Pierce hat gelernt, dass Beleidigungen bei mir nicht gut funktionieren, also lassen wir diesen Teil weg. Stattdessen konzentriert er sich darauf, mich wild zu ficken. Ich keuche bei jedem Stoß und frage mich, ob er mich dieses Mal kommen lassen wird.

Das ist die einzige Wildcard in dieser Szene. Ich weiß nie, wann er mich kommen lässt. Er wird mich nicht wieder schlagen, aber er kann aufhören mit dem, was er tut, und eine Weile etwas anderes machen. Es ist immer eine Überraschung. Er macht immer weiter, auch als ich anfange, schwer zu atmen und zu stöhnen.

Die Geräusche, die ich mache, lassen das Publikum klatschen und einige stöhnen ebenfalls. Ich wette, dass mehr als ein paar unter ihnen masturbieren bei dem, was sie gerade sehen.

Sein Schwanz wird noch steifer, und ich kann sehen, dass er mich kommen lassen wird. Als sein heißes Sperma in mich schießt, hat mein Körper eine Kettenreaktion und wir stöhnen beide, als unsere Körper sich einander ergeben.

Die Szene ist aber noch nicht vorbei. Er bleibt in mir, bis wir fertig sind. Schließlich löst er sich von mir und kommt mit einem kleinen, dezenten Tuch zurück, um mich zu reinigen, bevor er mich runterlässt.

Er lässt die Seile herunter, legt meinen Körper auf den kalten Marmorboden und bindet mich los. Sobald er fertig ist, zieht er meine Maske weg, und ich sehe, dass er mich anstrahlt. „Gott, ich liebe dich, Jade!"

Mit einem Lächeln streichle ich seine bärtige Wange. „Und ich liebe dich, Pierce."

Ich wickle meine Arme um seinen Hals, dann hebt er mich hoch und stellt mich auf meine Füße. Pierce nimmt meine Hände und geht auf ein Knie. „Verbeuge dich, meine Prinzessin. Denn du bist jetzt eine Frau."

Ich tue, was er sagt, und höre das Publikum begeistert jubeln und klatschen. Als ich meinen Körper wieder aufrichte, erlöschen die Lichter und Pierce' Hand zieht mich mit sich.

Wir gehen durch eine Seitentür, und Pierce' Körper drückt mich an die Wand, während er mich mit einem Hunger küsst, den ich noch nie bei ihm gespürt habe. „Jade, ich liebe dich. Ich liebe dich so sehr. Zweifle nie daran. Bitte."

Ich lege meine Hände auf seine Schultern und weine, als er sagt, was ich hören will. Es ist offensichtlich, wie sehr er mit sich kämpft. Aber dann hört er auf und zieht mich aus dem Zimmer. Wir betreten einen langen Flur, an dessen Ende sich ein Licht befindet. Er führt mich in den Raum, in dem wir uns zuvor umgezogen haben. „Wir werden duschen, unsere Kleider anziehen und zum Flughafen fahren."

Bevor ich bei seinen Worten ganz zerbrechen kann, löst er die Lederriemen von mir, zieht seine Hose aus und bringt mich zur Dusche.

Alles, was ich tun kann, ist, meinen Kopf auf seine breite Brust zu legen und zu hoffen, dass er seine Meinung ändert, bevor er mich in das Flugzeug setzt.

30

PIERCE

Ein dumpfer Schmerz erfüllt mein Herz, während ich mit Jade zum Jet gehe, der auf dem Asphalt wartet. Der Motor erwärmt sich, und mein Körper fühlt sich so verdammt kalt an.

Es ist mir mehr als einmal bewusstgeworden, dass ich zusammenbrechen könnte, wenn ich von Jade weggehe oder wenn der Jet abhebt und sie für immer von mir wegführt.

Ich habe noch nie so viel für jemanden empfunden, und das ist das Schwerste, was ich je in meinem Leben getan habe. Aber es muss getan werden. Das sage ich mir immer wieder.

Unser Feuer brennt zu hell. Unsere Liebe ist zu umfassend. Sie kann nicht andauern, sie ist wahrscheinlich nicht einmal real.

Sie und ich wurden zusammen in eine Beziehung geworfen, die von Anfang an zum Scheitern verurteilt war. Der Plan war, ihr Dinge beizubringen. Ich hatte nicht vor, mich in sie zu verlieben, und sie sollte sich nicht in mich verlieben. Aber es ist passiert. Für mich war es wie ein Traum. Er wird mir in Erinnerung bleiben, bis ich sterbe. Aber er war nicht real.

So etwas könnte niemals real sein. Wir sind der Fantasie verfallen, die wir zu schaffen versucht haben. Wie Schauspieler, die in ihre

Rollen hineinwachsen. Ich habe das mit Jade lange in diesen letzten Tagen besprochen. Sie ist natürlich nicht meiner Meinung.

Sie ist einfach eine hoffnungslose Romantikerin!

Aber ich bin nicht romantisch im Herzen. Zumindest war ich es nicht, bevor Jade gekommen ist. Es ist schwer zu glauben, dass diese ganze Sache mit einer Frage in einem Forum begonnen hat.

Ich habe es geschafft, eine Vanilla-Jungfrau zu überreden, auf die andere Seite der Welt zu kommen, um meine Sub zu werden. Und sie wurde die beste, die ich mir je hätte vorstellen können.

Jades Hand zittert, als wir uns der Treppe nähern. „Pierce, bitte ..."

Ich ziehe sie in meine Arme und küsse sie sanft, bevor ich meine Stirn gegen ihre lehne. „Baby, bitte mich nicht um etwas, das ich dir nicht geben kann. Erinnere dich an alles, worüber wir gesprochen haben. Ich möchte, dass du mit Stolz von mir weggehst. Ich möchte, dass du aus dem lernst, was wir geteilt haben, und es dich den Rest deines Lebens begleitet. Du bist eine lebensfrohe Frau, die in der Lage ist, alles zu schaffen, was sie sich in den Kopf setzt. Und eines Tages, wenn du eine berühmte Schriftstellerin bist, wäre es wunderbar, wenn du mir eine signierte Ausgabe deines ersten Buches schicken würdest. Ich hoffe, es wird mir gewidmet sein, natürlich unter dem Namen Mr. Power."

Sie schlägt mit einer schwachen Faust gegen meine Brust. „Idiot", murmelt sie. „Warum musst du so sein?"

„Ich weiß es nicht." Ich küsse ihre Nasenspitze. „Warum musst du glauben, dass diese Fantasie einer Liebesgeschichte ewig dauern kann? Ich habe dir schon oft gesagt, wenn wir zusammenbleiben, werde ich dich am Ende vernachlässigen und du wirst mich dafür hassen, und das könnte ich nicht ertragen. Wenn wir jetzt auseinandergehen, wirst du immer Liebe in deinem Herzen für mich haben. Und ich für dich."

„So eine romantische Geste, Pierce." Ihre Hände umfassen meine. „Du hast mich verändert. Ich gehe als reiche Frau zurück. Eine Frau, die nicht nur reich an Geld ist. Du hast mir so viel in so kurzer Zeit gezeigt. Ich möchte, dass du weißt, dass ich für alles dankbar bin."

Ich reibe meine Nase gegen ihre. „Ich habe auch viel von dir gelernt. Ich habe gelernt, dass Liebe wirklich existiert. Und bevor du mir sagst, dass ich sie wegwerfe, möchte ich, dass du verstehst, dass ich das gar nicht mache. Ich sperre sie weg und halte sie dadurch sicher vor Schaden. Sie ist ein kleiner Zufluchtsort, an den ich von Zeit zu Zeit entkommen kann. Ein perfekter Ort, wo nur du und ich wohnen. Ich hoffe, du tust das auch manchmal."

Als ich Tränen in langen Strömen über ihre rosa Wangen fallen sehe, kann ich es nicht ertragen und küsse sie. Wir umarmen uns fest. Mein Körper und Geist sind im Widerspruch. Mein Körper will sie bei sich behalten. Mein Verstand sagt mir, dass wir in der realen Welt keinen Bestand haben können.

Ihre Hände umklammern meine Arme, als ich versuche, den Kuss zu beenden. Ich schmecke ihre salzigen Tränen auf meinen Lippen. Sie zieht schließlich schluchzend ihren Mund weg. „Ich liebe dich, Pierce. Ich werde dich immer lieben." Dann reißt sie sich los und läuft zur Treppe.

„Jade, warte", rufe ich.

Sie bleibt stehen und dreht sich um, um mich anzusehen, während ihr Gesicht voller Kummer ist. „Was?"

„Jade, ich liebe dich. Bitte erinnere dich immer daran. Ich mache das aus Liebe und sonst nichts. Was wir geteilt haben, war perfekt, und ich möchte, dass es so bleibt. Ich liebe dich mehr, als ich mich selbst liebe, und eines Tages hoffe ich, dass du das verstehen kannst, Baby."

Der Alarm meines Handys ertönt, da es jetzt Mitternacht ist. Das Ende unseres Vertrages.

Jade schaut auf mein Handy, als ich es aus der Brusttasche meines Anzugs herausnehme und den Klingelton, der unser Ende verkündet, abschalte. Ein weiteres Schluchzen bricht aus ihr heraus, und sie dreht sich um und läuft die Treppe hinauf. Ich beobachte, wie sie sich neben das Fenster setzt. Ihre Augen sind auf mir, als sie ihre Hand auf das Glas legt, während die Treppe weggenommen wird und jemand die Tür schließt.

Wir sehen einander ein letztes Mal in die Augen. „Auf Wiedersehen, Jade." Ich winke ihr zu.

Sie bricht im Flugzeug zusammen. Sie weint so heftig, dass es mir wehtut, als ob sie mit einem stumpfen Messer in mein Herz stechen würde. Ihr Mund bewegt sich, und ich kann sehen, dass sie „Ich liebe dich" sagt.

„Ich liebe dich, Jade!", schreie ich, als der Jet sich in Bewegung setzt.

Sie wird mir weggenommen und verschwindet in der Nacht. Ich wusste, dass es so kommen würde. Es musste enden, und ich wusste es. Aber ich wusste nicht, wie tief es uns beide verletzen würde.

Ich würde alles einen großen Fehler nennen, wenn wir nicht so viel durch unsere gemeinsame Zeit gewonnen hätten. Was wir geteilt haben, kann niemals als Fehler bezeichnet werden. Egal, was das Ergebnis auch sein mag, es war kein Fehler.

Ich gehe zur Tür und schaue zurück, als ich das Donnern des Jets, der in den dunklen Himmel fliegt, höre. Es ist unvorstellbar, dass jemand sich in zwei Monaten so heftig verlieben kann. Wenn irgendjemand mir so etwas vor Jade erzählt hätte, hätte ich gelacht.

Jetzt weiß ich, dass es passieren kann.

Mein Auto ist direkt vor den Eingangstüren geparkt. Es gibt kaum Verkehr zu dieser späten Stunde. Ich konnte direkt am Bordstein parken. Als ich in mein Auto steige, stürzt alles wie eine Ziegelmauer auf mich herunter.

Alles, was ich zurückgehalten habe, sprudelt wie ein Geysir an die Oberfläche. Ich legte den Kopf auf das Lenkrad, lasse alles heraus und weine wie ein verdammtes Baby.

„Gott, sie ist weg! Warum habe ich sie gehen lassen?"

31
JADE

Mein Wecker klingelt und reißt mich aus einem süßen Traum. Pierce und ich zusammen im See. Es ist kaum zu glauben, dass drei Monate vergangen sind und er immer noch in meinem Kopf ist. Obwohl kein Wort von ihm gekommen ist, weiß ich, dass meine Nummer noch in seinem Handy gespeichert ist. Seine Nummer ist auch in meinem Handy. Und ich starre sie an und will ihn anrufen, wage es aber nicht.

Er hatte recht damit, dass Männer eine Veränderung bei mir wahrnehmen und viel mehr Interesse an mir haben würden als zuvor. Einer von ihnen scheint kein Nein als Antwort zu akzeptieren. Meine nun viel größere Wohnung ist mit diversen Blumensträußen gefüllt, da er mir fast täglich welche schickt.

Charles Gilman scheint in mich verliebt zu sein. Er ist Bankier, attraktiv und charmant. Ich lernte ihn kennen, als ich mit dem Scheck von dem BDSM-Club ein neues Bankkonto eröffnete. Und ich habe das Gefühl, er könnte an meinem Geld übermäßig stark interessiert sein. Aber ich muss ihm zugutehalten, dass er mich an eine Wertpapierfirma weitervermittelt hat, die mein Geld für mich verwaltet, so dass es sich wie durch Magie vermehrt.

Meine Kurse laufen noch besser als vor den Sommerferien. Meine Kreativität scheint von meinem Urlaub profitiert zu haben. Die Professoren sind voll Fragen darüber, was zur Hölle bei mir passiert ist.

Ich sage ihnen nur, dass ich in den USA Urlaub gemacht habe und jede Menge Spaß in den Wäldern von Oregon hatte. Ein paar meiner Dozenten haben gefragt, wo sie sich für die Reise, die ich gemacht habe, anmelden können. Es bringt mich jedes Mal zum Lachen.

Es klingelt an der Tür, und ich klettere aus dem Bett, um zu sehen, wer mich so früh am Wochenende stören könnte. Während ich mir die Augen reibe, mache ich mich auf den Weg zur Tür und blicke durch das Guckloch. Ich sehe einen Mann mit einer braunen Papiertüte und einem weißen Umschlag in der Hand.

„Hallo. Wer ist da?", frage ich.

„Ein Bote mit einer Lieferung für Jade Thomas."

„Von wem?", frage ich.

„Von einem heimlichen Verehrer."

Als ich die Tür öffnete, bin ich aufgeregt. Vielleicht ist es von Pierce!

Der Mann reicht mir die Tüte und den Umschlag. „Bitte, Miss."

„Vielen Dank. Warten Sie hier. Sie bekommen ein Trinkgeld", sage ich, als ich zurücktrete, um die Sachen abzustellen.

Er tippt seine Mütze an. „Nein danke. Ich wurde bereits vom Absender großzügig entlohnt. Schönen Tag, Miss Thomas."

Ich schließe die Tür hinter ihm und habe große Hoffnungen, dass der Brief von Pierce ist. Ich lege die Tüte und den Umschlag auf den kleinen Tisch an der Tür und sehe hinein.

„Was zum Teufel ist das?" Ich ziehe weißes Papier heraus, in das Bagels mit geräuchertem Lachs und Frischkäse eingewickelt sind. Ich lege sie auf den Tisch und öffne den Umschlag, in dem ich eine kurze Notiz auf blassblauem Papier finde.

Jade,
Ich warte auf dem Flur auf dich. Ich würde gern diesen schönen Sams-

tag, angefangen mit dem Frühstück, mit dir verbringen. Wir können sehen, wohin der Tag uns führt.
Charles

„Verdammt", zische ich. Ich war so sicher, dass der Brief von Pierce ist.

Ich sinke auf meine Knie und finde es unmöglich, nicht vor Enttäuschung zu weinen. Ich versuche, die Kontrolle über meine Emotionen zurückzugewinnen, aber es ist sinnlos. Mindestens einmal pro Woche passiert mir das. Ich lasse die Hoffnung gewinnen, und wenn dann eine Enttäuschung eintritt, zerreißt es mich fast.

Pierce wollte mich niemals brechen. Aber er hat es getan. Es geht mir gut, aber ich vermisse ihn fürchterlich. Jedes Mal, wenn Charles mir etwas schickt, hoffe ich, dass es von Pierce ist, nur um jedes Mal enttäuscht zu werden.

Jemand klopft an die Tür. „Jade, weinst du da drin?", fragt Charles.

„Scheiße!"

„Jade?"

Ich greife nach einem Taschentuch, um meine Tränen wegzuwischen und meine Nase zu putzen, gehe an die Tür und öffne sie. „Charles, ich habe niemanden erwartet. Ich fürchte, ich fühle mich heute Morgen nicht gut."

„Du scheinst oft krank zu sein, Jade. Es scheint dich jedes Mal zu treffen, wenn ich dich um deine Gesellschaft bitte." Er grinst mich charmant an. „Ich bin mir deines Mangels an Dating-Erfahrung bewusst. Ist das der Grund, warum du mich immer wieder abweist? Das macht mir überhaupt nichts aus. Ich denke, es ist ziemlich erfrischend, eine Frau zu finden, die neu im Dating-Spiel ist."

Mit einer schnellen Bewegung nimmt er meine Hand und tritt eigenmächtig in meine Wohnung ein. Charles Gilman ist ein schöner Mann. Sein dunkles Haar ist kurz und ordentlich zur Seite gekämmt. Er ist nicht annähernd so muskulös wie Pierce gebaut, aber er ist groß und hat eine breite Brust. Sein Anzug ist kein Armani, aber er ist schön. Der Mann sieht elegant und wohlhabend aus, und ich denke, den meisten Frauen würde er gefallen.

„Charles, bist du an mir oder meinem Geld interessiert?", frage ich ihn abrupt, und er lacht.

„Jade, denkst du wirklich, ich bin geldgierig? Du musst dir bewusst sein, dass ich viele reiche Frauen kenne. Die meisten davon haben mehr Geld als du." Er führt mich auf mein Sofa, und ich ziehe meinen rosafarbenen Morgenmantel fester um mich.

Mein Nachthemd ist knapp und ich trage kein Höschen. Ich habe keine männliche Gesellschaft erwartet. „Pierce, macht es dir etwas aus ..." Ich verstumme, als ich bemerke, wie ich ihn genannt habe.

„Wer ist das?", fragt er mich mit einem Grinsen. „Ein geheimer Liebhaber vielleicht?"

Ich schüttle den Kopf und stehe auf. „Ich werde mich jetzt anziehen. Du bekommst das Date, nach dem du mich schon so lange fragst. Aber ich bin sicher, dass ich dich langweilen werde." Ich eile aus dem Raum und gehe in mein Schlafzimmer.

Mein Handy liegt auf dem Nachttisch und ich sehe es an und wünsche mir, es würde klingeln und Pierce wäre am anderen Ende der Leitung, um mir zu sagen, dass er zu mir kommt. Aber es liegt stumm da, und ich gehe zu meinem Schrank, um mich anzukleiden.

Ich versuche bewusst, nicht hübsch auszusehen, als ich meine Haare, die ein bisschen gewachsen sind, zu einem hohen Pferdeschwanz zusammenbinde, das Make-up weglasse und ein formloses Kleid anziehe, das bis zu meinen Knöcheln reicht. Ein Paar flache schwarze Schuhe macht mein Ensemble komplett, und ich gehe zu Charles, nachdem ich mein Gesicht gewaschen und meine Zähne schnell geputzt habe.

Er wendet sich von dem Tisch ab, den er mit Geschirr gedeckt hat, das er in meinem Schrank gefunden hat. „Du siehst schön aus, Jade."

„Du siehst aus, als würdest du dich wie zu Hause fühlen, Charles."

Er kommt zu mir, nimmt meine Hand und führt mich zu dem kleinen Tisch in der Frühstücksecke. „Ich hoffe, es macht dir nichts aus."

„Und wenn doch?", frage ich, als er sich mir gegenüber hinsetzt.

„Ich glaube, du musst dich nur an mich gewöhnen", sagt er, als er eine weiße Leinen-Serviette vom Tisch zieht und sie auf seinem Schoß ausbreitet.

„Ich sehe, dass du tadellose Manieren hast." Ich lege meine Serviette auf meinen Schoß. Er hat sogar Kaffee mit meiner Kaffeemaschine gemacht. Während ich in seine braunen Augen schaue, sage ich: „Du hast meinen Kaffee gefunden."

„Ich dachte, du hättest gern eine Tasse. Vielleicht gehörst du zu den Leuten, die das brauchen, um den Tag zu beginnen. Ich wollte nicht, dass du darauf verzichten musst, nur weil ich vor deiner Tür aufgetaucht bin." Er schenkt mir ein weiteres brillantes Lächeln.

Die meisten Frauen würden das sicher lieben. Er ist charmant und fürsorglich. Aber er ist nicht Pierce.

„Charles, ich bin sehr beschäftigt mit meinem Studium. Ich habe keine Zeit für einen Mann in meinem Leben." Ich nehme einen riesigen Bissen von einem Bagel in der Hoffnung, ihn damit abzuschrecken.

„Das schockiert dich vielleicht, aber ich habe dich gesehen, Jade. Du hast durchaus Zeit. Du gehst in die Bibliothek und leihst dir Bücher aus. Viele Bücher. Wenn du Zeit hast, sie alle zu lesen, hast du auch Zeit für mich." Er greift über den Tisch und nimmt meine Hand, die meine Kaffeetasse gesucht hat.

Ich betrachte seine Hand auf meiner. „Charles, das viele Lesen ist Teil meiner Arbeit. Ich studiere, um Schriftstellerin zu werden."

„Warum?", fragt er. „Du brauchst nicht zu schreiben. Du hast viel Geld. Wie bist du dazu gekommen, wenn ich fragen darf?"

Ich verenge meine Augen, als ich ihm so antworte, wie Pierce es mir aufgetragen hat für den Fall, dass ich das gefragt werde. „Ich habe in der Lotterie gewonnen, als ich in Amerika war."

„Wirklich?", fragt er, als er meine Hand loslässt. Dann nimmt er einen Schluck von seinem Kaffee und spreizt dabei seinen kleinen Finger ab. „Denn der Scheck, mit dem du dein Konto eröffnet hast, war nicht von einer Lotterie-Kommission. Er war von einem Konto, das mit einigen merkwürdigen Dingen in Verbindung steht. Dinge, bei denen ich mir eine nette Frau wie dich nicht vorstellen will."

Mein Zorn flammt bei seiner Neugier auf. „Charles, mein Geld geht dich nichts an. Vielleicht sollte ich mein Geld aus deiner Bank nehmen und es woanders anlegen. Bei einer Bank, in der die Privatsphäre des Kunden von größter Bedeutung ist."

„Du hast mehr Widerspruchsgeist als die meisten Frauen, Jade. Ich frage mich, wo du diese Kraft gewonnen hast. Ich frage mich, wer dir beigebracht hat, so stark zu sein. Ich frage mich, ob es dieser Pierce war, als den du mich vorhin bezeichnet hast." Er sieht mich über seine Kaffeetasse mit einem merkwürdigen Grinsen an, das in seinen Augen glänzt.

„Das geht dich ebenfalls nichts an. Geht das den ganzen Tag so weiter? Willst du mich verhören?"

Mitgefühl füllt plötzlich seine Augen. „Du verstehst mich ganz falsch. Ich glaube, ich weiß, was dir passiert ist. Ich glaube, ich weiß, warum du mich immer wieder abweist. Willst du wissen, was ich denke, Jade?"

Angst erfasst mich, als ich davon ausgehe, dass er mein Geheimnis herausgefunden hat. „Nicht wirklich."

„Ich glaube, du bist in einer schrecklichen Weise benutzt worden. Hat ein amerikanischer Playboy dich verletzt?" Er sieht mir eindringlich in die Augen, und ich spüre, wie mein Gesicht heiß wird.

„Niemand hat mich verletzt!" Ich stehe vom Tisch auf und kann ihn nicht mehr ansehen. Ich habe keine Ahnung, wo ich hingehe, aber ich verlasse die Gesellschaft dieses Mannes.

Plötzlich umfassen starke Hände meine Schultern, und er dreht mich zu sich herum. „Dort, wo das Geld herkommt, werden Frauen benutzt, Jade. Es befand sich eine kleine Notiz auf dem Scheck. Dort stand ‚Zahlung für erbrachte Leistungen über einen Zeitraum von zwei Monaten'. Sag mir, Jade, was hast du in dieser Zeit getan, dass dir dafür eine Million Dollar bezahlt worden ist?"

Das hätte ich nie erwartet! Ich hätte nie gedacht, dass jemand jemals wissen würde, was ich getan habe!

„Hör zu. Weiß sonst jemand darüber Bescheid, was auf diesem verdammten Scheck stand?", frage ich verzweifelt.

„Nein, ich bin der Einzige, der es gesehen hat. Und ich habe ihn vernichtet, nachdem ich das Geld auf dein Konto übertragen habe. Ehrlich gesagt fing ich an, mich für dich zu interessieren, sobald ich Nachforschungen anstellte. Ich würde dir niemals wehtun wollen. Ich möchte dir helfen, alles hinter dir zu lassen. Die ganze hässliche Erfahrung."

„Aber sie war nicht hässlich. Sie war schön", platze ich heraus.

Seine Hände bewegen sich über meine Arme und streicheln mich, dann zieht er mich zu sich und umarmt mich. „Mein armes Mädchen. Deine Jugend hat dein Urteilsvermögen kompromittiert. Irgendein perverser Amerikaner, der dich für sein eigenes Vergnügen dominiert, ist nichts Schönes. Es ist ungeheuerlich. Und ich kann sehen, wie schlimm du verletzt wurdest. Also bitte, rede mit mir. Sag mir, was er oder jemand anderes dir angetan hat. Ich werde dir Hilfe beschaffen, um diese Tragödie zu verarbeiten."

Ich zittere, als er mich hält. Ich habe es niemandem erlaubt, mich so zu berühren. Nur Pierce!

„Lass mich los!", schreie ich ihn an.

Ich muss ihn mit meiner lauten Stimme überrascht haben, denn er tut, was ich gesagt habe. „Jade!"

„Nein!" Ich schüttle meinen Kopf und weiche von ihm zurück. „Du solltest gehen. Ich will deine Hilfe nicht. Ich wurde nie verletzt. Du verstehst das nicht."

Mit einem Lachen sagt er: „Meine Liebe, ich bin 45 Jahre alt. Ich erkenne eine junge Frau, die verletzt wurde, wenn ich eine sehe. Und ehrlich gesagt brauchst du mich mehr, als ich dich brauche."

„Ich brauche dich überhaupt nicht." Ich wende mich ab, und er packt mich schnell wieder.

Er zieht mich zurück zu sich, und sein Gesicht ist wieder voller Mitgefühl. „Ich weiß, dass du das nicht glauben kannst, aber ich habe starke Gefühle für dich. Und ich glaube, mit der Zeit könnte sich etwas zwischen uns entwickeln. Sobald ich deinen Verstand von diesem manipulativen Mann befreit habe, der dich benutzt, missbraucht und dann verlassen hat, wirst du dich besser fühlen und mir eine Chance geben können."

„Ich bin nicht auf der Suche nach Romantik oder Hilfe, Charles. Ich danke dir dafür, dass du niemandem gesagt hast, was du herausgefunden hast. Da ich unter meinem eigenen Namen als Schriftstellerin arbeiten will, habe ich mir Sorgen deswegen gemacht. Ich bin sicher, dass du das verstehst." Ich muss versuchen, den Mann auf meiner Seite zu halten, ohne ihn gleich heiraten zu müssen.

„Ich interessiere mich nicht für Romantik, bis du eine Therapie gemacht hast, um zu begreifen, was dir passiert ist. Wie viele Zeugen gibt es dafür, Jade?"

„Wir waren in einer abgelegenen Hütte im Wald." Ich halte mich davon ab, mehr zu sagen.

„Hat er dich dort gefangen gehalten?", fragt er mit gefurchten Brauen. „Könnte es als Entführung gelten?"

Ich schüttle den Kopf bei seinen abstrusen Schlussfolgerungen. Ich weiß, ich muss ihm die Wahrheit sagen, egal wie schwer es sein wird, darüber zu sprechen – oder er könnte mit seinen eigenen Mutmaßungen zur Polizei gehen.

Scheiße! Ich kann nicht glauben, dass ich das tun muss!

Pierce

Als der Vollmond im Fenster meines Büros erscheint, setze ich mich auf das Sofa und mache eine dringend benötigte Pause. Es ist schon sechs Monate her, dass ich Jade nach Hause geschickt habe, und nicht ein Tag vergeht, ohne dass ich an sie und unsere gemeinsame Zeit denke.

Ein Klopfen an meine Bürotür lässt mich aufschauen, und ein unerwarteter Gedanke überrascht mich. Was, wenn es Jade ist?

„Wer ist da?", frage ich.

„Grant Jamison, Pierce."

„Es ist offen", rufe ich und bin ein wenig enttäuscht darüber, dass es nicht Jade ist.

Die Wahrheit ist, dass ich halb hoffe, dass sie sich meinem Befehl, sich von mir fernzuhalten, widersetzt, trotzdem zu mir kommt und mich zwingt, ihre Liebe anzunehmen und ihr meine Liebe zu geben.

Aber bislang ist das nicht passiert. Wir haben nicht einmal miteinander getextet.

„Hey, Fremder", sagt Grant, während er sich auf den Stuhl gegenüber von mir setzt. „Du warst lange Zeit nicht im Club. Und ich muss sagen, du siehst erschöpft aus. Denkst du nicht, dass es Zeit ist, deinem Verstand eine kleine Pause von der Arbeit zu gönnen und dir eine Frau zu suchen? Es gibt neue Gesichter im *Dungeon of Decorum*."

„Nein", lautet meine schnelle Antwort. Ich möchte es Grant nicht sagen, aber ich kann an keine andere Frau denken als an Jade.

„Nein?", fragt Grant mit einem Lächeln. „Willst du mir sagen, warum du diese Frau weggeschickt hast, wenn du sie offensichtlich liebst?"

„Weil ich nicht für sie sein kann, was ich war, als wir zwei Monate allein miteinander hatten. Die Arbeit steht mir im Weg. Ich würde sie am Ende nur verletzen. Ich weiß, dass es so kommen würde." Ich stampfe auf wie ein kleines Kind.

„Was zum Teufel soll das?", fragt er mich, als er seine Hände in die Luft wirft. „Ich erinnere mich nicht, dich jemals so verworren gehört zu haben, Pierce. Und ich habe schon viel verrücktes Zeug gehört."

„Hör zu, ich respektiere dich", lasse ich Grant wissen. „Aber du hast keine Ahnung, wieviel mir dieses Unternehmen bedeutet. Es nimmt den Großteil meiner Zeit in Anspruch. Ich habe kaum Zeit zum Essen und Schlafen, um Gottes willen."

Grant verdreht die Augen und sagt: „Du findest jeden Tag die Zeit für zwei Stunden Training. Diese Firma braucht dich, aber nicht ständig. Ich denke, du hast Zeit für eine Beziehung. Falls du überhaupt eine haben willst."

„Vielleicht will ich das nicht." Ich sehe ihn an und mache ihm und mir ein Geständnis. „Vielleicht bin ich nicht gut darin."

„Soll das ein Scherz sein?", fragt er mich, als er wieder lacht. „Ich habe gesehen, wie die Frau dich anschaut. Ich sah die Verbindung, die ihr beide habt. Und ich sehe, wie sie dich zurückgelassen hat. Hör auf, dich selbst zu bemitleiden, Mann. Lass sie wissen, was du wirklich willst. Egal, was du tun musst, damit es funktioniert – versuche es zumindest."

Ich bin mehr als ein wenig überrascht von seiner Reaktion. „Grant, um ehrlich zu sein, bist du der letzte Kerl, von dem ich solche Worte erwartet hätte. Du bist ein Frauenheld."

„Ach ja?", sagt er. „Denkst du, nur weil ich gern mein Leben auf eine bestimmte Art und Weise führe, heißt das, dass ich glaube, alle anderen sollten es mir gleichtun? Das glaube ich nicht. Wenn du die Richtige für dich findest, solltest du diese Chance nicht einfach wegwerfen."

„Jade hat mir das so verdammt oft gesagt." Ich legte meinen Kopf in meine Hände und denke einen Moment nach. „Sie hat meine Nummer, aber sie hat mich nicht angerufen. Was, wenn sie mich als ein einmaliges Abenteuer betrachtet und mit mir abgeschlossen hat? Was, wenn sie jemand anderen gefunden hat? Was, wenn sie nicht angerufen hat, weil sie bedauert, was wir getan haben?"

„Hast du auch ihre Nummer?", fragt er.

„Ja", antworte ich. „Aber ich habe Jade gesagt, dass ich sie nicht anrufe und auch nicht will, dass sie mich anruft. Ich wollte, dass wir das zwischen uns mit sofortiger Wirkung beenden."

„Mann, bist du bescheuert oder was?", fragt Grant. „Ich meine, verdammt, Pierce!"

„Was?", rufe ich. „Was sollte ich tun? Sie hängen lassen, während ich mich mit dem Geschäft beschäftige? Was?"

„Du benimmst dich wie ein Feigling und gibst eurer Beziehung keine Chance, sich zu entwickeln oder von selbst zu enden. Wovor zum Teufel hast du Angst?", fragt er mich.

Meine Antwort kommt aus meinem Mund, bevor ich darüber nachdenke: „Davor, dass sie mich wie alle anderen hasst."

„Siehst du? Du erlaubst der Angst, dich zu beherrschen. Hmm. Ich denke, das ist interessant, nicht wahr? Wir praktizieren das die ganze Zeit. Wir stellen uns dem, was uns Angst macht, nicht wahr, Pierce?"

„Scheiße!"

„Scheiße!", schreit er zurück. „Geh schon. Ich sage Maggie, dass du die nächsten zwei Wochen weg bist. Hole dir dein Mädchen, du Narr, bevor ein anderer es tut."

Ich stehe auf und beschließe, genau das zu tun. Und ich werde sie nicht vorwarnen, dass ich komme. Ich werde sie beobachten und herausfinden, ob sie ihr Leben ganz normal weiterführt oder ob sie mich auf die gleiche Weise vermisst, wie ich sie vermisse.

32

JADE

Meine Therapeutin führt mich zu ihrer Tür, legt ihren Arm um meine Schultern und drückt mich leicht. „Sie machen so gute Fortschritte, Jade. Ich glaube, Sie erkennen langsam, dass das, was Sie und dieser Mann hatten, etwas ist, was Sie für immer wie einen Schatz bewahren werden, aber es einfach nicht sein sollte."

„Ich kann Ihnen nicht genug für Ihre Hilfe danken, Doktor Sheldon. Es ist eine Erleichterung zu wissen, dass ich nicht verrückt bin, weil ich mich so behandeln lassen habe." Mein Herz schmerzt immer noch vor Sehnsucht nach Pierce, aber zumindest hat diese Frau mir erklären können, warum ich liebte, was wir taten.

Ich bin wirklich nicht verrückt!

„Ich weiß, dass Charles sich ein anderes Ergebnis erhofft hat. Er und ich sind zusammen aufs College gegangen. Ich kenne den Mann gut", sagt sie mir. „Und als er wegen Ihnen zu mir kam, war er sicher, dass Sie einer Gehirnwäsche unterzogen worden waren. Ich hielt meinen Mund über meine Ansichten, damit er Sie zu mir brachte. Er ist ein netter Mann, Jade. Sie könnten es schlechter erwischen. Sie sind Charles wichtiger, als Sie ahnen."

„Ich weiß, wie wichtig ich ihm bin", sage ich, als ich aus ihrem Büro in den Flur gehe. „Aber mein Herz gehört einem anderen."

„Wie gesagt, es wird Zeit brauchen, bis der Schmerz nachlässt. Wenn Sie begreifen, dass der Mann mit Ihnen abgeschlossen hat, wird die Liebe, die Sie für ihn empfinden, nach und nach in den Hintergrund treten und verblassen."

„Ich werde nie aufhören, ihn zu lieben", sage ich in einem trotzigen Tonfall.

„Jade, Sie müssen mich nicht dazu bringen, Ihnen zu glauben. Ich kann es in Ihren Augen sehen, wenn Sie über ihn sprechen. Ich sage nur, dass es mit der Zeit verblassen wird, also versuchen Sie nicht, jemanden wegzustoßen wegen dem, was sie jetzt fühlen. Ich sage nicht, dass Sie sich auf etwas einlassen sollen, bevor Sie bereit dafür sind, aber stoßen Sie nicht einen Mann weg, der auch einmal eine große Liebe werden könnte, sobald diese Liebe stirbt."

Mit einem Nicken drehe ich mich um und gehe. Ich kann mir nicht vorstellen, dass meine Liebe für Pierce sterben wird. Ich werde das nicht zulassen. Egal was kommt – ich werde immer unsere Liebe an einem heiligen Ort in meinem Herzen und meiner Seele bewahren. Niemand wird sie mich vergessen lassen können, nicht einmal Charles Gilman!

Als ich in den traurigen, nebligen Vormittag trete, nehme ich den kürzesten Weg, um zu meinem ersten Kurs zu gelangen. Nach ein paar Momenten bemerke ich das Geräusch von Schritten hinter mir. Die Sohlen der Schuhe klicken im gleichen Rhythmus wie meine es tun. Ich werde langsamer, dann schneller und bleibe schließlich stehen und drehe mich um, aber ich sehe niemanden. Der Nebel ist dicht und versteckt meinen Verfolger vor mir. „Wer ist da?"

„Jade?", ruft eine Männerstimme.

„Ja."

Ich warte, bis der Mann, der mir nachkommt, nach vorn tritt und ich sehe, dass es Charles ist. „Jade, ich dachte schon fast, dass du es bist. Ich war nicht sicher und wollte keine fremde Frau erschrecken, wenn du es nicht gewesen wärst. Wie ist deine Sitzung mit Julie gelaufen?"

„Großartig." Ich drehe mich um und gehe mit Charles an meiner Seite weiter. „Ich fürchte, du bekommst nicht, was du dir erhofft hast."

„Und was glaubst du habe ich mir erhofft?", fragt er mit einem Grinsen.

„Dass ich zu dem Schluss komme, dass ich gegen meinen Willen festgehalten wurde. Weißt du, es gibt Menschen, die diese Art von Dingen nicht nur faszinierend, sondern zutiefst befriedigend finden. Ich habe so viel Befriedigung darin gefunden, dass ich in einer Weise verändert wurde, die ich nicht für möglich gehalten hätte."

„Du bist eine starke junge Frau", sagt er, dann drapiert er seinen Arm um meine Schultern. „Ich könnte mich besser über diese Praktiken informieren und vielleicht lernen, was du von einem Mann brauchst."

„Schlägst du vor, mein Dom zu werden, Charles?" Ich lache bei der albernen Vorstellung.

Sein Grinsen verwandelt sich in ein Stirnrunzeln. „Ich habe dominante Tendenzen, Jade. Was ist so lustig daran?"

„Nichts. Ich sollte nicht darüber lachen. Du hast gewisse Wesenszüge, die auch ein dominanter Mann hat, aber du bist es nicht, Charles. Du bist nicht mein Dom oder meine Liebe."

„Deine Liebe? Der Mann, der dich im Stich gelassen hat? Dein Dom hat seine Sub allein zurücklassen."

„Das hat er. Aber ich nehme die Schuld dafür auf mich. Ich habe bei meiner Mission versagt, während ihm seine Mission gelang. Ich sollte seine Bindungsangst lindern, und ich glaube, ich habe es nicht richtiggemacht. Ich glaubte, ihm geholfen zu haben, aber dem war wohl nicht so. Zumindest habe ich ihn dazu gebracht, etwas für eine andere Person zu empfinden und meine Liebe anzunehmen. Wenn auch nur für kurze Zeit."

„Wie romantisch", sagt Charles, während er seine Augen verdreht. „Wie wäre es mit Mittagessen? Ich kann etwas zum Campus mitbringen. Ich glaube, du hast heute einen langen Tag, nicht wahr?"

„Ja", sage ich ihm. „Ich werde bis sechs Uhr abends an der Uni sein. Ein schönes Picknick zum Mittagessen wäre toll. Ich sehe dich dann mittags." Ich löse mich aus seinem Griff und fühle, wie seine Hand meinen Arm hinunterwandert, meine Hand ergreift und mich zurückzieht. „Charles!"

Er zieht mich so nah an sich, dass unsere Oberkörper zusammenstoßen, und sagt mit strenger Stimme: „Ich kann das sein, was du brauchst, Jade. Jetzt sei ein braves Mädchen und gib mir einen Kuss."

Meine Augen verengen sich, als seine Beharrlichkeit und seine autoritäre Haltung mich leicht erregen. Wir haben uns aber noch nie geküsst. „Charles, ich werde dich nicht küssen. Und du solltest wissen, dass ich nicht immer gehorche, auch wenn ich gern auf eine bestimmte Weise behandelt werde."

Er lässt mich los und beobachtet mich, als ich zurücktrete. „Jade, du bist eine verwirrende Frau. Hat dir das schon einmal jemand gesagt?"

„Nein. Wir sehen uns beim Mittagessen." Als ich von ihm weggehe, habe ich das Gefühl, dass er mich beobachtet. Ich kann nicht erklären, warum ich mich nicht von ihm angezogen fühle, aber es ist einfach so. Vielleicht deshalb, weil Pierce zu tief in meinem Herzen ist.

Eines der Mädchen aus meinem Kurs kommt zu mir, als ich die Tür des Hörsaals erreiche. „Ich sehe, dass dein Verehrer dich wieder zur Uni gebracht hat, Jade."

„Ja", sage ich, als ich die Tür öffne und sie zuerst eintreten lasse.

„Wann macht ihr beide es offiziell, dass ihr zusammen seid?", fragt sie.

Ich muss lachen. „Patricia, wir daten nicht einmal."

„Ich glaube, ihr datet und du bist die Einzige, die das nicht begreift, Jade." Wir gehen in den bereits vollen Hörsaal und setzen uns nebeneinander.

„Er hat eben versucht, mich zu küssen", flüstere ich.

„Ihr beide habt euch noch nicht geküsst?", fragt sie mich mit schockiertem Gesicht. „Jade, er ist so in dich verliebt. Er ist attraktiv, reich und nett. Bist du verrückt?"

„Nein, ich bin nicht verrückt", sage ich, da ich jetzt eine Therapeutin habe, die mir versichert, dass ich normal und ein wenig außergewöhnlich bin.

„Du solltest ihn dich küssen lassen. Wenn es keinen Funken gibt, dann beende es. Wenn es einen gibt, dann gib dem Mann eine Chance."

Ich denke über ihre Worte nach und frage mich, wie es wäre, Charles zu küssen. Es könnte okay sein. Aber vielleicht auch nicht. Was würde Pierce denken, wenn ich einen anderen Mann küsse?

Was, wenn er bereits mit mir abgeschlossen hat und ich hier sitze und auf einen Mann warte, der gesagt hat, dass er mich verlässt und mich niemals wiedersehen wird?

Vielleicht ist es an der Zeit, dass ich dem Mann, der mich seit meiner Rückkehr zum Zentrum seiner Aufmerksamkeit gemacht hat, eine Chance gebe ...

33

PIERCE

Sonnenlicht durchbricht endlich den verdammten Nebel, der mich den ganzen Morgen davon abgehalten hat, Jade zu finden. Als die große Uhr am Campus-Turm mittags zwölfmal schlägt, überfluten unzählige Studenten den Rasen.

Es scheint, dass diese Briten es lieben, draußen zu Mittag zu essen. Eine Decke nach der anderen wird auf dem üppigen grünen Gras des Campus-Rasens ausgebreitet. Auch bevor die Uhr geschlagen hat, haben Menschen hier ihr Picknick vorbereitet.

Ein Mann ragt für mich aus der Menge heraus. Er ist groß, hat dunkle Haare, die ordentlich gekämmt sind, und trägt einen Anzug, der darauf hindeutet, dass er in einem Büro irgendwo arbeitet. Ich sitze in meinem Mietwagen und beobachte ihn, wie er eine dunkelblaue Decke ausbreitet und Porzellanteller und Besteck darauf anordnet.

Als nächstes packt er einen Korb voller Essen aus, den er für jemanden mitgebracht hat. Vielleicht für seine Tochter. Er ist ein bisschen älter, aber vielleicht nicht alt genug, um Kinder im Studentenalter zu haben.

Ich beobachte, wie er eine einzelne rote Rose in eine kleine Vase stellt, dann setzt er sich zurück und betrachtet die Menge. Ein

Lächeln bewegt sich über sein Gesicht, und ich gehe davon aus, dass er die Person, für die er sich so viel Mühe gegeben hat, entdeckt hat.

Er steht auf, um sie zu begrüßen, und ich beobachte, wie er eine Frau von durchschnittlicher Größe und Gewicht in seine Arme nimmt. Ihr Haar ist unter einer Baseballmütze verborgen und sie trägt ausgewaschene Jeans und ein weites schwarzes T-Shirt.

Sie sehen seltsam zusammen aus. Ihre Umarmung ist umständlich, und als er versucht, ihr einen Kuss auf die Wange zu geben, weicht sie aus und lässt sich auf die Decke fallen. Er steht auf sie, aber sie steht nicht wirklich auf ihn. Das ist ziemlich offensichtlich.

Ich höre auf, das Paar zu betrachten, und suche nach Jade, aber sie scheint nirgendwo zu sein. Meine Augen bewegen sich zurück zu dem Paar, und ich beobachte, wie der Mann der Frau die Mütze abnimmt.

„Nein!", schreie ich.

Ich packe das Lenkrad und versuche, nicht aus dem Auto zu springen und sie zu packen. Es ist Jade!

Ich kann kaum atmen, als ich sie lachen sehe. Ihr dunkles Haar fällt ihr in Wellen um ihr hübsches Gesicht. Der Mann berührt es mit seiner Hand, und sie weicht ihm aus, während sie sich auf die Unterlippe beißt.

Sie denkt darüber nach. Sie denkt darüber nach, ihn zu küssen!

Langsam beugt er sich zu ihr, als er mit ihr spricht. Ihre Augen treffen sich, und ich kann mich nicht länger beherrschen. Ich schlage meine Faust auf die Hupe und stelle meinen Sitz zurück, damit sie mich nicht sehen können.

Dann spähe ich aus dem hinteren Fenster, das mehr getönt ist als die vorderen, und sehe, dass Jade sich von dem Mann entfernt hat. Das Hupen hat den Kuss erfolgreich gestoppt.

„Ja!", sage ich mit einem triumphierenden Faustschlag in die Luft.

Ich habe sie noch nicht verloren!

Ich hoffe es zumindest ...

Als der Tag fortschreitet, sitze ich immer noch im Auto und warte darauf, dass Jade nach draußen zurückkommt. Sie und dieser Mann hatten ein nettes Mittagessen. Er hat sie umarmt, was ihr unangenehm zu sein schien, dann ging sie zurück zum Unterricht, während er die Decke und die Reste des Picknicks aufgeräumt hat.

Ich war versucht, ihm zu folgen, aber ich wollte Jade nicht verpassen. Also saß ich da und wartete. Jetzt ist es sechs Uhr, und ich sehe, wie sie endlich aus der Tür kommt.

Sie spricht mit einer anderen jungen Frau. Sie lachen, und Jade sieht glücklich aus. Ganz anders, als ich erwartet hatte. Mein Herz sinkt, und ich starte den Motor meines Wagens.

Diese Reise hierher war ein Fehler. Alles was ich herausgefunden habe, ist, dass es Jade gut geht. Sie ist über mich hinweggekommen. Sicher, sie kleidet sich nicht so, wie ich es mag. Ihr Haar ist wieder unter dieser dummen Baseballmütze versteckt, und sie trägt kein Make-up. Ich wette, sie hasste es, als ich sie eingekleidet habe und sie bei Gelegenheit Make-up tragen ließ.

Ich wette, sie hasst mich jetzt.

Ich weiß, dass sie es tut!

Sie ist überhaupt nicht so, wie ich sie hergerichtet habe, als ich sie hatte. Sie ist natürlich und liebt es, bequeme Kleidung zu tragen, und ich habe sie unbequeme Sachen tragen lassen. Ich bin ein Idiot!

Die andere Frau und Jade stehen nebeneinander und reden, und dann sehe ich, dass der Mann seinen Wagen anhält. Direkt neben mir!

„Scheiße!", sage ich laut.

Er sitzt im Auto und wartet geduldig darauf, dass Jade ihr Gespräch mit ihrer Freundin beendet. Er nimmt sein Handy heraus und tippt darauf herum, und ich sehe, wie Jade ihr Handy aus der Tasche zieht. Sie winkt ihm zu und hält einen Finger hoch, um ihm zu sagen, er solle noch einen Augenblick warten.

„Ja, warte, Arschloch!", sage ich und starre ihn finster an.

Plötzlich sieht er mich an, und ich muss schnell wegschauen. Dann sehe ich Jade. Sie geht zurück durch die Tür, aus der sie herausgekommen ist, und der Kerl, der auf sie wartet, steigt aus seinem Auto.

Er folgt ihr hinein. Aber sie will nicht wirklich mit dem Typen zusammen sein. Ich kenne Jade. Wenn sie auf ihn stehe würde, hätte sie ihrer Freundin gesagt, dass sie gehen muss, und wäre zu ihm gegangen.

Das hat sie nicht getan. Sie wies ihn an zu warten und ging dann aus irgendeinem Grund zurück. Und jetzt will er sich ihr aufdrängen!

Ich sollte etwas unternehmen. Ich weiß es einfach.

Anstatt auszusteigen, nehme ich mein Handy aus der Mittelkonsole heraus. Vielleicht rufe ich sie an. Ich will wissen, ob sie meinen Anruf annimmt.

Bevor ich mich entscheiden kann, sehe ich sie beide wieder nach draußen kommen. Jade schüttelt den Kopf, als sie stehenbleiben und reden. Er wirft seine Hände in die Luft, und sie blickt zu Boden.

Sie ist unterwürfig ihm gegenüber und ich hasse es. Hat sie sich einen anderen Dom gesucht? Hat sie sich etwas gesucht, das für sie vergleichbar war mit dem, was wir hatten, aber es ist schrecklich geworden?

Was ist, wenn er sie verletzt hat? Was ist, wenn er zu viel von ihr verlangt? Was ist, wenn sie aus ihrem Vertrag aussteigen will und er sie nicht daraus entlässt?

Ich habe ihr gesagt, dass sie sich nicht mit einem anderen Dom einlassen soll!

Mein Herz rast, während ich versuche zu entscheiden, was ich tun soll. Ich habe keine Angst vor einer Konfrontation mit dem Kerl. Überhaupt nicht. Es ist Jade, vor der ich Angst habe.

Was, wenn sie mir sagt, dass ich verschwinden soll? Was, wenn sie mir sagt, dass sie zu diesem Kerl gehört? Was, wenn sie mir sagt, dass sie mich nicht mehr liebt?

Die Angst fließt durch mich wie ein Strom heißer Lava. Ich weigere mich, mich von Angst beherrschen zu lassen. Also öffne ich meine Tür, steige aus und warte einen Moment, während ich versuche zu hören, was sie sagen.

Ich verstehe kein Wort. Es ist alles nur Gemurmel. Als ich das Auto umrunde, sieht Jade immer noch nach unten. „Jade!", rufe ich, um ihre Aufmerksamkeit zu bekommen.

Ihr Kopf dreht sich langsam, als sie meine Stimme hört. Sie steht ganz still da, als sie zu mir sieht. Ihre Mütze fällt zu Boden, als sie mit ihrer Hand ihre Augen abschirmt. Mir wird bewusst, dass die Sonne hinter mir untergeht. Ich muss wie eine dunkle Gestalt für sie aussehen, mehr nicht.

Ich gehe auf sie zu und rufe wieder: „Jade!"

„Pierce?", fragt sie, als sie zu mir kommt. „Pierce, bist du das?"

„Jade!", rufe ich, als ich ein bisschen schneller gehe. „Ich bin es! Pierce!"

Mit ausgestreckten Armen rennt sie auf mich zu. „Pierce!"

Und dann kollidieren wir mit einem Energieschub, der übernatürlich ist. Ich weiß nicht, wo sie endet und ich anfange, während meine Hände über sie gleiten und unsere Lippen sich treffen. Unsere Zungen begegnen sich wie alte Freunde, die sich verzweifelt vermisst haben.

Dann stört eine Stimme unsere süße Wiedervereinigung. „Das ist also der Mann, der dich so gemacht hat, wie du bist, Jade."

Unsere sanften Küsse enden, aber wir scheinen uns nicht voneinander lösen zu können. „Das ist Pierce. Der Mann, der mich zu dem gemacht hat, was ich heute bin." Ihre Hand streichelt meine Wange. „Du hast dich rasiert."

Mit einem Nicken nehme ich ihre Hand und führe sie über meine glatte Wange. „Ja. Und dein wunderschönes Gesicht ist Balsam für meine Augen, Baby. Hast du mich überhaupt vermisst?"

Tränen fangen an, ihre Wangen hinunterzuströmen, während sie ein Schluchzen unterdrückt. „Mehr als ich es je für möglich gehalten hätte. Hat dein Erscheinen hier das zu bedeuten, was ich hoffe, Pierce?"

„Hast du vor, uns einander vorzustellen, Jade?", unterbricht uns der Idiot wieder, der endlich verschwinden soll.

„Oh, ähm. Nun, Pierce, das ist Charles." Jade berührt meine Brust. „Charles, das ist Pierce. Und wir sollten jetzt gehen. Er und ich haben jede Menge zu besprechen." Sie sieht mich mit schimmernden Augen an. „Bringst du mich von hier weg, Pierce?"

Ich wische die Tränen weg, die sie vergossen hat, und antworte: „Nichts lieber als das."

Ich gehe mit ihr zu meinem Mietwagen. Der Kerl ist direkt hinter uns. „Pierce, Sie und ich sollten reden, bevor Sie allein Zeit mit Jade verbringen. Sie ist in den letzten Monaten in Therapie gewesen wegen der Dinge, die Sie mit ihr gemacht haben."

Ich bleibe wie erstarrt stehen und frage: „Jade, ist das wahr?"

Sie nickt und schnieft. „Aber es ist okay. Meine Therapeutin hat mir gesagt, dass ich nicht verrückt bin." Sie verschränkt ihre Finger mit meinen. „Und du auch nicht."

„Das ist nicht ganz richtig. Ich bin ein bisschen verrückt. Ich habe die einzige Frau, die ich je geliebt habe, weggeschickt. Das war verrückt, wenn du mich fragst." Ich küsse ihre Wange, als wir weitergehen.

Wir sehen uns in die Augen und können nicht genug voneinander bekommen. Dann mischt sich der andere Kerl wieder ein: „Jade, ernsthaft! Dieser junge Mann und ich müssen ein privates Gespräch miteinander führen. Ich verlange es."

„Warte, Pierce." Jade lässt mich los und macht ein paar Schritte, bevor sie vor ihm stehenbleibt. „Charles, ich weiß alles, was du für mich getan hast, zu schätzen. Du bist ein echter Gentleman, und ich werde niemals etwas anderes behaupten. Aber ich möchte nicht, dass du zu diesem Mann irgendetwas sagst. Er ist zu mir zurückgekommen, wofür ich seit sechs Monaten jeden Tag gebetet habe. Und ich lasse nicht zu, dass sich uns jemand in den Weg stellt. Das verstehst du, nicht wahr?"

Er sollte es besser verstehen! Ich verlasse diese Frau nie wieder!

„Jade, ich weiß, dass du glaubst, ihn zu lieben ..."

„Shh, Charles", unterbricht sie ihn. „Ich weiß, dass ich ihn liebe. Akzeptiere das bitte."

Mit einem resignierten Nicken geht er zu seinem Wagen, und wir sehen ihm nach, als er niedergeschlagen wegfährt. Jade kommt zu mir zurück, und ich lege meine Arme um sie und küsse dann die Oberseite ihres Kopfes. „Er scheint ein guter Kerl zu sein."

„Das ist er auch. Aber er ist nicht du." Jades Arme umschlingen meinen Hals, als sie mir in die Augen schaut. „Nun, wie wäre es, wenn du mich in meine Wohnung bringst und wir uns lieben, bis wir nicht mehr können und engumschlungen einschlafen, wie ich es mir wünsche, seit ich in jener Nacht in den Jet eingestiegen bin."

„Alles, was du willst, Baby. Ich gehöre ganz dir, solange du mich haben wirst." Ich öffne die Beifahrertür und helfe ihr beim Einsteigen.

Als ich mich hinter das Lenkrad setze, strahlt sie mich an. „Pierce, ist das tatsächlich passiert? Bist du wirklich hier?"

„Ich bin hier. Du und ich werden Pläne für unsere Zukunft machen. Es wird nicht immer alles perfekt sein, aber bei Gott, wir lieben uns. Eine Zukunft mit dir klingt wie der Himmel für mich."

„Einverstanden", sagt sie und schließt dann ihre Augen, während sie meine Hand nimmt. „Ich lasse mich nie wieder von dir wegschicken, Pierce Langford."

„Darüber musst du dir keine Sorgen machen. Ich lasse dich nie wieder gehen, Jade Thomas."

Als ich in den Sonnenuntergang davonfahre, habe ich das Gefühl, richtig gehandelt zu haben. Ich sehe nichts als Glück in ihren Augen, und als ich in den Rückspiegel blicke, sehen meine Augen genauso aus.

Ich glaube fest daran, dass wir unser Happy End gefunden haben!

Ende

Hat Dir dieses Buch gefallen? Dann wirst Du Die Befehle des Doktors LIEBEN.

Der Doktor ist gekommen ... Und seine Behandlung ist überaus stimulierend!

Sie ist eine junge College-Studentin, die eine solide Karriere als Lehrerin plant.
Ich bin ein Arzt mit einer fragwürdigen Vergangenheit.
Alkoholexzesse am Wochenende, bedeutungsloser Sex und Sommer mit gemieteten Frauen waren mein Leben.

Bis ich ihr Gesicht auf der Webseite des Clubs gesehen habe.
Der Dungeon of Decorum hat sie gefunden, aber ich habe sie mir genommen.
Ich habe gegen Männer gekämpft, die sie in einer Weise benutzen wollten, die ich widerwärtig fand, und sie schließlich gewonnen. Sie hat mir gehört und ich konnte mit ihr tun, was ich wollte. Und ich wollte alles von ihr!
Aber sie bekam nur einen Teil von mir. Es musste so sein. Sie war mein Geheimnis.
Bei unserer ersten Berührung entzündete sich ein Funke, den keiner von uns je zuvor gespürt hatte. Die Leidenschaft glühte zwischen uns. Ich konnte mich nicht davon abhalten, sie in einer Weise zu nehmen, die ich nie geplant hatte.
Und ich hatte nicht damit gerechnet, was sie tat. Sie brach alle Regeln. Einige davon hatte ich noch nicht einmal gemacht.
Kann ich der Welt nach dem, was ich getan habe, entgegentreten?
Oder werde ich weglaufen und sie zurücklassen, damit sie in Sicherheit vor mir ist?
Liebe ist bestenfalls vorübergehend. Glückliche Enden sind nur Fantasien – zumindest dachten wir das beide einmal...

Lies Die Befehle des Doktors JETZT!

Mrs. L. schreibt über kluge, schlaue Frauen und heiße, mächtige Multi-Millionäre, die sich in sie verlieben. Sie hat ihr persönliches Happyend mit ihrem Traum-Ehemann und ihrem süßen 6 Jahre alten Kind gefunden. Im Moment arbeitet Michelle an dem nächsten Buch dieser Reihe und versucht, dem Internet fern zu bleiben.

„Danke, dass Sie eine unabhängige Autorin unterstützen. Alles was Sie tun, ob Sie eine Rezension schreiben, oder einem Bekannten erzählen, dass Ihnen dieses Buch gefallen hat, hilft mir, meinem Baby neue Windeln zu kaufen.

©Copyright 2021 Michelle L. Verlag - Alle Rechte vorbehalten.
Das Werk, einschließlich aller seiner Teile, ist urheberrechtlich geschützt. Jede Verwertung ist ohne Zustimmung des Verlages und des Autors unzulässig. Dies gilt insbesondere für die elektronische oder sonstige Vervielfältigung. Alle Rechte vorbehalten.
Der Autor behält alle Rechte, die nicht an den Verlag übertragen wurden.

 Erstellt mit Vellum

Ingram Content Group UK Ltd.
Milton Keynes UK
UKHW020428210323
418888UK00005BA/217

9 781648 089077